진
짜
?

진짜?

지은이 · 이미로
펴낸이 · 이충석
꾸민이 · 성상건

펴낸날 · 2018년 11월 25일
펴낸곳 · 도서출판 나눔사
주소 · (우) 03354 서울특별시 은평구 불광로 13가길
      22-13(불광동)
전화 · 02)359-3429 팩스 02)355-3429
등록번호 · 2-489호(1988년 2월 16일)
이메일 · nanumsa@hanmail.net

ⓒ 이미로, 2018

ISBN 978-89-7027-342-6-03230

값 12,000원
잘못된 책은 바꾸어 드립니다.

이 도서의 국립중앙도서관 출판예정도서목록(CIP)은 서지정보유통지원시스템 홈페이지
(http://seoji.nl.go.kr)와 국가자료공동목록시스템(http://www.nl.go.kr/kolisnet)에서 이용하실 수 있습니다.
(CIP제어번호 : CIP2018036944)

진짜?

코끼리 문방구에서 예수님을 만나다

이미로 | 지음

나눔사

"내가 옛날을 기억하고
주의 모든 행하신 것을 읊조리며
주의 손이 행하는 일을 생각하고
주를 향하여 손을 펴고
내 영혼이 마른 땅 같이 주를 사모하나이다."

시편 143편 5,6절

박태성 (감전교회 담임목사)

좋은 사람을 만나면 행복하다. 헤어졌는데 또 보고 싶고, 남겨놓은 흔적이 따뜻하여, 내 영혼을 감싸는 사람이 있다. 좋은 책과의 만남도 그러하다. 책을 덮었는데도 스멀스멀 잔상이 자꾸 떠오른다. 바쁜 세파에 휩쓸려 스스로 잠가 버린 채, 이제는 내 힘으로는 열 수 없던 마음들이 나도 모르게 열린다. [진짜?]가 진짜로 그렇다. 저자인 이미로 목사는 우리 교회 교육 부서를 섬기는 열정이 남다른 목사다. 하나님과의 만남이 누구보다도 또렷하기에 우리 스스로가 잠가둔 빗장을 풀도록 18개의 열쇠를 삶의 이야기로 풀어낸다. 살아계신 하나님이 어떻게 자신과 함께하며 자신을 새롭게 빚어냈는지, 남다른 감각과 통찰을 가지고 이야기하고 있다. 언어는 솔직하고 톡톡 튀며, 문장은 지루하지 않다. 그래서 [진짜?]에는 따뜻함과 눈물, 기쁨과 감동, 안식과 행복이 곳곳에 배여 있다. 책을 읽는 사이, 나도 모르게 그의 글은 나의 삶이 되고 내 생각이 되었다. 내 잠겨있는 과거의 부끄러움과 연약함을 다시 소생시켜 마침내 하나님이 기뻐하시는 새로운 나로 고침을 받는 감동이 있다. [진짜?]라는 이 책은 '프롤로그'가 있는데 '에필로그'가 없다. 왜 그럴까? 글을 읽은 당신도 저자와 같이 '당신과 함께한 하나님'을 써 보라는 여백이 아닐까! 막혀 있다는 생각으로 우울하거나 갈 길이 또렷해지고 분명해지기를 원한다면 잠시 멈추고 책 속으로 들어가 보라. 뭔가 행복한 소망을 갖게 될 것이다. 일독을 권하고 싶다.

백승기 (백향목교회 담임목사, 부산시 성시화 사무총장)

　　인생은 만남과 헤어짐의 반복으로 이루어진다. 그리고 그 만남들이 인생의 가치와 방향성을 결정하기도 한다. 피카소의 작품 중 수백억에 매매된 '황소머리'는 버려진 쓰레기였으나 피카소를 만나 값비싼 걸작이 된 것처럼 말이다. 그래서 만남이 축복이다. 이 책은 예수님을 만나 삶의 방향이 완전히 달라진, 예수님짜리 이미로 목사의 이야기이다. 에베레스트같이 험준한 산을 오르기 위해선 그곳 지리와 환경에 익숙한 셰르파의 도움을 받아야 하듯이, 예수님을 인생의 셰르파로 삼은 자의 고백이다. 실수가 전혀 없으시며 내가 가야 할 길을 나보다 더 잘 알고 계신 예수님의 인도를 받기 위해 자신의 힘을 빼고 하나님의 이끌림을 받은 간증들이다. 그러기에 늘 주님의 인도를 받는 영적 고수가 되어 그 뜨거운 가슴이 다른 영혼에 불을 지핀 체험들이다. 바나바가 자신의 어깨 위로 바울을 세운 것처럼 믿음의 사람들을 세워가는 영적 셰르파의 신앙 에세이이기에, 살아계신 하나님을 경험하고픈 이들에게 기쁨으로 이 책을 추천한다.

손여민

　사랑하고 존경하는 저의 스승, 이미로 목사님을 만나고 가까이에서 함께 해온 시간이 어느덧 9년이 되어갑니다. 여리여리하고 약한 몸인데도 불구하고 어디서 저런 뜨거운 열정과 에너지가 흘러나올까 싶습니다. 지금까지 제가 바라보고 느껴온 목사님의 하나님과 한 영혼을 향한 사랑은 '진짜'였고 '눈물'이었습니다. 그렇게 하실 수 있도록 목사님을 신실하게 만나 주셨던 하나님의 사랑과 은혜를 나눌 수 있는 책이 출간되어 정말 반갑고 기쁩니다. 이 책을 읽는 동안, 목사님의 삶 가운데 찾아오셨던 그 하나님께서 이미 저의 삶 속에서도 동일하게 함께 하셨던 흔적들을 발견할 수 있었습니다. 목사님의 하나님, 동시에 나의 하나님, 그분이 바로 이 순간 당신을 사랑의 눈으로 바라보시며 당신과 함께 하나님의 이야기를 만들어 가기를 원하고 계십니다. 그러기에 이 책을 설레는 마음으로 권하고 싶습니다.

신누가

저는 예수님의 제자로 살고 싶었지만, 그렇게 살지 못하는 저 자신의 삶을 바라보며 스스로 정죄하던 사람이었습니다. 그래서 먼저 그 길을 가고 있고, 곁에서 바라보며 따라갈 만한 한 사람을 만나고 싶었습니다. 그러던 중, 이미로 목사님의 설교를 처음으로 듣게 되었습니다. 그 설교의 내용은 이 책의 2부에서 들을 수 있는 목사님의 간증이었습니다. 예수님께서 갈릴리 어부였던 제자들에게 "나를 따르라" 말씀하셨을 때, 그들이 곧 그물과 배를 버려두고 따른 것처럼, 급진적으로 순종한 목사님의 모습이 이 시대에 예수님을 따르는 제자의 모습 같았습니다. 목사님은 저에게 "네가 예쁜 꽃밭이 될 것을 믿는다."라고 하셨고, 그 후로 목사님께서 저를 위해 쏟으신 많은 시간과 눈물과 사랑으로 어느새 저의 마음 밭은 꽃으로 물들기 시작했습니다. 비로소 지금 저는 저 자신을 사랑하며 소망을 가진 사람으로 살고 있습니다. 이 책은 "이렇게 살아야 해."라고 말하지 않습니다. 다만 일상 속에서 만난 하나님을 소개함으로 마음을 따뜻하게 만들어줍니다. "어떻게 하면 하나님을 경험하며 살아갈 수 있을까?" 누군가 저에게 묻는다면 저는 고민하지 않고 이 책을 소개하고 싶습니다. 이 책을 읽는 당신도 살아계신 하나님을 친밀하게 만나는 소중한 시간이 될 것이기 때문입니다.

이조아

이 이야기는 하나님을 찾는 자의 삶에 '진짜' 나타나신 하나님을 발견하고 찾아가는, 일종의 신앙 지식의 적용편이라고 할 수 있습니다. 이미로 목사님은 하나님의 말씀을 자신의 생각과 삶 속에 실제로 적용하시는 데 있어, 저의 탁월한 스승이자 본보기가 되시는 분입니다. 하나님이 저 멀리 계신 것 같다고 느낄 때, 하나님은 내 삶에 관심이 없다고 여길 때, 기도는 하지만 믿음이 올라오지 않을 때, 이 책은 당신 곁에도 항상 머물고 계신 하나님의 숨결을 느끼게 해줄 것입니다. 이제는 하나님을 실제로 느끼며 살고 싶은 갈증을 느끼는 당신께, 이 책은 당신 삶에서 미처 발견하지 못했던 하나님을 찾는 힌트가 될 것입니다.

평범한 일상에서 만나는
하나님 이야기

　어느 강연에서 들었습니다. 탁월한(exellent) 것이 세상을 바꾸는 것이 아니라 뭔가 좀 다른(something different) 것이 세상을 변화시킨다고! 저는 그 말에 적지 않은 위로와 용기를 얻고 이 책을 쓰기 시작했습니다. 그렇다고 제가 세상을 바꾸겠다는 당찬 포부가 있었던 것은 아닙니다. 다만 저 같이 평범한 사람이 뭔가 좀 다른 이야기를 들려주었을 때, 세상까지는 아니더라도 혹시 한 사람의 인생이라도 지금보다 더 행복해지지 않을까 하는 생각을 해보았습니다.

　저의 좀 다른 이야기, 그러니까 이 책은 평범하기 그지없는 저 같은 사람에게 찾아오신 하나님에 관한 이야기입니다. 한 가지 독특한 것은 제

삶 속에 나타나신 하나님의 등장이 무척 유쾌하다는 점입니다. 세상 만물을 만드시고 광대하시며 위대하신 하나님께서 저의 인생 가운데 나타나신 것은 그분의 존재만큼 충격적인 사건은 아니었습니다. 무슨 죽을 병에서 고침을 받았다든가, 쫄딱 망했는데 돈 방석에 앉았다는 그런 엄청난 일은 저에게 없었습니다. 그리고 저의 전도를 통해 수천 명의 불신자들이 하나님께로 돌아오는 기적도 없었습니다.

대신 하나님은 저의 평범한 일상 속에 타이밍을 놓치지 않고 방문해 주셨습니다. 때론 놀라웠지만 그리 충격적이진 않았습니다. 그보다는 잔잔한 감동과 감격과 감사의 마음이 저를 온화하게 물들였던 것 같습니다. 그 일들은 부드럽고도 자연스럽게 일어났고, 하나님은 늘 나와 함께 계신다는 기분을 느끼게 했습니다. 때로는 엄마처럼, 때로는 친구처럼, 언제나 저의 삶 가운데 가까이 계셨고, 그래서 더 친밀하고 다정한 아버지 하나님이 되어 주셨습니다.

'설마 나만 하나님을 그렇게 느끼며 살고 있을까?'
아마 교회를 다니고, 예수님을 영접한 사람들은 모두 다 그런 하나님을 만나며 살아갈 것입니다. 하나님은 살아계시고, 지금도 곁에 계셔서, 일상 속에서 그런 하나님과 함께 살아가는 삶. 이것은 결코 특별한 일이 아니라고 믿었습니다. 그런데 가끔씩 저는 이런 반응을 접합니다.
"진짜?"
가족들이나 친구들, 혹은 지인들과 대화하다가 문득 "내가 전에…"라고 하나님을 만난 이야기를 꺼내놓으면, 마치 놀란 토끼처럼 "진짜?"라고 물어오는 것입니다. 마치 놀랍고 믿기지 않는다는 반응들이었습니다. 신기해하는 그 얼굴들 중에는 같은 교회를 다니며 짧지 않은 신앙생활을 했던, 제가 존경하는 사람들도 더러 있었습니다.

'진짜?'라고 반문하는 사람들이 다 제 말을 믿지 못해서 그런 것은 아닐 것입니다. 자신도 아는 하나님의 얘기를 듣는 반가움에 탄성을 지른 사람도 있었습니다. 앞서도 말했지만 저는 자랑할 것도, 내세울만한 것도 하나 없는 평범한 사람입니다. 그저 하루 세끼 밥에 감사하며, 맡겨주신 귀한 영혼들을 잘 섬기라고 허락하신 목사라는 자리에서 그날그날 주시는 은혜로 살아가는 무명의 한 사람일 뿐입니다. 물론 이 책에 담긴 내용은 모두 제가 목사가 되기 전의 이야기들입니다. 그만큼 신앙의 경륜도 짧고, 성경 지식도 부족한 때에 한 성도가 경험했던 하나님의 이야기인 것이지요.

만약 저의 이야기를 읽으면서 '진짜?'라는 의문이 드신다면, 이렇게 또 생각해주시면 좋겠습니다.

"그럼 나도 내 일상에서 하나님을 경험할 수 있지 않겠나!"

물론입니다. 어쩌면 지금도 하나님의 손길이 가까이 계시는데 여러분이 지나쳐버린 소중한 이야기가 있을 것입니다. 또 어쩌면 누군가는 이 책을 읽고 실망하실 지도 모릅니다. 이런 일쯤이야 티끌같이 널렸다고 말해주신다면 그것도 하나님께 기분 좋은 고백이 될 것 같습니다.

하나님은 우리 한 사람 한 사람을 특별하게 생각하십니다. 다 똑같이 대하시지 않습니다. 그래서 우리 각자에게 딱 맞는 모습으로 찾아오십니다. 저의 이야기를 읽다가 여러분의 삶에 나타나셨던 하나님의 흔적들이 속속 떠올랐으면 좋겠습니다. 그 모든 스토리의 주인공은 바로 하나님이시기에 흥미진진하고 따스한 이야기가 세상에 더 풍성해지기를 기대해봅니다.

이미로

 목차

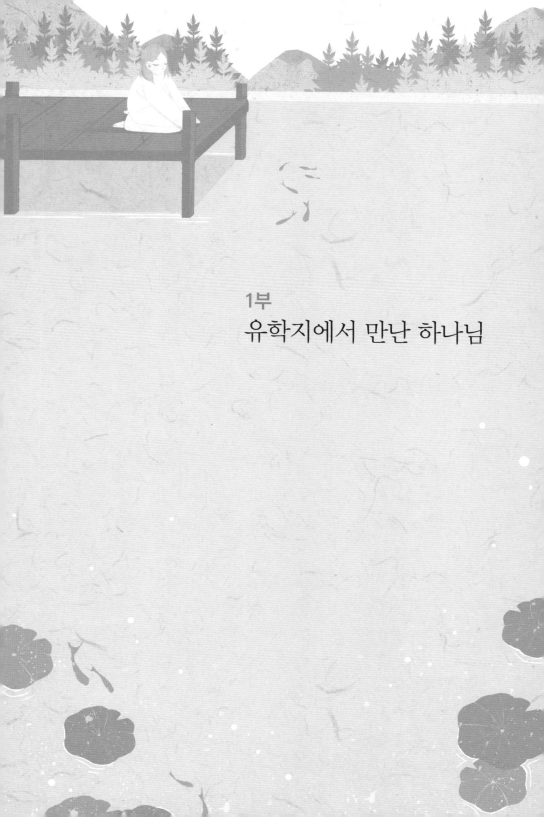

1부
유학지에서 만난 하나님

01.
하나님께 드린 생애 첫 선물

스쿨버스 정류장에서 소원을 빌다

첫차를 타는 사람들. 예전에 이런 제목의 TV프로그램이 있었다. 진행자가 함께 새벽버스를 타고 가며 첫차를 탄 사람들을 인터뷰하고 그들의 소박하지만 성실한 삶을 조명하던 내용이었는데, 평범한 그분들의 열심히 사는 모습을 통해 다함께 힘을 내자는 취지였던 것 같다.

대학생 시절, 나 역시 첫차를 타는 사람들 중의 한 명이었다. 특별히 부지런해서라기보다 다른 이유가 있었다. 한 쪽 다리가 소아마비인 나는 아침부터 서서 통학하기가 버거웠기 때문에 차안이 비교적 한산한 첫차를 주로 이용했던 것이다. 아침 첫 수업이 없는 날도 나는 거의 매일 첫차를 탔다.

추석이 지나고 첫 월요일이었다. 시험기간이면 7시 30분 첫차라도 스쿨버스의 중앙 통로까지 사람들이 꽉 들어차 있었을 텐데, 그날은 자리가 듬성듬성 비어있었다. 좌석에 앉자 마음까지 여유로워졌다. 학교까지 가는 40여분 동안 보장된 그 편안함에 감사했다.

내가 수업을 받는 인문관은 다행히 스쿨버스 정류장에서 그리 멀지 않은 곳이었다. 첫 수업이 없어 시간에 여유가 생기면, 나는 버스에서 내려 곧장 강의실로 가지 않고 그 정류장 벤치에 앉아 하늘을 물끄러미 올려다보곤 했다. 우연인지 필연인지는 알 수 없지만, 거의 매일 동일한 시간대에 드높은 창공에서 두 대의 비행기가 좌우로 크로스 되는 장면을 목격할 수 있었다. 너무 높이 날아서인지 비행기 소리조차 들리지 않았다. 은빛으로 반짝이는 두 대의 비행기가 왼쪽에서 오른쪽으로, 오른쪽에서 왼쪽으로 서로 가까워지고 있었다. 푸른 하늘을 배경으로 한 지점에서 두 비행기의 항로가 시야에 겹쳐지는 그 순간, 나는 두 눈을 질끈 감았다. 그리고 주문과 같은 기도를 읊조리기 시작했다.

"하나님, 저 비행기에 저를 태워서 날려 보내주세요. 저 일본으로 유학가고 싶습니다."

그날로부터 몇 달 전 일이다. 내가 다니던 교회에 선교 대회가 있었다. 여러 나라 중에 일본에서 오신 한 선교사님이 청년부에 오셔서 말씀을 전하셨다. 나는 그때까지만 해도 외국에 대한 호기심이 전혀 없었다. 내 주변에도 유학을 다녀오거나 유학을 준비한다는 사람이 없었다. 유학이라는 것은 그저 TV에 나오는 특별한 사람이나 부자들만 가는 줄 알았다. 그런데 그날 선교사님의 사역에 대한 이야기를 듣고, 또 유학생 공동체의 삶을 들으면서 문득 유학에 대한 호기심이 생겼다.

처음엔 그저 단순한 호기심인줄 알았다. 그런데 그날 이후로 내 관심은 온통 '어떻게 하면 나도 유학을 갈 수 있을까'하는 생각으로 쏠렸다. 스쿨버스 정류장 위로 날아다니는 두 대의 비행기를 올려다보면서, 강한 자기장이 내 마음을 끌어당기는 것을 느꼈다. 그때마다 나는 주문을 외우고 또 외웠다.

"소원을 만 번 이상 말하면 이루어진다!"

어디선가 들었던 인디언의 속담을 떠올리며.

나는 방학 때마다 일본어 학원을 열심히 다녔다. 비행기를 바라보며 끈질기게 기도를 올렸던 그 힘이 내 속에서 멈추지 않는 엔진으로 힘차게 돌아가고 있었던 것이다. 그리고 그 엔진은 훗날 나리타행 비행기 안에서 감사기도를 드릴 때까지 멈추지 않았다.

동경에 있는 유학생 교회에 정착하다

24살 나이에 그것도 처음으로 외국 생활을 하게 된 나는, 비행기를 타는 그 순간부터 이렇게 열렬히 고백했다.

"오늘부터 진짜 내 보호자는 하나님 밖에 없습니다!"

내 신앙이 대단한 건 아니었다. 하나님의 존재를 강하게 인식한 적도 없었다. 밥 먹을 때마다 습관적으로 기도하고, 일요일마다 교회 가는 것이 자연스러운 정도였다. 일본 선교사님이 계셔서 낯선 땅에서 믿을 수 있는 한국인이 있다는 것만으로도 마음이 든든했지만, 그 분이 살고 있는 지역이 내가 다니게 될 어학원과는 거리가 멀어서 그분이 계신 교회는 다닐 수가 없었다. 그래서 저 고백은 나의 상황과 마음이 모두 담긴 진심어린 고백일 수밖에 없었다.

어학원이 있는 신주쿠에서 위치가 가까운 유학생 교회를 소개받았다. 그곳은 일본인 교회 건물을 빌려서 오후 2시에 예배를 드리고 있었다. 유학생들의 일상이 너무나 궁금했던 나는 솔직히 예배에는 별로 관심이 없었다. 목사님 설교가 끝나면 또 다른 모임이 있지 않을까 내심 궁금했다. 역시나 예배 후에는 소그룹 모임이 있었는데, 그 후 국밥을 먹으며 교제하는 시간까지 이어졌다.

모든 게 낯선 나를 처음부터 집에 가는 순간까지 친절하게 챙겨준 한 자매가 있었다. 교회에서는 그 사람을 '순장님'이라고 불렀다. 나는 아직도 물어보고 싶은 것이 많았는데, 순장님은 다음 주에 다시 만나자고 인사를 하더니 본당 안으로 급하게 달려가 버렸다. 문득 무엇 때문에 다시 가시는지 궁금해졌다. 어차피 나는 집에 가도 할 일이 없었다.

순장님의 뒷모습이 잘 보이는 본당 창가에 붙어 서서 나는 안쪽을 지켜보았다. 스무 명 정도 되는 청년들이 앉아서 자기들끼리 뭔가를 쓰고 있었다. 그리고 앞에 서 있는 리더의 말에 경청하는 분위기였다. 알고 보니 선교사님이 인도하는 순장 모임이었다. 순장들은 유학을 와서 이 교회에서 제자 훈련을 받은 소그룹 리더로서, 각 순에 소속되어 있는 순원들을 챙기고 주중에는 심방도 하는 열성 있는 사람들이었다. 말하자면 일반 교회에서 구역장과 같은 역할을 담당하는 청년 리더들이었다.

나이는 나와 몇 살 차이 나지 않았지만 뭔가 달라 보였다. 같은 청년의 입장에서 그들이 너무나 멋있게 보였다. 순장이라고 해서 교회에서 어떤 특혜를 받는 것도 아니었다. 똑같은 유학생 신분으로서 대학과 대학원을 다니며 힘들게 아르바이트까지 감당하고 있었다. 그런데 그들이 자기 자신이 아닌 다른 사람들을 돌보고 섬기는 모습에서 믿음과 사랑의 크기가 남달라 보였다. '신앙의 훈련을 받는다는 것이 이렇게 사람을 아름답고 특별하게 변화시킬 수 있구나'라는 생각에, 나 역시 그들 무리 속에 들어가고 싶다는 갈망이 매 주일마다 일어나고 있었다.

석 달쯤 지난 어느 주일이었다.

"미로자매, 부담 갖지 않아도 돼."

예배 후에 내 옆자리에 앉은 순장님이 부드럽게 속삭였다.

나보다 2살 위였던 순장님은 내 친언니와 동갑이었지만, 26살이라고는 믿기지 않을 만큼 성숙하고 다부진 성품이었다. 지난주에는 우리 순의 자매들 다섯 명을 자신의 자취방에 초대해서 저녁 식사를 대접하더니 한 사람 한 사람의 손을 잡아가며 뜨겁게 기도해주었다. 우리에겐 마치 엄마와 같은 사람이었다.

그날 담임목사님은 설교 후에 직접 광고를 진행하셨다. 그런데 평소와는 다르게 목사님의 목소리가 떨리고 있었다. 내용인즉, 일본인 교회가 재건축을 하게 되면서 한 달 뒤부터 한국부 성도들은 이 교회 건물을 못 쓰게 된다는 것이었다. 그런데 유학생들로 인해 한국 성도의 수가 급작스럽게 늘어난 바람에 약 200명이나 되는 인원이 모여서 예배를 드릴 수 있는 장소를 찾기가 어렵다고 했다. 뿐만 아니라 그럴만한 예산이 현재 교회에 없다는 것이다. 그래서 어쩔 수 없이 건축 헌금을 위한 작정이 불가피하게 되었는데, 대부분 유학생들로 구성된 이 교회에서 성도들에게 부담을 주게 된 것 같다며 목사님은 차마 고개를 들지 못하고 있었다. 순장님은 내 손을 꽉 잡으며 한 번 더 말해주었다.

"미로자매, 헌금을 강요하는 것이 아닌 거 알지? 건축헌금은 자기가 할 수 있는 만큼 기쁘게 내면 되는 거야. 그런 마음을 하나님이 기뻐하시거든!"

나는 무슨 말인지 알고 있었다. 순장님이 걱정할 만큼 나는 교회 생활에 초짜가 아니었다. 하지만 어릴 적부터 교회를 다녔던 신앙생활 가운데 처음으로 건축헌금이라는 말을 들었던 건 사실이었다.

내가 내는 헌금이라고 해 봤자 매주 일요일에 조금씩 드리는 정도였다. 그에 비하면 내가 교회에서 얻고 있는 혜택은 너무나 많았다. 그런 생각이 드는 순간 부끄러웠다. 어쩌면 이것이 기회인지도 모른다는 생각이 들었다. 하나님께 그리고 교회에 조금이나마 은혜를 갚을 수 있는 절호의 기회 말이다.

어떻게 하나님이 기뻐하실 건축헌금을 드릴까?

작정헌금. 어느새 이 단어가 내 귀에 붙었다. 건축헌금이라는 명목으로 특별헌금을 하자는 와중에 이 말은 꽤 신선하게 들렸다. '작정'이라는 말은 어떤 결단이고 각오라는 뜻이 있을 텐데, 그 만큼 신중하고 또 도전을 요구하는 의미로 내게 와 닿았다.

'어떻게 하면 하나님이 좋아하시는 건축헌금을 드릴 수 있을까?'

그 날 이후로 나는 1주일 내내 이 생각뿐이었다. 순장님은 부담 갖지 말라고 했지만, 작정을 하는 일이고 도전을 하는 일인데 어떻게 전혀 부담을 갖지 않고 그것이 가능하단 말인가? 나는 오히려 좀 더 부담을 갖는 것이 마땅하다는 생각이 들었다. 무엇보다 나는 지금까지 한 번도 하나님께 선물 같은 선물을 드려본 적이 없었다. 언제나 달라고만 했고, 더 달라고 졸랐다. 맡겨 둔 것도 없으면서, 왜 그렇게 달라고만 하면서 살았는지 모를 일이다. 나 같은 사람도 하나님께 감동을 드릴 수 있다면 그것은 꽤 멋진 일이라는 생각마저 들었다. 그런 터무니없는 상상이 꼬리에 꼬리를 무는 동안 실실 웃음이 나왔다.

나는 어느새 전철 역 앞에 있는 사꾸라 은행 앞에 서있었다. 통장에는 앞으로 아르바이트를 찾을 때까지 쓸 수 있는 3개월 치 집세와 생활비가 남아 있었다. 한참을 들여다보았다. 하지만 망설임 없이 그 돈을 다 인출했다. 통장에는 그 새 이자가 붙었는지 45엔이 남아 있었다. 그리고 지갑에는 2, 3천엔 정도 들어 있었다.

가진 것을 거의 다 털었다. 이래도 되는 건지 누구에게도 물어볼 수 없었다. 너무나 즉흥적이었다. 그러나 이때가 아니면 그리고 이렇게 하지 않으면 안 될 것 같았다. 그 다음은 전혀 계산에 없었다. 집세는 일단 어제 냈으니 한 달은 여유가 있었다.

집에 돌아와서, 찾아온 지폐를 한 장 한 장 깨끗하게 다렸다. 하나님께 올려드리는 나의 첫 선물이니 정성을 다하고 싶었다. 그때부터 가슴이 벅차올랐다. 일요일까지 이틀이 남았다. 시간이 빨리 지나가기만 바랐다.

그날도 순장님은 내 옆에 앉아서 예배를 드렸다. 드디어 목사님의 설교가 끝나고 헌금 시간이 돌아왔다. 나는 준비한 건축헌금 봉투를 두 손에 들고 눈을 감았다. 다른 사람들은 몇 년의 기간 동안 매주 조금씩 건축헌금을 드릴 요량으로 보였지만, 나는 일본에 6개월만 어학연수로 부모님의 허락과 지원을 받고 왔기 때문에 시간의 여유가 없었다. 그래서 당연히 한 번에 최선을 다해 드리고 싶었다.

헌금 위원들이 헌금함을 들고 점점 내 가까이 걸어왔다. 나도 모르게 눈에서 감격의 눈물이 흐르고 있었다. 나에게 이런 마음을 주신 하나님께 너무나 감사했다. 그때였다. 내 머리를 스치고 지나 간 생각이 어느새 기도로 바뀌기 시작했다.

"하나님, 앞으로 2년 뒤에 교회가 멋지게 세워지면 그때 제가 이 자리에 꼭 있게 해주세요!"

전혀 예상치 못한 기도였다. 성전 재건축이 2년 정도 걸린다고 했었다. 그 사이에 한국부는 어느 건물에서든 임대를 해서 예배를 드리고 있을 것이다. 그러나 앞으로 내가 일본에 있을 수 있는 날은 부모님과 약속한 기간 중 남은 3개월 정도였다. 더 있으면서 내 불투명한 미래를 개척하고 싶었지만, 나의 신체로는 다른 유학생들이 하는 아르바이트를 체력적으로 감당할 수가 없었다.

　그러나 내 가슴에서부터 입 밖으로 새어 나온 그 기도는, 이런 모든 상황 위에 계신 분을 향해 있었다. 그것은 앞으로 2년 동안 일본이라는 타국에서 내 건강과 내 영혼을 지켜 주시기를 구하는 간구였고, 무엇보다 앞으로 무엇을 해야 할지 몰라서 방황했던 나의 진로를 책임져 주시기를 바라는 간절한 마음이었다. 그렇게 2년을 버틸 수 있는 힘과 할 일을 준비시켜 달라는 나의 소원을 하나님께 올려드렸던 것이다.

　확실히 무모한 시도는 대가 지불을 요구하는 법이다. 나에게 남아 있던 몇 천 엔이 점점 바닥이 나고 있었다. 마침 교회에서는 옥한흠 목사님께서 집필하신 '평신도를 깨운다'라는 책으로 2주간 제자 훈련에 들어갔다. 거의 모든 성도들이 오전 10시와 저녁 7시 두 타임으로 나눠서 집중훈련을 받고 있었다. 어학원이 방학 기간이라서 나는 오전부터 다 참석하고 있었다. 오전 10시부터 2시간 동안 이어지는 수업이 끝나면 교회에서 간단한 국수로 점심을 먹고 성도들은 각자 집으로 돌아가는데, 나는 집에 갈 수 없었다. 차비가 없었던 것이다. 어차피 저녁에도 수업이 있으니 나는 그때까지 교회에 남아 있기로 했다.

　교회라고 해서 모두가 기도하고 예배를 드리는 것은 아니다. 나 같이 갈 데가 없거나 할 일이 없는 사람은 긴 의자에 누워 자기도 한다. 그래도 저녁까지 시간은 너무 많이 남아 있었다. 오늘 배운 내용이 참 좋았다. 그래서 다시 읽고 복습하다가 내일 배울 내용에 미리 성경 구절을 찾아 적고 있었다. 그 말씀 한 절 한 절이 너무나 은혜로 다가왔다. 마치 누가 내 옆에서 개인 레슨을 해주는 것처럼 마음에 보석같이 하나하나 자세하게 새겨지고 있었다.

나는 문득 생각했다. 예배실에서 하나님 눈에 가장 잘 띄는 곳은 어디일까? 아무래도 맨 앞자리 같았다. 나는 자리를 옮겨서 가장 앞줄에 앉았다. 성경책을 읽다가 문득 눈앞에 있는 나무로 된 강대상에 한번 서보고 싶었다. 아무나 서지 못하는 강대상에서 말씀을 전한다는 것은 정말 멋진 일이 아닌가!

막 가슴 떨리는 상상을 하고 있을 때였다. 갑자기 예배실 문이 열리면서 남자 집사님이 청소기를 들고 들어왔다. 나는 반사적으로 후다닥 움직여 'ㄷ'자로 된 강대상 안쪽에 몸을 숨겼다. 왜 그랬는지는 모르겠지만 거의 폴더 폰처럼 몸을 접은 채로 숨을 죽이고 있었다. 청소기 돌아가는 소리가 윙윙 들렸다. 한참 후 소음이 끊기고 입구 문이 닫혔다. 청소가 끝난 모양이었다.

나는 그 상태로 한참을 있었다. 다리가 저려오는 것도 몰랐다. 눈을 감고 그 자리에 웅크리고 앉은 상태에서 조용히 기도했다.

"주님, 저 여기 있어요. 차비가 없어서 집에 못 갔지만, 그래도 곧 있으면 저녁 7시 수업을 다시 받을 수 있어서 참 좋아요. 사실 배도 좀 고프지만, 그래도 좋아요."

독백 같은 기도가 끝없이 흘러 나왔다. 참 신기했다. 내가 언제부터 이렇게 교회가 좋고 말씀이 좋아진 것일까?

2주간의 제자 훈련이 끝나던 금요일 저녁이었다. 영주 언니가 다가와서 나에게 같이 청소 아르바이트를 해보지 않겠냐고 물었다. 그 놀라운 제안에 나는 무척 기뻤다. 유학생들이 하는 아르바이트 중에는 정말 위험하고 힘든 일이 많았다. 새벽 신문 배달부터 고기 집에서 철판을 닦는 일까지, 거의 대부분은 장시간 서 있어야 하는 일이었다. 그에 비하면 청소 아르바이트는 하루 3시간 정도만 이곳저곳 움직여가며 할 수 있었고, 또 사무실 청소였기 때문에 안전했다. 무엇보다 시급이 생각보다 높았다.

교회 언니가 하고 있는 일이었기 때문에 나는 안심하고 언니를 따라 면접을 보러 갔다. 일본은 아르바이트라고 해도 인맥이 중요하다. 더욱이 외국인이라면 새로운 사람을 거의 쓰지 않는다. 이미 일하고 있던 사람의 소개를 중요시 여기기 때문에, 언니의 소개는 보증수표 같은 것이었다. 9층 건물에 나는 3개 층만 청소하면 되는 일이었다.

나는 조만간 빈털터리가 될 처지였다. 정말 그렇게 될 뻔했다. 당시 나에게는 하나님께서 내 삶을 책임져 주실 거라는 믿음이 아직 없었다. 그러나 하나님은 우리의 필요를 다 아시고 또 이렇게 때를 따라 채워주신다는 것을 경험하게 된 것이다.

소원을 소망으로 바꾸신 하나님

사무실 청소라고 해도 막상 해보니 만만한 일이 아니었다. 테니스공만 한 크기의 바퀴 네 개 달린 커다란 청소기는 내 두 손으로 들기도 버거운 무게였다. 게다가 사무실 한 층의 넓이는 거의 120평이 넘었다. 수십 개의 재떨이와 또 수십 개의 쓰레기통을 비우면서 먼지도 양껏 들이마셨다. 특히 8층의 디자인 회사는 잔잔한 필름들이 바닥 카펫 위에 떨어져 있어서, 하나하나 맨손으로 집어서 버릴 때마다 수시로 손톱 사이에 박히거나 손이 베였다. 때문에 거의 매일 손가락에 반창고를 붙여야 했다. 따뜻한 물이 전혀 나오지 않는 탕비실에서 찬물로 걸레를 빨고, 회의가 늦게 마칠 때에는 기약 없이 사무실 문 밖에서 기다려야 할 때도 많았다.

파란색 청소복을 입고서 일본인 사무실에 들어서는 순간부터 나는 국적도 부모도 전공도 심지어 인격도 불투명한 존재가 되어 있었다. 가끔 상사로 보이는 일본인의 격한 소리도 들어야 했다. 눈치 없이 회의실 문을 열었다가 알아듣지도 못하는 욕설도 들어야 했다. 그때마다 화장실에 숨어서 눈물을 삼켜야 했다. 그렇지만 저녁 청소가 끝나고 가끔 언니와 함께 인근 중국집에 들러서 군만두에 오렌지 주스를 곁들여 먹는 날이면, 그 맛이 기가 막히게 좋아 힘든 마음과 피로를 씻을 수 있었다.

그렇게 겨울을 보내며 새해를 앞두고 있었다. 영주언니는 와세다 대학 학부를 지원했고, 나는 오차노미즈 국립 여대 대학원 연구생 과정 발표를 기다리고 있었다. 놀랍게도 우리 두 사람은 동시에 합격이라는 통보를 받게 되었다. 그리고 그 소식을 청소 아르바이트 알선자인 스가와 할아버지가 알게 되었다.

할아버지는 언니와 나를 앞세워 사무실 층층마다 다니며 마치 자신의 손녀들인 양 자랑을 하셨다. 영문도 모르고 있던 일본인 사원들은 그때 비로소 우리가 한국인 유학생이란 사실을 알게 되었다. 그리고 처음으로 몇 사람의 일본인 사원들이 나와 언니를 향해 인격적인 인사를 해주었다.

분위기는 완전히 달라졌다. 내가 청소복을 입고 사무실에 들어서자 예전과는 다르게 내 이름을 물어보는 사원이 있는가 하면, 책상 옆으로 청소기를 밀며 다가가면 하던 일을 멈추고 자리에서 일어나서 쓰레기통을 들어주는 사원들까지 생겼다. 서로 바라보는 표정은 미소로 바뀌었다.

참 신기한 일이 아닐 수 없었다. 무엇보다 내 마음에서 새로운 기도제목이 생겼다. 언젠가 나도 이런 기업에서 일을 하고 싶다는 소망. 그것도 일본 기업에 들어가서 한국인이 감당할 수 있고, 그리스도인이 감당해야 할 일을 하고 싶다는 소망의 기도가 심겨지기 시작했다.

아무런 기대감도 없고 무엇을 할지도 모른 채 무작정 유학을 결심했던, 한 몸이 약한 청년. 겨우 6개월의 어학연수 계획만 갖고 무작정 일본에 들어왔던 그는, 그 자신의 기도를 받아주신 하나님의 은혜로 일본에서 2년의 시간을 보내며 대학원 연구생이 된다. 그리고 이후 일본의 대표 증권회사에 한국인으로서는 유일하게 입사한 사원이 된다.

이것이 나의 이야기라는 것을 생각하면 아직도 놀랍다. 그 이유는 바로 나의 힘으로 된 것이 아니기 때문 아닐까?

지금도 건축헌금을 소중히 드리던 그날이 생생하게 떠오른다. 2년 뒤나를 그 자리에 다시 서게 하실 하나님을, 그 기도를 드릴 당시에는 나도 다 알지 못했다. 그러나 하나님은 분명히 살아계시고, 지금도 내 곁에서 나의 길을 아름답게 인도해 가시는 분이라는 사실을 고백하며, 그 이야기를 계속 나누어보고자 한다.

02.
코끼리 문방구에서 예수님을 만나다

주는 나의 하나님이시니
나를 가르쳐 주의 뜻을 행하게 하소서
주의 영은 선하시니 나를 공평한 땅에 인도하소서
(시편 143편 10절)

소속감과 자존감

일본에서 유학생으로 맞이하는 첫 여름이 다가왔다. 내가 다니는 교회에서 KOSTA(KOrean STudents All nations) 라는 해외 유학생 수련회에 참가하기 위한 등록을 받고 있었다. KOSTA는 일본에 거주하는 한국인 유학생뿐 아니라 한국에서도 건너와 참가하는 대형 집회였다. 일본인 대학생들을 포함해 이번 참가자 숫자가 적어도 천여 명이라는 소식이 들려왔다.

당일인 화요일 이른 아침부터 교회 앞에는 수련회 장소인 나가노로 출발하는 대형 전세버스가 십여 대나 대기하고 있었다. 나는 개인적으로 이런 대규모 청년 수련회는 처음이었다. 그 기대감과 흥분은, 마치 내 인생에 하나의 획을 그을 수 있을 것 같은 예감 속에서 주체할 수 없이 피어올랐다.

　드디어 3박 4일의 KOSTA 일정이 시작되었다. 이틀 째 저녁 집회 시간이 되자, 무더운 8월의 섬나라 일본은 고온다습한 기후의 절정을 이루었다. 집회 장소는 뜨거운 찬양의 열기가 더해져 그야말로 불가마와 다를 바 없었다. 수백 명의 박수 소리와 찬양의 함성과 강렬한 리듬. 그 충만한 공기 속에서 특강을 담당하신 강사분이 무대 중앙으로 성큼성큼 걸어 나오셨다. 회중과 함께 차분하게 성경 본문을 번갈아 읽고는, 어느 지방에서 오셨는지 그분만의 특유한 사투리가 섞인 설교말씀이 집회장소 구석구석 은혜롭게 전달되었다.

　사방 곳곳에는 에어컨에 달아 놓은 천 조각들이 세찬 바람에 정신없이 혀를 날름거리고 있었지만, 인간 난로가 뿜어내는 열기에는 한참 밀리고 있었다. 덥고 잠도 오고 피곤이 막바지에 오른 그 때였다.

　"여러분, 우리가 어릴 적 유년기 때 반드시 이 두 가지가 형성되지 못하면, 역기능적 성인이 되거나 결국 자신을 사랑하지 못하고 남도 사랑할 수 없는 비뚤어진 인간성이 되기 쉽습니다."

　그 순간 나는 상체를 앞으로 쑥 내밀었다. 내 귀에 똑똑하게 들려온 그 두 단어! '소속감'과 '자존감'에 대한 강사의 설명이 이어졌다.

　"소속감은 아이가 부모에게 충분한 사랑을 받을 때 형성되는 심적 안정감이고, 자존감은 아이가 부모에게 충분한 칭찬을 받을 때 형성되는 심적 자부심입니다."

말하자면 유년기에 부모로부터 충분한 사랑과 칭찬을 받지 못하면, 소속감과 자존감의 결핍으로 인하여 성장 과정에서 다양한 문제를 낳게 된다는 것이었다. 그리고 사랑과 칭찬이 결핍된 아이에게는 대표적으로 두 가지 증상이 나타나는데, 그것은 바로 거짓말과 도둑질이라는 형태로 발전할 수 있다는 부연 설명이 이어졌다. 그 순간부터였다. 나는 그 다음의 설교가 더 이상 들리지 않았다. 시선은 무대 위 강대상에 꽂혀 있었지만, 나의 모든 감각은 순식간에 16년 전으로 되감기 되고 있었다. 거기에 초등학교 2학년 여자 아이가 있었다. 그리고 흘러온 시간 동안 뿌연 먼지가 켜켜이 쌓여 가려져 있던 그 아이의 외로움과 상처가 보이기 시작했다.

텅 빈 교실에서 찾은 새로운 놀이

내가 어렸던 그때만 해도 여자아이들에게 제일 인기 있었던 놀이는 단연코 고무줄 놀이였다. 그리고 땅 따먹기, 술래잡기, 시마(돌) 차기였다. 하필이면 모두가 다리를 사용하는 놀이였다. 왼쪽다리가 소아마비로 부실했던 나는, 언제나 한쪽 구석에 앉아 구경하는 담당이었다. 그래도 그 구경이 마냥 흥미롭고 재밌었다. 어쩌다 한번이지만 나에게 '깍두기'라고 해서 놀이에 끼워주는 날이면 무척 신이 났던 시절이었다.

엄마는 1년에 꼭 한 번씩 새 학기가 되면 내 담임 선생님을 만나러 학교에 오셨다. 한 가지 부탁을 드리기 위해서다. 내 다리에 장애가 있다는 것을 알리고, 부디 체육 시간에는 교실에 남아 있게 해달라는 부탁이었다. 그런데 엄마는 하나만 알고 둘은 모르셨다. 체육 시간을 피하는 것으로 내 다리는 안전하고 편할 것으로만 아셨지, 내 마음은 몹시 불편하고 외로울 거라는 사실은 전혀 예상하지 못하신 거다.

초등학교 2학년 아이가 혼자 지켜야 하는 교실 크기는 너무나 컸다. 그리고 무서웠다. 겨울이면 같은 반 친구들이 빠져나가면서 온기마저 따라 나갔다. 혹시 복도에 모르는 사람이라도 지나가면 흠칫 놀라서 책상 밑으로 숨기도 했다. 결국 창문가에 껌 딱지처럼 찰싹 붙어서, 친구들이 운동장에서 하는 체육수업을 물끄러미 쳐다보기만 했다. 가끔씩 따뜻한 햇살에 졸기도 했다. 그렇게 40분의 시간이 지나면 종이 울린다. 아이들은 땀으로 범벅이 되서 교실로 들어오고, 나는 그때서야 마음이 놓였다.

'아, 이제는 혼자가 아니구나!'

그날도 어김없이 3교시에 체육 수업이 있었다. 친구들은 하얀 체육복으로 갈아입고 앞 다퉈 교실을 뛰어 나갔다. 온기마저 사라진 2학년 텅 빈 교실에 나만 덩그러니 남았다. 그런데, 그날따라 생전 처음으로 묘한 장난기가 발동했다. 두 명씩 앉게 되어 있는 나무 책상이 족히 25개가 넘는 교실이었다. 창문가에 서서 친구들의 책상을 물끄러미 바라보는데 작은 물건들이 형형색색으로 눈에 띄기 시작했다. '지우개'였다. 자동차, 무지개떡, 곰돌이, 바나나, 각 나라 국기까지 정말 그 색깔도 모양도 크기도 다양했다.

'지우개 종류가 저렇게 많았나?'

뭔가에 끌린 듯 나는 교실을 천천히 돌아다니며 책상 위에 있는 친구들의 지우개를 하나하나 만지작거렸다. 그리고 나도 모르게 그것들을 바지 호주머니에 넣기 시작했다. 어느새 터질 것 같은 바지 주머니를 두 손으로 꽉 잡고 이제는 내 책가방을 열어서 담기 시작했다. 마치 어항 속 바닥에 깔려 있는 돌멩이들처럼, 내 가방 바닥에도 형형색색 지우개들이 소복이 깔려 있었다. 그것이 그렇게 흐뭇할 수 없었다.

그 다음 주 체육시간이 돌아왔다. 이제는 나도 모르게 친구들이 좀 빨리 나가주기만을 기다렸다. 친구들은 지난주에 자기 지우개가 없어진 걸 알고 분명 새로운 지우개를 가져왔을 것이다.

은근히 신이 났다. 교실을 돌아다니며 책상 위, 필통 속, 그리고 교실 뒤에 잃어버린 물건을 담아놓던 깡통 속까지 확인하면서 쓸 만한 지우개만 골라 가방에 담았다. 그건 나만의 놀이였다. 놀랍게도 이 짜릿한 놀이는 지능적으로 발전하기 시작했다.

그 날은 우리 반과 옆 반이 체육 합반 수업이 있는 날이었다. 궁금해졌다. 옆 반 친구들은 어떤 지우개를 쓰는 걸까? 빨리 체육 시간이 되기만을 기다렸다가, 우리 반 교실 뒷문을 열고 조용한 복도를 훑었다. 아무도 보이지 않았다. 옆 반 교실의 앞문을 조심스레 열었다. 아무도 없었다. 이 반은 나처럼 다리가 부실한 친구가 없는 모양이다. 책상 위로 보이는 필통들이 그저 고마웠다. 이제는 아무 거나 담지 않았다. 우리 반에서 보지 못했던, 그리고 조금은 비싸 보이거나 작은 글씨로 'Made in' 이 적혀 있는 것들만 골라 담기 시작했다.

지우개 사장님을 만나러 가자

우리 엄마는 초등학교 선생님이셨다. 다행히 우리 학교 선생님이 아니어서 나의 학교생활을 세세히 아실 리는 없었지만, 그래도 언제부턴가 불편해지고 있었다. 엄마는 늘 집에 오시자마자 언니랑 여동생 그리고 내가 방 안에서 무엇을 하고 있는지 확인할 새도 없이 급하게 저녁상을 차리셨다.

"밥 먹자"

그날도 엄마의 다정한 목소리가 내 등 뒤에서 들려왔다. 그리고부터는 아무 소리가 들리지 않았다. 잘 들리던 라디오 소리가 전파 장애로 순간 끊어진 것 같은 몇 초의 시간이 흘렀다. 그때서야 나는 고개를 돌려보았다. 엄마는 무겁게 보이는 둥근 밥상을 내려놓을 생각도 하지 못한 채 나를 물끄러미 내려다보고 계셨다. 언니는 엄마가 들고 있던 밥상을 받아서 천천히 내려놓았다. 엄마는 계속 나와, 내가 하고 있던 공기놀이만을 번갈아 보고 계셨다. 그리고 겨우 한 마디 하셨다.

"그게 다 뭐야?"

기본적으로 공기놀이는 다섯 개의 공기를 사용하는 놀이였다. 그런데 내가 방 안에서 하고 있던 공기놀이의 공기 수는 족히 120개가 넘었다. 놀이의 판이 좀 컸던 것이다. 그리고 색깔도 모양도 크기도 다양했다.

어쩌면 이런 공기놀이는 엄마도 난생 처음 보셨을 것이다. 지난 2주 동안 내가 알뜰하게 모았던 지우개를 한 자리에 풀어 놓고 정신없이 공기놀이를 하고 있었던 터라, 그 흥분은 이루 말할 수 없었다. 지금 밥이 문제가 아니었다.

엄마의 세 번째 목소리가 들려왔다.

"이거 다 어디서 났어?"

그 질문의 의미를 파악하지 못했던 나는, 공중으로 올라간 지우개 하나를 낚아채며 간단히 대답했다.

"지우개 사장님이 주셨어!"

그러고는 속으로 웃었다. 엄마 딸이 누군가에게 이렇게 사랑을 받고, 또 이렇게나 많은 지우개 선물을 받아 올 수 있다니, 분명 흐뭇해하실 것 같았다.

이어서 그 날 저녁에 내가 마지막으로 들었던 네 번째 엄마의 목소리가 들려왔다.

"가자! 지우개 사장님 만나러!"

그날은 11월이었고, 날씨가 제법 쌀쌀했다. 이미 어둑어둑해진 골목을 옅은 주황색 가로등 불빛만이 비추고 있었다. 나는 엄마 손에 붙잡혀서 어디론가 끌려가고 있었다. 밥도 못 먹었다. 옷도 제대로 입지 못했다. 춥고 배고픈 것도 서러운데, 엄마는 계속 같은 말씀만 하셨다.

"지우개 사장님 만나러 가자! 지우개 사장님 집이 어디야?"

그렇게 동네를 수도 없이 뱅글뱅글 돌았다. 이제는 더 이상 끌려갈 힘도 없어서 결국 백기를 들었다.

"엄마, 잘못 했어요. 엄마 잘못 했어요."

사실 내가 뭘 잘못 했는지 몰랐다. 그냥 그래야지만 오늘 안으로 집에 들어갈 수 있을 것 같았다. 엄마도 지치셨는지 아니면 이쯤 하면 제대로 나를 가르치셨다고 생각하셨는지, 땅바닥에 주저앉아 엉엉 우는 나를 업고 집으로 돌아오셨다.

일단 엄마의 훈계는 제대로 먹혔다. 그 이후로 나는 지우개를 담아오지 않았다. 원 없이 공기놀이도 했으니, 다시는 같은 문제로 엄마를 화나게 하고 싶지 않았다.

혼자 하는 놀이의 진화

새 학기가 되고 3학년 교실에 찾아온 엄마는 내게 잠시 나오라는 손짓을 하셨다. 내 목도리를 바로 묶어 주시면서 한 마디를 하시고는 곧장 복도를 지나 총총 사라지셨다.

"미로야, 오늘 선생님 만나서 말씀드렸으니까 체육 시간에 나가지 말고 교실에 있어."

초등학교에 입학하고 세 번째 듣는 엄마의 말씀이었다. 이제는 제법 키도 크고 몸도 커서 혼자 교실을 지키는 것은 무섭지가 않았다. 그리고 지우개의 유혹 따위는 사라진 지 오래였다.

다만 관심사가 달라졌을 뿐이다. 이제 나는 교실을 지키는 내내 한시도 쉬지 않고 입 안 가득 풍선껌을 씹어댔다. 얼굴 반만 한 풍선을 불었다가 코끝에서 터뜨리는 그 맛은 오감을 자극할만한 놀이였다. 슈퍼마켓 입구 선반에 낱개로 늘어놓고 팔았던 풍선껌은 내 작은 손으로 한줌 집어오기 꽤 쉬운 품목이었다. 엄마를 따라 슈퍼를 가는 날이면 언제나 주머니가 큰 잠바를 챙겨 입었다. 그렇게 나의 도벽은 점점 더 대범하게 영역을 넓혀가기 시작했다.

3학년 1학기가 지나갈 무렵이었다. 엄마는 저녁 설거지를 끝내시고 우리 세 딸에게 아주 좋은 소식을 전해주시겠다며, 종이 한 장을 바닥에 깔고 연필로 이층집을 그리기 시작하셨다.

"다음 주에 우리 이사 갈 거야. 엄마 학교랑 가까운 집을 겨우 찾았는데, 주인집 할머니도 좋으셔서 얼마나 다행인지 몰라! 이사 간다니까 좋지? 이제는 엄마랑 같은 학교에 다닐 거니까 잘 해야 돼?"

언니와 동생은 박수를 치며 좋아했다. 그러나 내 심장은 쿵 하고 내려앉았다. 충격적이었고 두려웠다.

'아, 난 이제 죽었다!'

나의 놀이 문화에 큰 타격이 올 것이 분명했다. 혹시라도 나 때문에 같은 학교를 다니는 엄마가 불리한 일을 겪으면 어떡하나 라는 최악의 시나리오가 머릿속에 펼쳐지고 있었다. 그러나 이제는 이쯤에서 나의 놀이를 다른 쪽으로 바꿔보자는 생각은 전혀 들지 않았다. 그날 밤, 어떡해서든지 좀 더 치밀하고 노련하게 나를 정비해서 최대한 들키지 말자는 쪽으로 가닥을 잡았을 뿐이다.

엄마는 우리 세 딸을 엄마와 같은 학교로 전학시키고 나서부터, 유독 내 손을 잡고 함께 등교를 하셨다. 전학을 오기 전의 학교에서는 아무도 나에게 시선을 주지 않았다. 그런데 이제는 선생님의 손을 잡고 가는 쟤는 누구냐는 식의 시선이 사방에서 쏟아졌다.

"어머? 선생님 딸인가 봐요? 와, 귀엽네!"

낯선 아줌마, 아저씨들이 호감과 친근함을 보이기도 했다. 점점 나를 알아보는 사람들이 많아졌다. 그건 몹시 불편한 일이었다. 특히 교문 바로 앞에 있는 코끼리 문방구 아저씨는 왠지 엄마랑 더 친하게 보였다. 아침마다 큰 소리로 "선생님, 좋은 아침입니다!" 하시고는, 꼭 빼놓지 않고 내 이름을 불러 주셨다.

"미로야, 오늘도 파이팅!"

그러나 그 파이팅의 인사는 나에게 당신의 코끼리 문방구를 언제든 내어 주겠다는 환영 인사로 들려왔다. 그때를 기다리고 있었던 참이었다.

코끼리 문방구에서 생긴 일

일요일 아침이었다. 초등부 예배가 마치자마자 나는 언니를 졸라 문방구에 갔다. 다음 주가 어버이날이기 때문에 엄마에게 선물을 주고 싶다는 착한 생각이 들었다. 마침 코끼리 문방구 입구에 놓인 큰 유리 박스 안에 정말 고급스럽게 보이는 브로치가 여러 개 보였다. 큐빅으로 아기자기하게 장식한 브로치부터 깃털과 진주와 비단을 사용한 것까지 독특한 디자인들이 내 구미를 당겼다. 그 앞에서 한참을 서있었다. 엄마는 어떤 것을 좋아하실까? 오직 그 생각뿐이었다. 며칠 전에는 수 십장의 딱지와 볼륨이 있는 스티커를 집어왔지만, 오늘은 좀 더 신경 써서 골라야 한다는 생각만 했다. 그것이 얼마인지, 그리고 어떻게 집어 갈 것인지는 문제가 되지 않았다. 지금까지 나의 무사고 수집 경력은 꽤 안정적이고 치밀했기 때문이다.

오늘은 휴일이라 손님이 많지 않았다. 일단 품목만 눈에 익히고, 나는 안쪽으로 이동해서 며칠 전 봐두었던 수첩 코너를 서성였다. 허리를 굽혀서 입구 쪽을 다시 한 번 더 확인했다. 아저씨는 마침 손님이 찾는 훌라후프를 몇 개 꺼내서 직접 허리로 돌리고 있었다. 절호의 타이밍이었고, 나는 안전이 보장된 사각지대에 서있었다. 브로치보다는 한결 가벼운 마음으로 내 바지 주머니에 족히 들어갈 만한 스프링 수첩을 두세 개 골랐다. 계속해서 수첩의 종이 재질이 좋아지고 있다는 여유로운 생각을 하며 슬며시 내 바지 주머니로 수첩을 넣으려던 그 순간이었다.

"악!"

나는 그 자리에서 힘없이 주저앉고 말았다. 아니 정확히 말하면, 어딘가에 걸려서 공중에 매달린 느낌이었다. 누군가의 가슴이 내 등을 감싸고 있었고, 내 두 팔을 강하게 붙잡고 있었다.

이런! 코끼리 문방구 아저씨였다. 아저씨는 아무 말도 하지 않고 계속 나를 끌어안고 계셨다. 나 역시 숨을 죽인 채 눈을 꼭 감고 있었다.

'이러면 안 되는데, 이러면 큰 일 나는데.'

작년에 엄마 손에 이끌려 지우개 사장님을 찾으러 마구 끌려 다녔던 그 밤이 떠올랐다. 그러나 아저씨는 내 엄마가 아니었다. 엄마일 수가 없었다. 나를 타일러서 그냥 보내줄 것 같지가 않았다. 코끼리 문방구를 마주보고 있는 또 다른 문방구에서 며칠 전 내 옆 반 친구가 뭔가를 훔쳤던 모양이었다. 그 주인아주머니는 그 친구의 뒷덜미를 야무지게 잡아채며 당장 네 엄마 불러 오라고 난리도 아니었다. 그것을 보면서 내심 '어쩌다가 들켜서 저러나…' 생각했었다. 그런데 이제는 내 차례인 모양이다.

이것은 믿을 수 없는 수치였고 공포였다. 다른 사람도 아닌 내가? 지금까지 단 한 번도 들켜보지 않았던 내가? 오늘이 일요일이라서 다행이었다. 퇴근하시는 엄마가 나를 보게 되었다면, 엄마는 더 이상 이 학교에 못 다니게 될지도 모른다는 생각을 진작부터 해왔기 때문이다.

'살려 주세요!'

난생 처음으로 목이 메는 기도가 나왔다. 그 순간이었다. 오른쪽 귓가에서 작은 음성이 들려왔다.

"미로야, 이러면 안 되지."

이건 내가 예상했던 음색이 아니었다. 너무나 고요한 음성이었다. 매일 아침 등교할 때마다 호탕하게 큰 소리로 내 이름을 불러 주시던 아저씨 목소리가 아니었다. 처음 듣는 음성이었다. '다른 사람인가?' 물소리 같기도 하고 바람소리 같기도 했다. 그것이 더 두려웠다. 뒤를 돌아볼 수가 없었다.

다음 순간 아저씨는 조심스럽게 당신의 팔에서 힘을 빼셨다. 그리고 나를 조용이 내려 놓으셨다. 나는 이 때다 싶었다. 바지 주머니에서 스프링 수첩을 순식간에 꺼내어 있는 힘껏 내던지며 소리를 질렀다.

"나 이거 훔친 거 아니에요!"

그리고는 뒤도 보지 않고 내달렸다. 누가 뒤에서 나를 잡으러 쫓아오는 것 같았다.

"야, 같이 가!"

아저씨 대신 언니가 다급히 내 뒤를 쫓으며 달려왔다.

16년 전에 만났던 예수님을 기억하다

집회장 에어컨 바람과 맞부딪히며 강사 목사님의 목소리가 아주 가볍게 들려왔다.

"하나님은 여러분을 찾아 가십니다. 그리고 말씀하십니다. 너 지금 이러면 안 된다고! 너는 내 음성을 듣고 돌아오라고! 그 음성을 듣는 이 밤이 되길 바랍니다."

집회장을 가득 매운 사람들은 하나같이 큰 소리로 "아멘!"하며 화답했다. 그와 동시에 무대를 환기시키는 건반악기의 선율이 잔잔히 흘러 나왔다. 음악의 힘이란 참으로 놀라웠다. 이성이 흐물흐물 녹아내리며 전혀 의도하지 않았던 눈물이 흘렀다. 정말 이유를 알 수 없는 눈물이었다. 그러다 문득 드라마의 한 장면과도 같은 낯익은 장소가 내 눈 앞에 펼쳐졌다. 내 옆에 앉아 있는 사람들은 볼 수 없는, 그 순간 나만 관람할 수 있는 영화의 한 장면처럼!

어떤 사람의 뒷모습이 보였다. 그 사람은 한 어린 아이의 등을 뒤에서 감싸 안고 있었다. 아이는 오른손에 작은 수첩 하나를 쥐고 있었고, 그 사람은 아이에게 뭔가 귓속말을 하고 있었다. 그 귓속말이 왜 지금 내 귀에까지 들리는 것일까? 분명 언젠가 들어봤던 고요한 음성이었다.

"미로야, 이러면 안 되지!"

다시는 떠올리고 싶지 않았던 그 곳, 그리고 그 분! 코끼리 문방구 아저씨였다.

그런데 자세히 보니 아저씨가 아니었다. 불편하지만 그런 확신이 들었다. 그 아이를 등 뒤에서 안아 주시고, 부드럽게 말씀하시고, 다시 조용히 놓아주셨던 그 분은, 다름 아닌 우리 예수님이셨다.

"내가 너를 찾아갔노라!"

내 귓가에 물소리처럼 흐르는 주님의 음성을 온몸으로 듣게 되었다. 그토록 이해할 수 없었던 내 유년기의 도벽과 거짓말과 두려움과 외로움의 파편들이 하나하나 주체할 수 없는 눈물방울이 되어 마구 터져 나오기 시작했다.

집회장을 가득 매운 수백 명의 사람들이 자기 숙소로 다 돌아갈 때까지 나는 움직이지 않았다. 그곳에 혼자 남아 울고 또 울었다. 기억 속에 사라진 코끼리 문방구에서 주님은 다시 나를 기다리고 계셨다. 그리고

[나를 기억하라!] 말씀하시는 것이었다.

    진화를 거듭하며 담력을 키워갔던 나의 도벽은 코끼리 문방구에서 주님을 만난 이후로 신기할 정도로 깨끗이 사라졌다. 누구에게 들킬까 봐 조마조마하거나 두려워할 일이 내 인생에서 사라진 것이다. 나를 혼자 두지 않으시고, 포기하지도 않으시며, 끝까지 찾아오셔서 내 아픔을 고스란히 안아주셨던 그 진한 사랑 때문이었다.

03.
주라! 그리하면…….

두 명의 룸메이트

배우자를 고를 때는 밀당은 기본이고 장, 단기적 탐색기를 갖기 마련이다. 그러나 유학지에서 룸메이트가 필요할 때는 신중할 겨를이 없다. 서로 경제적 부분만 합의된다면, 그 친구의 배경이나 성격, 그리고 종교까지도 굳이 따질 이유가 없었다.

어학원을 졸업할 때까지는 어학원이 운영하는 기숙사에서 살 수 있을 거라 생각했다. 그러나 내 예상은 빗나갔다. 막상 일본 땅에 발을 딛고 정신을 차려보니 어학원과 기숙사의 거리가 너무나 멀었다. 현지 물가를 고려할 때, 매일의 왕복 버스 요금은 무리한 지출이라는 계산이 나왔다. 그 때문에 하루라도 더 빨리 어학원 근방으로 집을 구해야만 했다.

나뿐만 아니라 기숙사에서 만난 15명 정도 되는 유학생들 대부분이 그러했다. 저녁마다 공동 거실에 모여서 누가 누구랑 룸메이트가 될 것인지, 짝짓기 모의에 여념이 없었다. 여유가 있던 한 친구는 당당하게 나홀로 독립을 선언했고, 다른 한 쪽에서는 간택을 기다리는 소심한 어린 친구도 보였다.

　그나마 나는 이미 안면을 트고 하루를 함께 보냈던 숙이언니와 유정이가 있었다. 숙이언니와 유정이는 우연히 나와 같은 나리타행 비행기를 탔던 사람들이다. 그리고 현지 어학원에서 운영하는 기숙사에서도 만나게 되었다. 그것으로 우리에게는 낯선 땅에서 서로 룸메이트가 될 만한 충분한 이유가 되었다. 우리는 암묵적인 동거를 결심했고, 그것은 내게 작은 위안과 안정감을 주었다.

　어학원에서는 방을 따로 구하는 유학생들을 위하여 니뽀리 역 근처에 있는 치요다 부동산을 소개시켜 주었다. 숙이언니와 유정이는 약속이나 한 듯 나를 부동산 안으로 앞세워 밀어 넣었다. 우리 세 명 중에 그래도 내가 말 한 마디라도 더 알아들을 거라고 믿었던 모양이다.

　"곤니찌와!"

　우리를 맞이해준 백발의 노신사가 부동산 간판에 적혀 있는 그 치요다 사장님이었다. 다 타버린 숯검정처럼 검정색 뿔테 안경 밖으로 튀어나온 거친 눈썹은, 자신의 영역 안으로 들어온 모든 고객은 절대 놓치지 않으리라는 비장함이 사뭇 엿보였다.

　"어떻게 오셨습니까?"

"어학원에서 소개 받고 왔습니다. 우리 세 명이 쓸 집을 구하려고 하는데요."

치요다 사장님은 마침 5층 건물에 4층이 하나 비어있다며 우리의 의향을 물었다. 금액이 우리의 예상과 근접하고 어학원과 5분 거리라서 적당하다고 생각했다. 집 주인은 부동산의 연락을 받고 '원자 하우스'라는 푯말이 붙어 있는 5층 건물 앞에서 우리를 기다리고 있었다.

"4층까지는 세입자들이 살고, 저는 바로 위 5층에 살고 있습니다. 청소는 했으니 바로 이사와도 괜찮습니다."

우리 세 사람은 서로 마주보며 환하게 웃었다. 생각보다 수월하게 집을 구한 것이다. 세 명이 집세를 분담하다 보니, 일본의 부동산법대로 처음 입주할 때 월세의 6배를 일시불로 지불한다 해도 크게 부담이 되지 않았다. 부동산 사장님과 집 주인은 '친절의 신'이라 해도 과언이 아니었다. 그 두 사람의 스마일 세례로, 내 마음은 한층 편안해졌다. 타국에서 처음으로 내가 직접 부동산 계약을 하고 집을 구했던 뿌듯한 하루가 지나갔다.

벼랑 끝에서 부르게 되는 이름

내 안정감은 그리 오래지 않아 바닥을 드러냈다. 숙이언니와 유정이가 차례로 집을 나가서 각자 혼자 살겠다고 한 것이다. 처음엔 숙이언니가 포스트잇에 우리가 계약한 보증금에서 자신의 몫을 달라는 내용을 적어 냉장고에 붙여 놓더니, 머지않아 유정이마저 집을 나가겠다고 내게 통보를 해왔다.

"다음은 이케부쿠로, 이케부쿠로 역입니다."

전철에서는 다음 역에 대한 안내 방송이 흘러나왔다. 퍼뜩 정신을 차린 내가 주위를 두리번거리는 동안 문이 열렸다가 금세 닫혀버렸다. 다행히 내가 내려야 할 역까지는 여섯 정거장이 남아 있었다.

머리가 복잡했다. 유정이가 나가겠다고 하는 이유를 물어보지는 않았다. 숙이 언니한테도 묻지 않았다. 내 사정을 뻔히 알면서, 또 숙이언니가 일방적으로 혼자 집을 나가겠다고 자기 몫의 보증금을 요구했을 때는 그렇게 욕을 해댔으면서, 유정이가 어떻게 나에게 이럴 수 있나 하는 섭섭함과 억울함이 내 안에서 소용돌이치고 있었다.

"아아! 어떡하지……?"

이 집을 포기하고 나까지 집을 나가면 두 달 분의 보증금은 받을 수 있지만, 유정이 몫을 주고나면 새 집을 구하기에 턱없이 부족한 돈이었다. 자신이 없었다. 두려움마저 나를 조여 왔다.

좋은 인연이 복이라면, 과연 나는 그 두 사람에게 복이었을까? 북이었을까? 두 사람에게서 좌우로 한 대씩 얻어맞은 기분이었다. 역시 나는 북이었다. 생각보다 너무 세게 맞았다. 난생 처음 타국에 와서 집도 잃고, 돈도 잃고, 사람마저 잃을 위기에 처한 아득한 순간이었다. 나는 마치 벼랑 끝에 서 있는 기분이었다. 눈앞이 캄캄하고 숨이 턱 막혔다.

내려야 하는 역을 두 정거장 앞에 두고 나도 모르게 눈물이 나왔다. 위아래 입술이 닿을락 말락 떨렸다.

"주님…"

결국 나는 한숨 같은 공기를 내쉬며 그분의 이름을 애타게 부르고 있었다.

"다음은 니뽀리, 니뽀리 역입니다."

공항으로 가는 특급 열차가 경유하는 역이라서 그런지, 전철 안 곳곳에서 여행자들이 캐리어를 끌고 내릴 준비를 하고 있었다. 나도 무작정 저 사람들과 함께 나리타공항으로 달려가고 싶었다. 엄마가 보고 싶었다. 집도 없고, 돈도 없고, 같이 살 룸메이트도 없는 이 상황에서, 내가 선택할 수 있는 가장 쉽고 빠른 길은 그냥 한국으로 돌아가는 것처럼 보였다.

승객들이 다 내릴 때까지 역사의 직원들은 왔다 갔다 하며 깃발을 흔들고 있었다. 승객의 안전을 최우선으로 생각하는 저들의 분주함이 참 고맙다는 생각이 뜬금없이 들었다. 그 순간이었다. 플랫폼 호루라기 소리에 맞춰 다음 역으로 출발하려고 전철 문이 닫히려는 순간, 마치 내 모든 걱정의 문들도 함께 닫히는 기분이었다. 머릿속이 온통 새하얗게 포맷되는 기분이었다.

그리고 난데없이 성경 구절 하나가 떠올랐다. 지금까지 내가 단 한 번도 묵상하거나 외워본 적이 없는 생소한 구절이었다.

말씀으로 들려주신 하나님의 음성

지금도 경건한 유대인들은 아이가 5살이 되면 구약의 레위기부터 시작해서 모세 오경을 아예 통째로 다 외우게 한다는 말을 들은 적이 있다. 그 말을 듣고 놀라거나 감동하기보다는 '애가 무슨 고생이래.'라는 생각과 동시에, 내가 한국인이라서 다행이라고 여겼었다. 그 무렵까지 나는 15년이 넘도록 교회를 안 빠지고 참 성실하게 다닌 편이었다. 그러나 창세기 1장 1절과 요한복음 3장 16절 외에 완벽하게 외우고 있는 성경 구절은 그리 많지가 않았다. 그런데 내 머리로 정확하게 외울 수 있는 새로운 성경 구절이 있었다는 것에 참으로 놀라웠다. 그 말씀은 짧고 분명하게, 마치 음성 파일처럼 내 속에 울려 퍼졌다.

"주라!"
무엇을 주라는 말씀인지, 또 누구에게 주라는 말씀인지 전혀 감을 잡을 수 없었다.
'주라!' 그 명령어 다음 구절도 마치 내가 오래 전부터 외우고 있었다는 양 입술에서 바람처럼 새어 나왔다.
[그리하면 너희에게 줄 것이니 곧 후히 되어 누르고 흔들어 넘치도록 하여 너희에게 안겨 주리라.]
나는 멍해졌다. 설마……. 야무지게 닫히는 니뽀리역 전철 문을 뚫어지게 바라보았다. 하지만 내 눈엔 비친 건 그 문이 아니었다. 어느새 전철은 내가 내려야 할 역을 지나 우에노 공원을 향해 달려가고 있었다.

내가 내려야 할 역에서 그렇게 눈을 뜬 채 내리지 못한 적은 그 날이 처음이었다.

"설마… 주님이신가요?"

나는 그 분의 이름을 불렀다. 아쉽게도 더 이상 아무런 음성도 들리지 않았다.

나는 전철역을 나와 급하게 횡단보도를 지나서 은행으로 들어갔다. 통장에 잔고를 확인하지도 않고 유정이에게 줘야 할 돈을 다 인출했다. 내통장 잔액은 허탈하게도 한 자리 숫자로 찍혀 나왔지만, 그날 밤, 유정이에게 군말 없이 내가 가진 전부를 주었다. 유정이도 많이 미안했는지 아무 말 없이 TV 앞에서 리모컨만 만지작거렸다. 일단 자리를 피해야 될 것만 같았다. 마침 어학원이 24시간 동안 열람실을 운영하고 있다는 사실이 떠올라 나는 밖으로 나왔다.

자정이 넘어가는 시간에도 2층까지 불이 환하게 켜져 있는 어학원 건물이 보였다. 그날따라 그 공간이 정겹고 따뜻하게 느껴졌다. 더 반가운 마음이 든 것은 때마침 열람실 창가 자리에서 엎드려 자고 있는 수정이를 발견했을 때였다. 수정이는 나와 같이 부산에서 왔고, 처음 유학원 기숙사에서 며칠 동안 함께 지냈던 동갑내기 친구였다.

"어? 네가 이 시간에 웬일이야?"

내가 말을 걸자, 수정이는 간신히 눈을 떴다.

"영미 아버지가 오셨어."

영미는 수정이의 룸메이트였다.

"아버지?"

"오카치마치에서 금세공을 하시는데, 영미더러 이제부터 같이 살자고 하셨나봐."

"그럼 너는 어디 가서 살아?"

"여기 있잖아. 어학원이 내 집이지 뭐."

"장난해?"

영미 아버지는 수 년 전 혼자 일본에 오셔서 금세공 일로 공방을 하고 계셨다. 오랜만에 만나는 딸과 갑자기 동거하기가 부담스러웠던 모양이었다. 지난 몇 개월간 그래도 간간히 만나기 시작한 부녀 사이가 이제 좀 편안해졌는지, 드디어 아버지가 보호자 역할을 하시겠다는 의지를 보이셨던 것이다. 그 바람에 수정이는 당장 집을 얻지 못하고 며칠간 어학원에서 지냈다고 한다.

다행히 미용 기술이 있는 수정이는 한국인 미용실에서 아르바이트를 하면서 하루 두 끼를 해결할 수 있었다. 얘기를 가만히 듣고 있는 나를 보면서, 수정이는 이제 네 차례라며 턱짓을 해왔다.

"너는 이 시간에 웬일이야? 잠도 일찍 자는 애가."

"유정이도 나간데."

"갑자기 왜?"

순간 실수할 뻔 했다. 유정이에게 이유를 따져 묻지는 않았지만 나는 그것이 남자 문제라는 것을 알고 있었기 때문이다.

"몰라! 아아, 나 미치겠어. 집 보증금 빼주고 나니 이제 빈털터리야. 당장 이사 갈 수도 없고!"

내 말이 끝나기가 무섭게 수정이는 덮고 있던 숄을 걷어차더니 상체를 쑥 내밀었다.

"미로야, 내가 네 집에 들어갈까?"

"뭐?"

"유정이에게 내준 보증금은 내가 줄게. 당장 갈 데도 없고, 너나 나나 다른 집을 구하려면 또 6배씩이나 돈을 내야 하는데, 너 그럴 돈 있어?"

당연히 없었다. 다른 사람도 아니고 이미 지난 6개월 동안 수정이를 지켜보면서, '저 친구랑 룸메이트가 되면 얼마나 좋을까?'라는 생각을 했던 나였다. 그런 수정이를 앞에 두고 고민할 필요는 전혀 없었다.

"미로야, 뭐해 줄까?"

수정이와 같이 살게 된 이후로, 눈을 뜨자마자 듣게 되는 수정이의 알람과도 같은 아침인사다. 아직도 자기 몸을 김말이처럼 이불로 돌돌 감고 있으면서도 내가 일어나는 소리만 들으면 꼭 저렇게 물어왔다. 이때껏 아침마다 나의 식사를 챙겨주는 사람은 엄마 이외에 수정이가 처음이었다. 유부초밥, 감자수제비, 순두부찌개, 버섯볶음밥, 소고기덮밥, 닭볶음탕, 카레라이스, 야끼소바(일본식 볶음 면) 등등. 뭐든 뚝딱뚝딱 만들어 식탁을 차려주는 친구의 서비스는 그칠 줄 몰랐다. 어느 유학생이 또 이런 호강을 누릴 수 있을까.

수정이가 차려주는 식탁을 대할 때마다, 내 귓전에는 그날의 음성이 다시 재생되는 듯했다.

"주라!"

그 말씀에 즉시 순종한 것이 얼마나 다행인지 모르겠다. 그 뒤에 따라오는 "후히 되어 누르고 흔들어 넘치도록 하여" 안겨 주시겠다던 말씀은 바로 수정이를 두고 하신 말씀이 아니었을까. 나는 정말 이런 축복이 기다리고 있을 줄은 꿈에도 몰랐다.

서로에게 점점 더 주고 싶은 소중한 친구. 우리는 그렇게 하나님께서 맺어주신 룸메이트가 되었다.

04.
사과, 멜론 그리고 추수감사절

이스라엘아 들으라 우리 하나님 여호와는
오직 유일한 여호와이시니 너는 마음을 다하고
뜻을 다하고 힘을 다하여 네 하나님 여호와를 사랑하라
(신명기 6장 4,5절)

교회에 온다는 수정이의 약속을 받아내다

TV를 켜자 NHK 방송에서 스모 선수에 관한 내용이 나오고 있었다. 스모 선수의 최고 서열인 요코즈나의 평균 몸무게가 150Kg 전후라는 말을 듣는 순간, 싱크대 앞에서 참치 캔을 따고 있는 수정이의 뒤태와 오버랩되었다. 수정이는 요코즈나의 삼분의 이 정도 되는 풍만한 몸매였다.

스모 선수들은 체중을 유지하고 더 불리기 위해서 별도의 식사 요령이 있다고 한다. 의외로 하루 딱 두 끼만 먹는다는 것이다. 몸이 크다고 해서 쉴 새 없이 계속 먹는 것이 아니었다. 그리고 그 두 끼를 폭식으로 채운다고 했다. 두 끼를 폭식으로 채우면, 모든 잉여 칼로리를 지방으로 만들어 몸에 축적해 두기 때문에 체중을 더 빠르게 불린다고 한다. 그러고 보니 수정이의 식습관과 비슷했다.

나에게 고마운 쉐프가 되어준 룸메이트에게 이건 꼭 필요한 팁이었다. 나는 나대로 수정이의 건강을 챙겨줘야 되겠다는 생각에 급히 메모를 남겨서 냉장고에 붙여 두었다.

"하루 세끼 꼭꼭 씹어 먹기. 중간 중간 새참은 필수!"

나는 수정이에게 딱 하나 아쉬운 점이 있었다. 수정이가 교회 가는 것을 싫어하는 것이었다. 1주일 내도록 어학원 수업과 미용실 아르바이트를 하고 나면, 최소한 일요일만큼은 쉬고 싶다는 것이었다. 충분히 이해할만 했지만, '그래도…' 하는 마음은 주일 아침마다 반복되는 갈등이었다. 한국부 예배는 오후 2시가 본 예배였다. 일본인 교회를 대여해서 사용했기 때문이다.

"미로야, 여기 앉아 봐."

주일 아침, 머리를 감고 나오는 나를 거울 앞에 당겨 앉히더니 수정이의 손놀림이 바빠졌다. 드라이를 해주겠다는 것이다. 그러고 보니 수정이는 미용사였다.

"여자에게 있어 최고의 액세서리는 헤어스타일이거든"

헤어 디자이너의 강좌가 시작되었다. 턱이 사각에 가까운 얼굴형은 머리를 묶는 것보다 되도록 웨이브로 가려 주는 것이 좋다는 설명을 하며, 힐끔 내 눈치를 보았다. 굳이 내 얼굴형이 두부처럼 사각이라는 것을 자기도 모르게 꼬집어 준 셈이었다. 오랫동안 같은 가르마를 유지할 경우에는 탈모의 원인이 될 수도 있다면서, 꼬리 빗으로 이미 길이 난 왼쪽 가르마를 반대 방향으로 틀어주었다. 샴푸는 아침보다 저녁에 하는 것이 좋다는 것과, 효모균과 상재균은 이런 것들이라는 등등, 딱히 몰라도 될 것 같은 내용들을 읊어대는 수정이의 서비스는 주일 아침마다 이어졌다.

일본 열도를 벌겋게 달궈버리던 7,8월이 지나가고, 어느새 가을이 특유의 색채로 무르익어가고 있었다. 해마다 일본으로 넘어오는 한국 유학생들은 4월과 10월이 성수기였다. 특히 교회 차원에서도 공항까지 나가서 유학생들을 전도하는 열성을 보였다.

무엇보다 10월이 되면 교회 연간 행사 중에 추수감사주일을 빼놓을 수 없었다. 이미 강대상 좌우편에는 추수감사절 현수막이 붙어 있었고, 10월에 들어오는 유학생들을 맞이할 준비가 한창이었다. 그래도 나의 제일 큰 관심사는 부동의 요코즈나, 우리 수정이를 교회로 한번 데리고 오는 것이었다.

"수정아, 다음 주 일요일에 뭐해?"
"별 일 없는데."
"집에서 잘 거지?"
"당연하지."
"계속 자기만 할 건 아니지?"
"당연하지."
좋았어! 일단 수정이의 스케줄은 비어있음을 확인했다.
"다음 주는 정말 중요한 날인데, 들어 봤어? 추수감사절이라고?"

"알지!"

"뭐 하는 날인지 알아?"

"채소랑 과일이랑 쌓아놓고 예배드리는 날이잖아?"

맞는 말이라고 해야 할지, 아니라고 해야 할지, 순간 헷갈렸다. 그래도 아예 틀린 말은 아니었다.

내 대답 순서를 기다리지 못하고 수정이의 질문이 이어졌다.

"그런데 예배 마치고 그 채소랑 과일들은 다 어떻게 하는데? 제사상은 일단 물리면 다 같이 나눠 먹기도 하잖아."

제사상이라는 말에 뭐라고 말해줘야 할지 순간 말문이 막혔다. 그리고 나도 순간 궁금해졌다. 그 많은 채소랑 과일들은 예배 마치고 누가 다 먹는 것일까? 이번 참에 선교사님에게 물어볼 질문이 하나 생겼다.

다음 주는 꼭 교회 같이 가자고 한참 조를 각오를 했었는데, 생각보다 쉽게 수정이의 약속을 받아냈다. 다음 주 추수감사절 때는 한번 가보겠다고 기특한 결정을 내려준 것이다. 한 가지 덧붙인 나의 부탁도 들어줄 것 같았다.

"그런데 과일을 들고 와야 해. 하나님께 예배드릴 거니까 이왕이면 예쁘게 생긴 것으로 하나만 골라와."

수정이는 제사상이든 예배든 제물이 필요한 법 아니겠냐고 간단히 이해했다.

드디어 추수감사주일 아침이 되었다. 이 날은 수정이가 더 신경 써서 내 머리를 만져 주었다. 나는 일본인부 예배를 섬기기 위해서 통역부 모임에 미리 가야만 했다. 내심 미덥지 못한 마음에 현관 문 앞에서 한 번 더 확인했다.

"꼭 교회 올 거지?"

"아, 간다고!"

"역 앞에서 기다리고 있을게. 1시 30분까지 꼭 와!"

자전거 페달을 신나게 굴리며 나는 집 근처 슈퍼에 잠시 들렀다. 다행스럽게도 사과 하나에 110엔이면 꽤 싼 편이었다. 마음 같아서는 몇 개 더 사고 싶었지만, 주일에 신경 쓴 복장과 머리 스타일에다가 검정색 비닐봉지를 든다는 것은 스타일이 구겨질 것 같아 포기했다. 계획했던 대로 사과 하나를 가방에 넣고 서둘러 교회로 향했다.

여우와 멜론

어느새 수정이가 올 시간이 다 되었다. 혹시 모르니 마중 나가있어야 한다는 긴장감이 내 발걸음을 재촉했다. 4분 간격으로 전철이 도착했다. 개찰구 앞에서 계단 쪽을 올려다보면서 내 눈은 낯익은 사람을 계속해서 골라냈다. 약속한 시간을 몇 분 남기고 있던 그때, 수정이의 얼굴이 크게 확대되어 나타났다. 다행이다 싶은 마음에 거의 30분이나 역 앞에 서서 기다렸던 두 다리의 힘이 풀렸다.

안도의 한숨을 내쉬며 수정이 쪽으로 몇 걸음 걸어가려는 순간, 나는 그 자리에서 그대로 굳어 멈춰 섰다. 더 이상 앞으로 걷지도 못한 채 수정이를 바라만 보고 있었다.

"많이 기다렸어?"

수정이도 나를 발견하고 다가와 물었다.

"너 그거 뭐야?"

명백한 동문서답이었다. 수정이는 천 가방을 한 쪽 어깨에 메고, 두 손으로 둥근 물체를 한 아름 안고 나타났다. 멜론이었다.

'교회를 오면서 이건 왜 들고 왔을까? 설마 추수 감사절 과일이라고 가져 온 것일까?'

그것은 전혀 예상치 못한 과일이었다.

멜론하면 시즈오카산이 최고였다. 나는 지난 4개월 동안 마츠모토키요시(약국을 겸한 생필품 슈퍼마켓)에서 아르바이트를 했었다. 계산대에서 하루 반나절을 서서 일을 하면서 50가지가 넘는 담배 종류를 다 외웠다. 시간대 별로 찾아오는 담배 손님의 취향을 거의 다 꿰고 있었다. 그들이 가게 입구에 들어서면, 나는 미리 손님 취향에 맞는 담배를 손에 들고 기다렸다. 손님들은 그저 한 개인지, 두 개인지만 손가락으로 사인을 보낼 뿐이었다. 손님이 뜸한 시간대가 되면 나의 시선은 언제나 계산대에서 대각선으로 진열해 놓은 멜론 코너로 향했다. 흔히 볼 수 있는 과일들은 가게 밖에 놓여 있었다. 그런데 유독 멜론 만큼은 가게 안으로 들어와 무슨 골동품처럼 소중히 진열되어 있었다. 멜론은 생산지와 가격대 별로 구분되어 있다. 대부분 현지 시즈오카산이었고, 가격은 2천 엔짜리부터 최고 6천 엔짜리까지 있었다. 사과 한 개와 비교할 때, 쉽게 손이 가지 않는 비싼 과일임에는 틀림없었다.

몇 개월간 그 멜론 진열대를 바라보면서 분명 멜론은 수박보다 못한 과일이며, 나는 멜론을 좋아하지 않는다고 스스로 설득했다. 그런데 어디에서 많이 듣던 이솝 우화 하나가 떠올랐다. 〈여우와 포도 이야기〉는 마치 시즈오카산 멜론에 시선을 다 빼앗겨버린 내 마음을 지적하듯 자꾸만 신경을 건드렸다. 왜 하필 포도는 높은 가지에 매달려 있었을까? 만약 여우의 힘 있는 점프 한 번에 따먹을 수 있었다면, 결코 저 포도는 덜 익어서 시큼할 것이라는 합리화로 포기해 버리지는 않았을 것이다.

  솔직히 멜론은 너무나 비쌌다. 여우는 포도라는 목표에 도달하지 못한 자신의 실패를 인정하기 싫었던 것이다. 현실에 맞춰 자신의 생각을 바꿔버리는 이것을 철학자 욘 엘스터(Jon Elster)는 '좋을 대로 적응하기'라고 했다. 생각할수록 참 쓸쓸한 선제 포기였다. 먹지 못하는 멜론을 대신해서 굳이 수박이 더 맛있다고 계속 우겨왔던 나는 그 여우처럼 하루에도 몇 번씩 멜론 진열대 앞을 관심 없는 척 지나쳐야 했던 것이다.

  그런데 그 멜론이 지금 수정이 두 손에 안겨져 있었다.

  "이게 뭐야?"

  "멜론이잖아."

  설마 내가 과일 이름을 몰라 물어봤을까.

  "이걸 왜 들고 왔는데?"

  때마침 역 앞으로 달려가는 오토바이 소리에 수정이의 답을 놓치고 말았다. 다시 물었다.

  "웬 멜론이냐고?"

"오늘 추수감사주일이라며? 네가 과일 가져 오라고 했잖아."

그 대답에 더 어이가 없었다. 내 가방 안에 쏙 집어넣었던 110엔짜리 사과 하나가 생각났다.

"이거 얼만데? 누가 이렇게 비싼 거 사오라고 했냐고?"

되레 짜증 섞인 목소리가 나도 모르게 튀어나왔다. 수정이는 오히려 당황스럽다는 얼굴로 나를 빤히 쳐다보았다. 그리고 내 심장을 과녁 삼아 한 마디를 정확하게 쏘아댔다.

"하나님께 드리는 거라며?"

나는 더 이상 할 말을 잃었다. 수정이의 목소리로 들었지만, 내게는 그 말이 결코 수정이의 입에서 나온 말처럼 들리지 않았다. 딱 10개의 글자였다! "하.나.님.께.드.리.는.거.라.며?" 내 심장에 또박또박 붉은 글씨로 하늘의 레마(Rhema, 삶의 현장에서 성령님이 말씀으로 마음에 직접 주시는 음성)가 박혀버렸다.

해마다 돌아오는 추수감사절이었다. 나는 지금까지 하나님께 무엇을 드려온 것일까? 대충 구색만 맞추고, 안 한 것보다야 낫지 라고 생각했던 것은 아닐까? 질문에 이미 답이 들어 있었다.

우리 조상들이 물려주신 속담 중에 '하나를 보면 열을 안다'는 말을 개인적으로 좋아하지 않는다. 정말 무섭고 성급한 속단이라 생각해서였다. 그렇지만 오늘 그 속담에 보란 듯이 좋은 예화로 내가 걸린 꼴이 되었다. 그랬다! 이것은 과일 가격의 문제가 아니었다. 마음이었다. 태도의 문제였다. 나는 내 마음을 받아주실 하나님을 전혀 생각하지 않았던 것이다.

맙소사!

하나님께 가장 비싸고 귀한 열매는 바로 (   )

역 앞을 지나가는 수많은 사람들 속에서 수정이와 나는 멜론을 사이에 두고 한참을 그대로 서있었다. 서로의 얼굴을 바라보다가 결국 내가 먼저 수정이의 눈을 피하고 말았다. 또 하나의 눈빛을 수정이의 눈을 통해 보게 된 것이다. 가슴이 먹먹해져 왔다.

'주님, 주님이십니까?'

내 안에서 질문이 끝나자마자, 나를 위하여 피를 다 쏟으시며 그 높은 나무 위에 매달려 계신 분이 보였다. 그 아프고 고통스런 자리에서 오히려 나를 측은히 내려다보시는 눈빛과 조용히 마주했다. 주님은 다 주시고 가셨는데, 더 못 주셔서 다시 나를 찾아오신 것일까? 그 짧은 시간에 지구를 70만 번이나 뒤로 돌려서 예수님은 나를 이 골고다 언덕 흙바닥 위로 이끌어 내셨던 것이다.

수정이는 영문도 모른 채 내 팔짱을 가볍게 끼더니 예배에 늦겠다면서 교회 쪽이 어디냐며 길을 물었다. 그 길을 같이 걸어가자고 했다. 주님이 그 길을 나와 또 수정이와 함께 걸어가자고 타이르셨다.

교회 입구로 들어서면서 수정이는 이 멜론을 어디에 두면 되냐고 물었다. 도저히 수정이 앞에서 부끄러움에 더 새빨개진 내 사과를 꺼내 보여줄 자신이 없었다. 내가 대신 강대상 위에 올려 두고 오겠다며 수정이에게 멜론을 받아 들었다. 거칠거칠한 멜론의 껍질이 내 손가락 마디마디를 자극하는 듯했다. 이내 참고 있던 눈물이 주르륵 흘러 내렸다.

수정이의 멜론 옆에 내 작은 사과를 내려놓았다. 그 자리에 한참을 서 있었다. 그리고 내 속에서부터 밀려나오는 고백을 쏟아내었다.

"주님, 죄송해요. 주님, 정말 죄송해요."

수정이는 나를 향해 손짓하며 빨리 오라는 신호를 보냈다. 강대상에서 멀리 떨어진 자리에서도 멜론의 빛깔이 가장 탐스럽게 보였다. 수정이는 그냥 넘어가지 않고 내가 피하고 싶었던 질문을 했다.

"너는 뭐 가져왔어?"

사과라고 말하려다, 순간 엉뚱하게도 예상치 못한 이름이 튀어나왔다.

"수정이, 너."

"뭐?"

"너는 가장 비싸고 맛있고 귀한 열매잖아!"

닭살이 돋는다는 듯 우스꽝스런 표정을 짓는 수정이가 그렇게 고마울 수가 없었다. 지금까지는 없어서 못 먹었던 멜론이었다. 이제는 죄송해서 더 못 먹게 된 멜론이 되어버렸다. 그러나 멜론 과즙보다 더 진한 내 눈물 속에 담긴 진심을 주님은 보셨다. 그리고 수정이를 통해 지난 수년간의 추수감사절을 돌아보게 하셨다.

그날은 최고가 되시는 하나님께 나의 최선을 드리겠다는 다짐을 새롭게 한 추수감사절이었다.

05.
자취방에 함께하신 하나님의 흔적

내가 나의 침상에서 주를 기억하며
새벽에 주의 말씀을 작은 소리로 읊조릴 때에 하오리니
주는 나의 도움이 되셨음이라 내가 주의 날개 그늘에서 즐겁게 부르리이다
나의 영혼이 주를 가까이 따르니 주의 오른손이 나를 붙드시거니와
나의 영혼을 찾아 멸하려 하는 그들은 땅 깊은 곳에 들어가며
(시편 63편 6-9절)

대학교 근처에 새 보금자리를 찾다

어학원을 졸업하고 대학원 연구생 과정에 합격하면서, 나에게는 두 가지 변화가 생겼다. 하나는 유일하게 써먹던 "소데스까(그렇습니까?)"에서 이제는 "나루호도(그렇군요, 과연)"까지 자연스럽게 나오는 추임새의 발전이었고, 다른 하나는 비자의 종류가 취학비자에서 유학비자로 바뀐 것이었다.

오챠노미즈 여자대학은 이케부쿠로에서 노랑색 마루노우치 전철로 두 코스 떨어진 곳에 있었다. 이렇게 중심지에 국립대학이 있다는 것이 참 신기했다. 시내 중심에서 그리 벗어나지 않는 곳에 위치한 대학이라

서, 최소한 대로변으로 나가면 우리나라의 대학가처럼 여러 상권이 발달해 있을 거라 상상했다. 그런데 학교 주변엔 아무 것도 없었다. 심지어 탁 트인 대로변을 따라 이어지는 정문까지는 그저 담벼락뿐이었다. 혹시 후문인가 착각이 들 정도였다. 그야말로 이곳은 '공부만 하는 대학'으로, 그 이상의 수식어가 따로 없었다. 공부 외에 눈을 돌릴만한 그 어떤 것도 보이지 않았다.

바로 그러한 대학 근처에서 나는 방을 구해야만 했다.

(1) 남향

(2) 24시간 밝은 골목

포스트잇에 두 가지 기도제목을 적어 놓고 한 달을 기도했다. 학생 지원처에서는 재학생을 위한 부동산 정보 소책자가 비치되어 있었다. 대학원을 시작으로 나는 아르바이트비로 모든 학비와 생활비를 충당해야 했기 때문에 최소한 집을 구할 때는 기대치를 높일 수가 없었다. 아무리 전철역에서 멀다 해도 일단 내 수중에 있는 금액을 따라 정할 수밖에 없었다. 다행히 예상했던 금액에서 크게 벗어나지 않는 월세 집이 하나 눈에 들어왔다.

"모시모시, 한국 유학생인데요. 집을 한번 구경하고 싶은데 괜찮을까요?"

흔쾌히 오라는 주인의 목소리가 명랑하게 들려왔다.

섬나라의 습한 공기 탓에 대부분의 가정 주택은 다다미가 깔린 집이 많은 편이었다. 그래서 되도록 빛 좋은 남향집을 더 신경 써서 고를 수

밖에 없는 것 같았다. 그리고 이것만큼 고집하고 싶었던 조건이 바로 안전의 문제였다. 저녁에 주택가를 걷다 보면 한 마디로 음산하기 짝이 없었다. 집단 묘지가 주택가 안으로 버젓이 들어와 있기 때문에, 굳이 호러 영화를 보지 않더라도 유령들의 숨바꼭질 무대일 듯한 그 앞을 지나갈 때마다 등골이 오싹했다. 저녁 8시도 되기 전에 대부분의 골목에는 인적마저 사라졌다.

이왕 새 집을 구할 거라면, 이번만큼은 구체적으로 작정하고 기도해야 한다는 굳은 각오가 생겼다. 때마침 목사님이 설교 중에 우리 하나님은 내 '욕심'이 아닌 '필요'를 채워 주신다고 말씀하셨다. 남향, 24시간 밝은 골목! 내 수중에 있는 돈을 고려하면 턱없이 고급스런 조건이었다. 그래도 기도는 공짜니까! 그리고 진짜 필요한 조건이니까 내 진심이 하늘에 닿기만을 간절히 바랄 뿐이었다.

부동산 정보지에는 주소만 나와 있을 뿐, 건물의 사진이나 주변 환경에 관한 정보는 전혀 없었다. 집 주인의 친절한 육성을 내비게이션 삼아 횡단보도를 두 번 건너 세븐 일레븐까지는 잘 찾아왔다. 도로변에 잠시 서서 기다리자 바로 옆 골목에서 튀어나온 중년의 여성이 환하게 웃으며 나를 반겨 주었다.

"이 상 데스까?"

"네"

"저쪽입니다."

그녀가 손을 들어 가리킨 건물을 바라보았다. 더 이상 설명하지 않아도 될 만큼 지금 서있는 곳에서 잘 보였다. 심지어 바로 코앞이었다. 그것도 골목 입구를 사이에 두고 왼쪽에는 24시간 편의점이, 오른쪽에는 24시간 운영하는 주유소가 있었다. 말하자면 365일 24시간 대낮처럼 밝은 곳에 위치해 있었다. 게다가 그 집은 정확한 남향 목조 건물의 2층이었다. 부동산법대로라면 계약할 당시 월세의 6배를 내야 하지만, 이곳은 다다미 4장 반 크기의 방 하나를 쓰고, 공동 화장실이 전부였던 환경이라 그런지, 월세에 한 달 분의 권리금만 더 내고 바로 입주할 수 있는 조건이었다. 내가 필요로 했던 조건은 이미 다 충족된 상태였다.

일본에 와서 지낸 지난 2년 동안 어학원 기숙사를 비롯해서 룸메이트와 함께 살았던 맨션과 교회 사람들의 집까지 다 다녀봤어도, 사실 오늘 본 이 집 같이 좁고 습한 환경은 처음이었다. 그렇지만 나는 뭐에 홀린 사람처럼 그런 것이 전혀 아무렇지도 않았다. 오히려 이 집을 오늘 계약하지 않으면 내일이라도 다른 유학생이 선점할 것 같은 조바심마저 들었다. 방금 전 나는 이미 골목 입구에서 24시간 환하게 불을 밝히는 세븐 일레븐과 주유소의 간판을 보았다. 그것은 마치 하늘로 폭죽을 쏘아 올리며 나를 환영하는 퍼레이드의 한 장면 같았다.

불청객과의 한판승부

드디어 태어나서 처음으로 혼자 사는 자취생이 되었다. 내 집인 202호 미닫이를 열면 바로 오른편에 움푹 파인 폭 30cm의 개수대와 그만한 크기의 가스버너가 있었다. 미니어처 라이프가 시작된 것이다. 다다미 4

장 반 크기의 방은 정면에 남향으로 난 창문 하나와 붙박이장이 전부였다. 이곳에 스프링 침대를 벽으로 붙이고, 맞은편에 작은 냉장고 하나와 책상 하나를 배치해놓고 보니, 방바닥은 두 사람이 겨우 앉을 수 있는 공간이 남아 있었다. 이삿날에는 뭐니 뭐니 해도 자장면인데, 그 대신 집 앞에 있는 편의점 소바로 첫 날 밤을 기분 좋게 맞이했다.

스스슥 스스슥. 아무래도 도로와 가까운 집이라서 그런지 바람을 가르며 달리는 차들의 소음이 좀 거칠구나 싶었다. 그런데 '스스슥 스스슥' 분명 방금 전 들었던 그 소음이 좀 더 가까이에서 들려왔다. 4월에 귀뚜라미 소리일리는 없었다. 마치 바싹 마른 나뭇가지를 잘게 갉아먹는 소리 같기도 했다. 분명 이 방안에서 들리는 소리였다.

'이게 무슨 소리지?'

반사적으로 불을 켰다. 천장에서부터 사방 벽을 훑어보았지만 아무것도 보이지 않았다. '스스슥 스스슥' 이제는 대놓고 '나 잡아 봐'라는 식으로 들려왔다. 소리는 들리는데 어디에서 나는지, 정체를 알 수 없으니 점점 가슴이 조여 왔다.

그때였다. 화지로 덮인 붙박이장 틈새로 짙은 실선 두개가 살랑살랑 모습을 드러냈다. 갑작스런 불빛에 현기증이 났던지 당장 기어 나오지는 못했다. 바퀴벌레였다. 창조주께서 과연 저 놈도 정성껏 만드셨을까? 도저히 인정하기 어려운 혐오 캐릭터 넘버원이었다.

잠이 올 것 같지 않았다. 일단 내 시야에서 저 놈을 당장에 처리하지 않으면 불을 끌 수 없었기 때문이다. 주위를 둘러보는데, 책상 앞에 붙여 놓은 좌우명이 크게 눈에 들어왔다. 〈역지사지〉 이 또한 역지사지로 풀어볼 수 있는 상황일까? 덩치로 보나 힘으로 보나 분명 저 놈이 나보다 더 떨어야 할 처지였다. 내가 자비를 베풀지 않으면, 저 놈은 종족 번식도 하기 전에 내 손에 든 스프레이를 흡입하고 사지에 경련을 일으키며 인생을 마감하게 될 순간에 놓인 것이다.

아뿔싸! 한 가지 계산에 넣지 못한 저 놈의 무기가 있었다. 바로 날개였다. 스프레이 공격에 얌전히 눈을 감아 줄줄 알았는데, 난데없이 트랜스포머가 되어 움츠렸던 두 어깨를 자신 있게 쫙 펼치더니 반격 자세로 돌입했다. 사투가 벌어졌다. 바닥에 두 다리가 붙은 자와 공중을 나는 자는 게임이 되지 않는다는 사실을 그날 처음 알았다. 내 얼굴을 향해 정면으로 날아오는 녀석을 당해낼 재간이 없었다. 나는 순식간에 뒤로 나자빠졌다. 침대 모서리를 피해 넘어진 것이 천만다행이었다. 그보다 더 다행이었던 것은 그놈이 스프레이 맛을 양껏 보았던지 날갯짓의 힘을 유지하지 못하고 그만 공중에서 직각으로 낙상하고 말았다는 사실이었다. 파닥 파드닥. 명줄을 끊고 싶지 않은 듯 날갯짓을 연신 이어가던 놈은 이내 죽음을 맞이했다. 나 역시 그 날 밤 최고의 옥타브로 있는 힘껏 소리를 질러대는 바람에 그 놈의 사체를 처리하지도 못한 채 곯아떨어지고 말았다.

내가 가진 비장의 무기를 휘두르다

까마득한 과거의 기억은 어떤 충격을 통해 선명히 부활된다는 말을 들은 적 있다. 언제 입력해 둔 정보인지는 알 수 없지만, 바퀴벌레 한 마리가 보이거든 반드시 어딘가 그 놈의 짝지가 서성인다는 것과, 그 배후에 적어도 70마리가 있다는 출처 모를 정보가 뇌리를 스쳐지나갔다. 하루 종일 그 생각에 밥맛을 잃고 말았다. 그날 이후로 이제는 정체를 알게 된 놈의 소음이 계속 들려왔다. 환청이 아니었다. 밤마다 벽지를 긁어대는 미세한 소음으로 온 밤을 새하얗게 보내는 날이 이어지고 있었다. 저 세상으로 가버린 그놈의 짝지임에 틀림이 없었다. 그런데 이번에는 한 놈 같지가 않았다. 여러 놈들이 집단으로 수련회를 하는 듯했다. 이러다가 신경쇠약으로 수명이 줄겠다는 생각마저 들었다.

분명 내가 기도한대로 만족할만한 조건의 집이었다. 내 형편에도 딱 맞았다. 그러나 잠 못 이루는 밤을 며칠간 보내면서 더 이상은 참기가 힘들었다. 자동차 졸음운전은 들어봤어도 자전거 페달을 밟으면서 직접 졸아보기는 처음이었다.

'내가 왜 그 생각을 못 했을까?'
집 앞에 자전거를 세워 두고 현관문 앞에서 가만히 서서 생각에 잠겼다. 분명 나의 지금 이 상황을 주님께서 모르실 리가 없다. 다 보고 계시고, 다 알고 계시고, 무엇보다 나를 사랑하신다. 이 믿음이 나에게 없는 것이 아니었다. 아무리 생각해도 봐도, 내가 이렇게까지 괴로워하는데 주님께서 나에게 참을성을 요구하신다거나, 무슨 뜻이 있어서 훈련의 고통을 허락하신 것이 아니라는 결론이 나왔다. 그런데 내가 왜 이것을 놓고 진작 기도할 생각을 못했을까?

집을 구하는 일은 정말 필요한 것이고 중요한 일이라서 당연히 기도를 했다. 하지만 이런 미물로 인한 문제쯤이야 내 힘으로 해볼 일이라서 기도드리기에 겸연쩍었던 것일까? 아니면 '이런 것 따윈 하나님 스케일에 너무 유치하실 테지'라는 생각에서 넘어간 것일까?

그래도 그렇지. 설령 내가 깜빡했거나 차마 입을 떼지 못할지라도 이왕 집도 구해주신 거, 이 문제도 알아서 처리해주시지. 주님의 불성실에 내심 원망과 실망까지 겹치면서, 고약한 내 속의 죄성이 스멀스멀 기어 올라오기 시작했다. 그래도 결국 내가 믿는 분은 주님밖에 없었다.

스스슥 스스슥
"주여…, 주여….'
스스슥 스스슥
"주여…! 주여…!"
누가 이기나 보자는 돌림노래 사운드가 방안을 가득 채우고 있었다.
"주님, 저 이러다가 죽겠습니다! 제발 살려 주세요! 그리고 저 놈은 죽여주세요."
긴 말이 필요 없었다. 침대 위에서 베개를 부여잡고 부르짖기 시작했다. 간절함이 부족하면 안 된다는 생각에 무릎을 꿇고 다시 시작했다. 부르짖고 또 부르짖었다. 201호에 사시는 할머니에게는 살짝 죄송했지만, 당장 내가 죽을 판국이었다. 이제는 학교에서도 환청이 들리기 시작했다. 바람만 불어도 그 놈이 내 가방에서 튀어나올 것 같은 착각에 소름이 끼쳤다.

"주님, 살려주세요! 저 이러다가 순교합니다."

일단 외국에서 교회를 다니고 있고, 이 나라 사람들을 위해서 기도하고 있으니, 현지에서 죽으면 순교가 아닐까 싶어 외친 것이다. 그만큼 절박했다. 무릎을 꿇은 채로 꽤 오래 버텼다. 다리를 풀고 싶어도 당장 펼 수조차 없었다. 전기 고문이라도 받은 것처럼 다리가 저렸다.

잠의 영역에서 보는 시공간은 언제나 신비롭다. 상상력을 총동원한다 해도 이렇게까지 충격적일 수는 없을 것만 같은 그림이 내 앞에 펼쳐졌다. 내 간절함이 하늘에 닿았던 것일까? 아니면 무의식 속에서 꿈을 통해 그렇게 간절했던 바람이 그려지는 것일까?

나는 붙박이장을 마주 보고서 침대 위에 앉아 있었다. 갑자기 투박하고 커다란 남자 손 하나가 나타났다. 마술사의 손놀림처럼 몇 번 주먹을 흔들어 대더니 다음 순간 그 손바닥을 쫙 폈다. 그런데 그 펼쳐진 손바닥에서 새카만 바퀴벌레들이 후두두둑 떨어지는 것이 아닌가! 이어서 건드리지도 않은 붙박이장이 자동으로 열리고, 그 안에서 수천수만 마리의 바퀴벌레 떼들이 용암이 흘러내리듯 쏟아져 내렸다. 그 광경을, 나는 미동도 없이 지켜보았다. 무서워 떨지도 않았다. 누군가 내 두 어깨를 적당한 힘으로 지그시 누르고 있었기 때문이다. 그 무게의 안정감을 느끼는 순간, 잠에서 화들짝 깨어났다.

붙박이장 문은 어제 자기 전에 본 그대로 닫혀 있었다. 바닥 카펫 위로는 아무것도 보이지 않았다. 모든 것이 그대로였다. 헌데 꿈이라고 하기엔 너무나 생생했다. 소름이 돋았다. 한참을 침대에서 내려오지 못했다.

'대체 그 손은 누구의 손이었을까?'

며칠간 그 질문과 궁금증이 이어졌다. 그리고 곧 잊었다.

나와 함께 계셨던 주님의 흔적

4월에 시작한 학기는 새 집과 새 학교에 적응하느라 어떻게 지나갔는지 모르겠다. 방학이 되면 어김없이 찾아오는 유학생 수련회 준비와 생활비를 위한 아르바이트만으로도 시간이 초 단위로 빠르게 지나가 버렸다. 2학기에 들어서면서 그것도 11월이 다 되어서야 담당 교수님과의 면담 약속이 잡혔다. 나에게는 그것이 또 한 번의 갈림길에 놓이는 상황이었다. 아동발달심리학과가 내 적성에 맞지 않았던 것이다. 복잡하게 생각할 이유가 없었다. 전공이 맞지 않으면 새로운 전공을 찾아보는 것이 가장 현명했다.

결국 1년 대학원 연구생 과정을 끝으로 자퇴를 결심했다. 그리고 이왕 타국까지 왔는데 청년의 때에 사회 경험을 해보는 것도 나쁘지 않겠다는 생각이 들었다. 때마침 외국인고용서비스센터를 통해 한국계 일본인 회사에 취업이 되었다. 취업이 되었다는 기쁨보다 이 집에서 나갈 수 있는 기회를 얻었다는 기쁨이 훨씬 더 컸다.

일부러 맞춘 것도 아닌데, 작년 이사했던 날짜와 이사 나가는 오늘 날짜가 같았다. 3월 27일. 교회 간사님께서 1.5톤 트럭을 빌려 오셨다. 1년 전 이 집에 들고 왔던 짐보다 2배 이상 살림이 늘어 있었다. 세입자가 이사를 나갈 때는 반드시 다다미 위에 깔아놓은 카펫을 거둬서 버려야 했다. 간사님은 트럭에서 짐을 정리하고 있었고, 나는 크지도 않은 방안을 한 번 더 확인했다. 지난 1년간 다다미 벌레인 '다니'로부터 내 피부를 지켜준 카펫이 고마웠다. 카펫만 정리하면 이곳의 1년을 마무리하게 되는 것이었다.

나는 카펫의 가장자리를 힘껏 잡아당겼다. 처음에 깔 때는 부드럽게 깔렸는데, 1년 만에 벗겨내려니 다다미에 딱 밀착이 된 것처럼 쉽게 벗겨지지 않았다. 다시 온힘을 다해 카펫 사각 꼭짓점을 잡고 끌어당겼다. 그 순간 나타난 광경에 나는 손에 힘이 풀린 채 뒤로 엉덩방아를 찍고 말았다.

잘못 본 것일까? 다다미가 완전히 검게 썩어 있었다. 카펫으로 덮어놓고 살아서 혹시나 통풍이 안 되어 썩었다면, 이것은 정말 큰 일이 아닐 수 없었다. 집주인이 배상해 달라고 할 것이 분명했다. 그렇다고 모른 척 그냥 도망갈 수도 없는 일이었다.

일단 카펫을 반 정도를 벗겨서 반으로 접은 채 다다미 가장자리를 유심히 살펴보았다. 그런데 이게 웬일인가! 새카맣게 썩어있는 것은 다다미가 아니라 바퀴벌레들이었다. 육안으로는 도저히 셀 수 없을 정도였다. 나는 몇 발자국 뒤로 물러났다. 그리고 조심스레 붙박이장을 열었다. 짐은 다 뺐지만 바닥에 깔아 놓은 신문지는 아직 걷어내지 않은 상태였다. '설마' 하고 켜켜이 쌓인 신문지를 들어 올렸다. 도저히 믿을 수 없는 광경은 여기도 펼쳐졌다. 신문지 아래로 새카만 바퀴벌레 떼들이 압사당해 있었던 것이다.

'오, 주님!'

나는 그 자리에서 무릎을 꿇었다. 그때 한 추억이 떠올랐다. 침대 위에서 바퀴벌레를 처리해 달라고 그렇게 부르짖었던 1년 전의 내 모습. 그러고 보니 언제부턴가 전혀 생각지도 못하고 지냈던 것 같다. 그놈의 소음도 그때 이후로 들은 기억이 없다. 집을 며칠 동안 비운 적도 없었다. 바퀴벌레 약을 놓은 적도 없었다. 그러면서 어떻게 아무렇지도 않게 잊고 지낼 수 있었을까? 이해가 되지 않았다. 아무튼 전혀 신경을 쓰지 않고 살았던 것은 분명했다.

문득 '그 손'이 생각났다. 내 눈 앞에서 커다란 주먹을 쫙 펴더니 손바닥에서 그놈들이 힘없이 우수수 떨어졌더랬다. 그 손. 나는 또 한 번 직감했다. '주님이셨나요?'

하나님은 그렇게 나와 함께 이 방에 계셔 주셨던 것이다. 그리고 아빠가 어린 딸을 위해 벌레를 잡아주듯이 나를 위해 그 큰 손을 펼치신 것이다. 항상 나와 가까이 계셨던 그분의 숨결이 너무나 친근하게 느껴졌다. 하나님 아버지 앞에서 부르짖는 자녀의 기도가 하찮을 리 없었다. 오히려 나에게 더 말하라고, 더 나를 찾고 뭐든지 부탁하라고 말씀하고 계셨던 것 같다.

밖에서는 트럭이 곧 출발한다는 클랙슨 소리가 재촉하듯 들려왔다.

"주님, 감사합니다. 내 아버지, 정말 사랑합니다. 오늘도 저와 같이 저 트럭 타고 함께 가시는 거죠?"

감격에 겨워 기도를 올리느라 나는 그 자리에서 금방 일어나지 못했다.

06.
어느 특별했던 여름휴가 이야기

볼지어다 내가 문 밖에 서서 두드리노니
누구든지 내 음성을 듣고 문을 열면
내가 그에게로 들어가 그와 더불어 먹고
그는 나와 더불어 먹으리라
(요한계시록 3장 20절)

순장님이 차려주신 아침 밥상

꿈이었는지 생시였는지 잘 모르겠다. 주황색 불빛이 희미하게 보였고, 물건들이 부딪히는 소음을 들었던 것 같다. 나는 몇 번 눈을 떴다 감았다 반복하면서 계속 잠에 취해 있었다. 그렇게 몇 시간이 흘렀을까? 어느새 창문에서 쏟아지는 아침 햇살에 눈을 떴다. 내가 누워있던 자리가 우리 집이 아니라는 사실을 뒤늦게 알아챘다. 몇 시간 전까지 순장님과 마주 보며 이런 저런 이야기를 나누었던 기억이 돌아왔다.

분명 옆에서 자고 있어야 할 순장님은 보이지 않았다. 방 안에는 아무도 없었다. 방이라고 해봐야 다다미 6장 크기였다. 그 작은 방에 취사를 할 수 있는 작은 싱크대까지 있었다. 머리맡에는 초록색 밥상포로 덮여 있는 둥근 상이 보였다. 그 위에는 내가 한 눈에 볼 수 있도록 순장님이 남긴 쪽지가 놓여 있었다.

"미로자매, 잘 잤어? 혹시 밤새 시끄러워서 못 잔 건 아니지? 내가 오늘 시험이 있어서 급하게 만든 솜씨지만 꼭 맛있게 먹어줬으면 좋겠어."

쪽지를 보던 시선을 들어 벽에 걸린 달력에 눈이 갔다. 오늘 날짜에 붉은 색 동그라미가 그려져 있었다. 바로 순장님의 대학입시 날이었다. 무사시노 대학은 전철로 1시간은 족히 가야 하는 거리였다. 순장님은 이렇게 중요한 날을 앞두고 왜 굳이 나를 불러서 밤새 이야기를 들어주고, 그것도 모자라서 새벽 일찍 일어나 나를 위해 아침밥까지 차려주고 나갔을까? 그때는 도무지 이해가 되지 않았다.

고등어구이가 밥상 가운데를 차지하고 있었다. 당근과 대파를 잘게 썰어서 오목한 그릇을 꽉 채운 계란찜이 먹음직스럽게 보였다. 두부조림 위에 김으로 스마일 표정을 그려놓은 장식을 보면서 나는 시금치 된장국에 숟가락을 담고 한참을 생각했다. 내가 잠이 든 사이에 일어나서 이 모든 반찬 하나하나를 직접 손질하고 만들고 정리를 하면서 쌀을 씻어 밥을 하기까지 도대체 순장님은 어떤 마음이었을까? 대체 내가 뭐라고.

누가 더 나을 것도 없어 보이는 열악한 환경에서 아르바이트를 하며 각자 진로를 위해 준비하는 유학생이었다. 그것도 나랑 비슷한 20대에 이런 호의는 너무나 낯설고 과분하게 느껴졌다. 그것도 자신에게 가장 힘들고 중요한 대학입시를 코앞에 두고 말이다. 그 순간 순장님이 입버릇처럼 해주었던 말이 떠올랐다.

'예수님은 자신이 짊어질 십자가를 앞두고, 자신을 배신할 것을 알면서도 제자들을 끝까지 사랑하셨어!'

그래서 가장 힘들고 가장 어려울 때, 그때 사랑하는 것이 진짜 사랑이라고 종종 말해주곤 했다.

순장님은 늘 바빴다. 입시를 준비하면서 밤늦게까지 아르바이트를 하고 있었다. 입시 하루 전날은 아르바이트 사장님이 평소보다 조금 일찍 마쳐 주겠다고 했던 모양이다. 평소 나와 함께 보낼 수 있는 시간이 없다는 것이 늘 마음에 걸렸다고 했는데, 순장님에게 시간이 겨우 생긴 날이 하필 대학 입시 바로 전날이었던 것이다. 자기 손으로 밥 한 끼 해주고 싶었다는 그 말을, 시험장에 도착한 순장님이 전화선을 통해 내 귀에 들려주었다.

그 아침 끼니를 나는 결코 잊을 수가 없다. 내가 받아먹었던 그 밥상은 때가 되어서 한 끼 때울만한 그런 밥상이 아니었다. 나는 그 날 순장님의 사랑을 먹었고, 그 애틋한 정성을 먹었던 것이다. 마치 엄마와 같이, 마치 주님과 같이, 자신이 줄 수 있고 또 주고 싶었던 최고의 사랑을 포식시켜 주신 것이다.

그날 이후로 나에게 간절한 바람이 생겼다. 나 역시 우리 순장님 같은 순장이 되고 싶다고! 가장 힘들 때, 가장 어려울 때, 그때 나 역시 누군가를 주님의 사랑으로 끝까지 사랑하겠노라고 결심을 하게 되었다. 하나님은 너무나 정확하게 그 마음의 소원을 기억하고 계셨고, 그 소원의 시작을 한 자매에게로 이어지게 하셨다.

순장이 되어 만난 한 자매

제자 훈련을 1년 정도 받은 어느 날, 나는 드디어 순장으로 임명을 받았다. 스물다섯 살 그해 겨울이 다 지나고 이듬해 나는 현주라는 자매를 만나게 되었다. 4월 학기생으로 일본에 들어 온 현주는 디자인 전공자답게 머리띠 하나도 직접 뜨개질로 짜는, 멋을 부릴 줄 아는 자매였다. 대부분 유학생들은 나 역시 그랬던 것처럼 처음에는 호기심 삼아 교회를 어렵게 생각하지 않고 따라 오는 분위기였다. 현주 역시 나의 권면을 듣고 교회에 출석하게 되었다. 그렇게 2,3개월이 지난 어느 날부터 현주는 아르바이트를 핑계로 교회에 오지 않기 시작했다. 일요일이 아니면 쉬는 날도 없고 친구를 만날 시간도 없다는 이유가 더해지면서 내 마음을 더 안타깝게 했다.

하필이면 나도 취업이 된 상태여서 도저히 낮 시간에는 현주와 시간을 맞출 수가 없었다. 하는 수 없이 현주가 일하는 아르바이트 장소에 밤늦게 찾아 가서 잠시 얼굴을 보거나 간식거리를 건네주고 돌아오는 것이 전부였다. 그러나 이런 상태로는 도저히 현주에게 하나님을 찾는 믿음이 생길 것 같지가 않았다.

어느 새 여름 휴가철이 다가왔다. 나흘 동안 쉴 수 있는 황금연휴가 주어졌다. 오랜만에 누려보는 낮 시간의 여유를 후회 없이 잘 보내겠다는 생각만으로도 한껏 기분이 부풀어 있었다. 마음 같아서는 좀 무리를 해서라도 한국에 잠시 귀국하고 싶었다. 가족들도 보고 싶고 타국에서 못 먹어본 한국 음식들도 양껏 먹어 보고 싶었다. 그러나 성수기라는 이유로 그런 호사는 단숨에 접었다. 대신 가까운 곳이라도 구경삼아 다녀오고 싶은 마음에 전철역 안에 비치된 여행 정보지를 미리 몇 장 챙겨둔 상태였다.

휴가 전날의 퇴근 무렵은 시간이 유독 더디게 흘러갔다. 그런데 내 머릿속에는 계속해서 현주가 떠올랐다. 언제부턴가 이제는 교회에서 만나는 것보다 밤늦게 아르바이트 장소에서 잠시 얼굴만 보는 일이 더 잦았다. 헤어지고 집에 돌아올 때면, 현주가 다음 주에는 꼭 함께 예배를 드릴 수 있게 해달라는 기도를 드렸다. 그러나 한편으로는 기대감이 별로 없었다.

'만약 우리 순장님이었다면 현주에게 어떻게 해줬을까?' 하는 생각이 그때마다 들었다. 애써 기억하지 않아도 현주를 만날 때마다 항상 순장님이 챙겨주었던 그 밥상이 떠오르곤 했다.

내 속에서 또 다른 내가 나를 타이르고 있었다.

'이러지 말자! 이런 식으로는 하지 말자!'

더 이상 현주에게 가식적이고 형식적인 태도로 대해서는 안 된다는 생각이 들었다. 잠시 얼굴 보고 가는 일은 나라도 식상할 것 같다는 마음이 울컥하고 올라왔다.

일단 낮 시간에는 현주가 어학원 수업을 마치고 집에 있을 것이 분명했다. 다행히 교회에 등록했을 때 받아 놓은 집 주소가 있었다. 퇴근하자마자 전철 노선을 따라 처음으로 현주의 집 위치를 확인했다. 우리 집에서 전철을 세 번 갈아타고, 역에서부터 거의 20분을 더 걸어가야 하는 위치였다. 순간 마음이 내키지 않았다. 내가 집까지 찾아간다고 현주가 교회에 올 것도 아닌데. 그리고 갑자기 아르바이트 시간이 조정되는 것도 아니지 않나. 머릿속에서 가벼운 주판알들이 정신없이 튕겨지는 소리가 들렸다. 그 소리에 지쳐서 잠이 들었다.

복숭아를 사들고 심방가다

휴가 첫날이 되었다. 늦은 아침을 먹으며 여행정보지를 훑어보고 있었다. 착시현상이었는지, 여행정보지에 그려 놓은 전철 노선도가 현주 집을 향해 가고 있는 것 같았다. 온통 그 생각뿐이었다. 무엇엔가 이끌린 사람처럼 나는 무작정 집을 나섰다. 시간은 오후 1시가 넘었다. 현주 집에 도착하면 거의 3시가 될 것 같았다.

현주네 집에서 가까운 역에 도착하자 왠지 마음이 설렜다. 오늘은 여유 있게 현주와 도란도란 이야기를 할 생각을 하니 당장에라도 이번 주에 현주가 예배를 드릴 수 있을 것 같다는 생각이 들었다. 우리 순장님이 나에게 해주었던 수많은 말들이 떠올랐다. 나도 현주에게 그렇게 해줘야 되겠다는 생각뿐이었다.

역 바로 앞에는 작은 가게들이 줄줄이 붙어 있었다. 그중에서도 유독 내 시선을 끌어당긴 것은 복숭아였다. 연분홍색 복숭아에 짙은 초록색 잎사귀가 앙증맞게 달려 있었다. 그냥 지나칠 수 없었다. 현주가 좋아할 것 같았다. 사실 내 기억으로는 일본에 와서 복숭아를 사 먹어본 적이 없었다. 사과는 개당 100엔이면 될 것을, 복숭아는 300엔이 훨씬 넘었다. 플라스틱 박스에 두 개 이상 담겨 있는 복숭아 중에서 최상품을 고를 때는 거의 1000엔이 넘었다. 아무리 직장인이라고 해도 나로서는 쉽게 사먹지 못하는 과일 중에 하나였다. 회사에서 매일 점심값으로 550엔을 넘긴 적이 거의 없었기 때문이다.

'현주가 복숭아를 좋아하지 않을까?' 하는 생각에 큰맘 먹고 복숭아를 사보았다. 복숭아 향기가 이렇게 진하고 향긋할 줄은 정말 몰랐다. 가게를 지나 현주 집까지 족히 20분은 걸어가야 하는데, 혹시라도 그 와중에 복숭아 피부가 상할까 봐 평소보다 걸음의 속도를 줄여서 걸었다.

낮은 집들이 오밀조밀하게 끝도 없이 이어지는 도로를 지나는 동안 그늘이 한 점도 없었다. 온몸은 한증막 같은 날씨에 축축하게 젖어들었다. 현주가 사는 곳은 연립주택 같은 기숙사였다. 입구가 개방적이라서 외부인 출입이 어렵지는 않았다. 현관문 앞에 도착하자마자 나의 기대감은 더욱 높아졌다. 나를 보고는 깜짝 놀랄 현주의 얼굴을 생각하니 그저 웃음이 나왔다. 현관문에 귀를 대어 보니 안에서 TV 소리가 들려왔다. 다행히 집에 있는 모양이었다.

똑똑. 문을 두드렸는데 못 들었는지 반응이 없었다. 다시 노크를 하고 기다렸다. 아무런 반응이 없었다. 그렇게 4번, 5번을 두드렸지만 현주는 나오지 않았다.

"현주야!"

이번에는 현주의 이름을 크게 불렀다. 나를 알릴 수 있는 말들을 쏟아내며 문이 열리기만 기다렸다. 그렇게 한참을 서 있었지만 결국 문은 열리지 않았다. 실망스러웠다. 현관문 앞에서 더위를 식힐 겸 한참을 기다렸지만, 이내 아무 소식이 없었다.

나는 복숭아를 담은 비닐 봉투를 현관문 고리에 걸어 놓고 잠시 기도를 드렸다. 그리고 현주에게 내가 다녀갔다는 쪽지를 적어서 현관문에 붙이고는, 한 번 더 기도를 드렸다. 그리고 집으로 돌아 왔다.

하루 반나절이 그렇게 지났다. 밤에 잠이 오지 않았다. 평소보다 현주가 더 보고 싶었다. 그 다음 날 나는 다시 현주 집을 찾아 가야겠다는 생각이 들었다. 휴가라고 해도 딱히 정해놓은 일정이 없었던 것이 다행이다 싶었다. 어제처럼 연분홍 복숭아가 역 앞에서 나를 기다리고 있었다. 나는 다시 복숭아를 같은 가격에 사서 현주 집을 향해 걸어갔다. 어제처럼 노크를 했다. 분명 안에서는 TV 소리가 들렸지만, 여전히 아무런 반응이 없었다. 다리에 힘이 풀렸다. 8월의 뙤약볕이 그렇게 강한지 새삼 온몸으로 절감하는 순간이었다. 물 한 모금이 간절했다.

현주의 얼굴을 보지 못한 채 그날도 현관 문고리에 복숭아를 걸어 두고 다시 집으로 돌아왔다. 그날 밤이었다. 오히려 걱정이 더 커졌다. 현주에게 무슨 일이 일어난 것일지도 모른다는 생각에 잠이 오지 않았다. 현주는 핸드폰이 없었다. 연락할 방법이 없었다. 그 다음날이 되었다.

씨름판에도 삼 세 판이 있듯이, 일단 세 번은 찾아가야 되겠다는 오기가 생겼다.

휴가 삼일 째. 그날도 역 앞에서 걸음을 멈추었다. 복숭아를 못 본 채 지나칠 수가 없었다. 그러고 보니 첫날 현주 집 현관문에 걸어 놓았던 복숭아가 어제는 보이지 않았다. 나는 또 다시 복숭아를 사서 현주 집을 찾아갔다. 거의 비슷한 시간에 사흘 연속으로 현주 집 현관문을 노크했다. 어제 걸어 놓았던 복숭아도 보이지 않았다.

점점 마음이 무너져 내렸다. 이내 참고 있었던 눈물이 흘러 내렸다. 속도 상하고 다리도 아팠다. 현주에 대한 섭섭함도 밀려왔다. 그렇지만 내가 원해서 일방적으로 찾아간 것이어서 누굴 원망할 수는 없었다. 여름휴가는 이렇게 지나가고 있었지만, 그래도 이번 기회에 현주를 향한 나의 마음을 전할 수 있었다는 것에 후회는 없었다. 그 마음으로 현관문에 손을 올리고 간절히 기도를 드렸다. 내 힘으로는 이 문을 열 수는 없지만, 하나님은 지금도 살아 계셔서 이곳에 나와 함께 하시고, 현주를 사랑하셔서 이 문과 함께 현주의 마음도 열어 주실 줄 믿는다는 기도가 저절로 나왔다.

마음이 한결 가벼워졌다. 그렇게 돌아서려는 참이었다. 그 순간, 갑자기 현관문의 잠금이 철커덕 풀리는 소리가 들렸다. 처음에는 옆집인 줄 알았다. 그런데 배꼼 열린 것은 복숭아를 걸어 놓았던 109호 현관문이었다. 한 뼘 정도만 겨우 열린 문틈에서 현주의 목소리가 들렸다.

"순장님이세요?"

전혀 기대하지 않고 있던 나는 무척 놀랐다. 열려라 참깨! 그런 기적

같은 순간이었다.

볼지어다 내가 문 밖에 서서 두드리노니

현주는 집에 있었다. TV가 켜져 있었다. 어제와 그제도 집에 있었다고 했다. 내가 온 줄도 알고 있었지만 문을 열어주면 안 될 것 같다는 생각이 강하게 들었다고 한다. 하루 정도 왔다 갈 거라는 생각을 했는데, 오늘까지 삼 일째 계속 찾아 올 줄은 몰랐단다.

"현주야, 잠시 들어가도 돼?"

대답 없이 고개만 살짝 끄덕여 주더니, 현주는 급하게 TV를 껐다. 잠시 어색한 몇 초의 시간이 흘렀다.

"현주야, 문 열어줘서 고마워."

현주는 아무 말을 하지 않았다. TV 옆으로 복숭아 껍질이 담긴 일회용 접시가 보였다. 순간 다행이라는 생각이 들었다. 그래도 현주가 먹어주었다는 생각에 마음이 놓였다.

현주는 곧 아르바이트를 가야 할 시간이라고 어렵게 말을 꺼냈다. 그래도 아직 10분의 여유가 남아 있었다. 나는 현주에게 시편 1편을 읽어주었다.

"복 있는 사람은……."

무려 150편이나 되는 시편은 '복'이라는 말로 문을 열고 있다는 것과, 하나님은 우리에게 복을 주시길 원하는 분이라는 것을 설명해 주었다.

점점 내 마음이 뜨거워졌다. 내 한 마디 한 마디에 고개를 끄덕이며 진지하게 반응해 주는 현주의 얼굴에서 지금 우리와 함께 계시는 하나님의 숨결을 느낄 수 있었다. 나같이 부족한 사람을 통해 하나님의 말씀이 현주의 마음 밭에 심어지고 있다는 사실이 너무나 놀라웠다.

그때 현주는 분명 마음의 문을 열어 놓고 있었다. 그리고 나의 방문을 기꺼이 환영하고 있었다. 더 놀라운 것은 이번 주에는 아르바이트 시간을 2시간 늦춰 교회에 가겠다는 약속을 해주었다.

그런데 왜 갑자기 이러는 것일까? 그렇게 내가 원하는 대답을 들었는데도 오히려 당황스러웠다.

현주는 아르바이트 시간에 늦을 것 같다면서 급하게 일어났다. 나는 걸어서 전철역까지 가야만 했고, 현주는 자전거를 타고 가야 했다. 현주가 페달을 밟으려는 순간 나를 뒤돌아보며 한 마디 던졌다.

"복숭아 값 해야죠!"

그리고는 신나게 앞서 달려갔다. 나는 그 자리에 서서 한참동안 현주의 뒷모습을 바라보았다. 복숭아 값치고는 너무나 귀한 선물을 받은 기분이었다. 그리고 현주가 나와 함께 서계셨던 예수님을 향해 굳게 닫혔던 자신의 문을 열어준 것이 참으로 기뻤다.

07.
하나님께서 직장을 옮겨주시다

일을 행하시는 여호와, 그것을 만들며 성취하시는 여호와,
그의 이름을 여호와라 하는 이가 이와 같이 이르시도다
너는 내게 부르짖으라 내가 네게 응답하겠고
네가 알지 못하는 크고 은밀한 일을 네게 보이리라
(예레미야 33장 2,3절)

가치관이 다른 사람들

"안녕하세요! 여기는 일본 타이키 코퍼레이션입니다."

"아! 네, 안녕하세요!"

"김 부장님 계시면 잠시 통화하고 싶은데요."

내 전화를 받은 한국 측 직원은 미처 수화기를 가리지도 않은 채, 옆에 있는 동료에게 이렇게 말했다.

"와, 지금 일본에서 전화 왔는데, 애 한국어 진짜 잘한다. 우리보다 발음이 더 좋아."

당연한 말이었다. 나는 한국인이고, 일본에서 취업을 한 상태였다. 일

본 관서지방의 대표 도시 중 하나인 교토에 본사를 두고, 이곳 동경 하라주쿠에 지사를 둔 지 5년이 되어가는 부동산 회사였다. 이 회사는 점점 한국과의 교류가 많아지면서 나 같은 한국인 직원이 필요해졌다. 나에게는 생애 첫 사회생활이 시작된 것이다.

회장님 비서로 입사를 했음에도 나는 면접 때 처음 본 그날 이후로 회장님의 얼굴을 거의 한 달 동안 볼 수 없었다. 회장님은 대부분 교토에 체류하신다는 것과 한국과 하와이를 자주 오가며 사업을 확장하고 계신다는 정보를 여직원 오기노 상을 통해 듣게 되었다. 오기노 상은 몹시 세련된 중년 부인이었다. 예순이 넘었다고는 볼 수 없을 만큼 화장이나 의상이 나이에 비해 상당히 젊은 스타일이었다. 오기노 상의 딸이 나보다 2살이 많다는 사실을 한참 후에야 하셨던 것으로 보아, 자신의 나이를 굳이 알리고 싶지 않았던 모양이었다.

회사는 내가 사는 집에서 전철역까지 약 15분 이상 자전거를 타야 했고, 다시 전철로 환승하여 열 정거장 이상을 가야만 했다. 그러다 보니 매일 아침마다 거의 동일한 시간대에 마주치는 일본인들이 있었다. 서로 인사나 말은 섞지 않았다. 그렇지만 이쯤 되면 나와 매일 같은 시간대에 전철역 앞에 자전거를 세우는 사람들을 볼 수 있었고, 또 나와 같이 동쪽 입구를 지나 전철의 앞쪽 부분 플랫폼에 서있는 사람들과 낯을 익히게 되었다. 그렇게 우리들은 몇 개월 동안 전철 카풀 멤버가 되어 각자의 아침을 맞이했다.

가장 힘든 날은 아무래도 비가 내리는 날이었다. 전철역까지 자전거를 타는 것에는 제법 달인이 되어 있었지만, 비라도 내리면 한 손은 자전거 핸들을, 다른 한 손은 우산을 들어야 했기 때문이다. 하필 오늘은 장마의 끝자락에 발악하는 강한 소나기가 내리고 있었다. 아예 처음부터 여벌옷을 준비해 나갔다. 자전거에 올라타기 전에 가방을 등에 메고 바지를 무릎 위까지 접어 올렸다. 무사히 전철역까지 도착하게 해주시길 짧게 기도했다.

이른 아침인데도 세탁소 문이 열려 있었다. 나와 눈이 마주치자, 시마다 상이 외쳤다.

"조심하세요!"

한쪽 손으로 우산을 잡고 자전거를 타는 내 모습이 좀 아슬아슬하게 보였던 모양이었다.

전철역 근방의 신호등에 걸렸다. 잠시 숨을 고르고 있는데, 반대편에서 전철역을 향해 달려오는 한 대의 자전거가 보였다. 그 여자도 분명 안면이 있는 동시간대 전철 멤버였다.

여름이라서 하늘하늘한 시폰 소재의 옷을 입은 그 여자는 나만큼이나 전철역에서 떨어진 집에서 출발한 모양이었다. 한 손에는 우산을 들고 다른 한 손으로는 핸들을 잡았는데, 지금까지 보았던 어떤 모습보다 너무나 아슬아슬하고 보기 민망한 볼거리를 제공해 주었다. 순간 소나기와 함께 강한 맞바람이 불었다. 그 여자의 시폰 치마가 하체를 지켜주지 못하고 훌러덩 위로 올라가버렸다. 손은 딱 두 개뿐인데, 한 손은 우산을, 다른 한 손은 핸들을, 그러면 치마는…. 안타까움과 호기심으로 그 여자를 뚫어지게 바라보고 있었다. 역시 그녀는 고수였다. 순식간에 우산대를 목과 어깨에 야무지게 끼우더니, 여유가 생긴 한 손으로 올라간

치마를 정리하고 있었다. 그리고 자전거를 역 앞에 세울 때까지 계속 치마를 붙잡고 있었다. 그 짧은 시간에 놀랍도록 빠른 손동작과 안정감 있는 착지에 박수를 쳐주고 싶었다.

그 다음 날이었다. 약속이나 한 듯 다시 횡단보도 맞은편에서 그 여자의 모습이 보였다. 비바람에도 굴하지 않았던 그 여자는, 화창한 날씨를 즐기고 싶었던지 속옷만 겨우 가릴 수 있는 초미니 스커트를 입고 있었다. 그것도 골반에 찰싹 달라붙는 스타일로. 어제는 그렇다 해도 오늘만큼은 같은 여성으로서 도저히 이해가 안 되었다. 자전거를 타는데 왜 굳이 저런 불편한 치마를 입는 것일까? 너무나 궁금했다.

"오기노 상은 어떻게 생각하세요?"

점심식사시간에 지나가듯이 내 궁금증을 털어 놓았다.

"내가 이해 할 수 없는 게 하나 있는데요. 왜 일본 여자들은 굳이 자전거를 탈 때 그 불편한 미니스커트를 입고 타나요? 페달을 밟을 때마다 다리가 올라가면서 속옷이 보이잖아요?"

내 질문에 전혀 예상하지 못했던 대답이 돌아왔다. 그것도 예순이나 넘으신 분의 대답이 이러했다.

"불편할 거 없어! 나 역시 짧은 치마 입고 자전거 탈 때가 많은데, 그 때는 치마 색과 팬티 색을 맞춰 입으면 되거든."

오기노 상은 나의 반응에는 아랑곳하지 않고, 복사기가 종이를 자꾸 씹어 먹는다면서 내가 알아듣지도 못하는 일본어를 중얼거렸다.

실제적으로 회장님의 일을 도맡아 하는 사람은 40대 중반의 남자 직원 핸미 상이었다. 회장님의 영어 통역과 공문 발송을 책임지고 있었기 때문이다. 그렇게 스마트하고 매너까지 갖춘 남성이 싱글이라는 것이 믿어지지 않았다. 사무실 책상을 마주 보고 앉았던 우리는 가끔 영양가 없는 대화를 나누기도 했다.

"미로 상, 내가 최근에 만난 여자 중에 가장 어린 나이가 미로 상과 동갑이었어."

음흉함이 하늘을 찌르는 듯 했다. '20살이나 어린 여자랑 뭘 하며 놀았다는 거지?' 내가 아무 말을 하지 않자, 그는 곧 으스대듯 자신의 노하우를 설명해 주었다.

"내가 멘토로 삼고 있는 한 사람이 있는데, 그 분이 남긴 명언을 늘 가슴에 새기고 있거든. 한번 잘 들어봐! '내가 남들과 다른 한 가지가 있다면 그것은 상대가 무엇을 원하는지 알기 위해서 내 전부를 건다는 점이다!' 어때?"

무슨 대단한 과업을 이룬 사람의 명언 같았다.

"핸미 상의 멘토가 누구죠?"

"지아코모 카사노바"

수긍이 갔다. 20살 어린 여자라도 충분히 넘어올 만한 작업의 기술을 지닌 자. 그런 자부심이 그의 얼굴에 가득했다.

"훌륭한 멘토를 두셨네요."

결국 나는 영혼이 실리지 않은 대답을 예의바르게 건넬 수밖에 없었다.

나를 이 회사에 보내신 이유

그날은 회장님이 오시는 금요일이었다. 더 일찍 출근해서 주차장에 물도 뿌리고, 회장실도 한 번 더 확인했다.

"그 동안 수고 많았죠? 회사 일은 적응된 것 같나요?"

입사하고 한 달 만에 만나는 회장님은 따뜻한 미소로 내게 말을 걸어주셨다. 상사가 이렇게 반갑기는 참 드물 것이다. 회장님의 호출로 직원들이 다 한 자리에 모였다. 회의가 시작되었다.

"이번 성탄절은 작년보다 좀 더 특별한 이벤트를 준비했으면 하는데……."

귀가 솔깃했다. 회장님도 예수님의 탄생을 축하해 줄만한 신앙을 갖고 계시는지 몰랐다. 은근히 반가웠다.

"은은한 향수가 좋을까요? 아니면 커튼 색을 조금 더 화사한 진분홍색으로 바꾸면 어떨까요?"

오기노 상의 제안이었다.

"냄새에 민감한 손님들이 있으니, 오히려 꽃으로 장식을 하는 것이 좋을 것 같습니다."

핸미 상은 향수 냄새를 싫어했다. 20대 아가씨에게는 주로 무향의 화장품을 사줬다고 했었다.

"아무래도 목욕가운을 여성 고객의 취향에 맞춰서 소재에 신경 쓰면 더 좋을 것 같아요. 레이스 장식도 곁들이면 훨씬 더 섹시할 것 같습니다."

점점 이해할 수 없는 이야기가 나누어지고 있었다. 지금 말하는 것들이 다 어디에 쓰는 물건인지 나는 감도 못 잡고 있었다. 그때 회장님의 시선이 나에게 꽂혔다.

"미로 상의 생각은 어떤가요?"

"네?"

말을 잇지 못했다. 그 때 오기노 상이 바싹 다가와 내 귀에 속삭였다.

"오키나와 러브호텔 말이야"

내가 제대로 들었는지 재확인하고 싶었다. 여기에서 왜 러브호텔 이야기가 나오는지 종잡을 수가 없었다. 이 또한 회사를 입사하고 한 달이 지나서야 오기노 상을 통해 처음 듣게 된 사실이었다.

나는 그 회사가 부동산을 매매하는 일이 주업이라고 알고 있었다. 틀린 말은 아니었다. 다만 내가 전혀 몰랐던 것 하나는 일본의 대표적인 휴양 도시인 오키나와에서 가장 크고 호화로운 러브호텔이 회장님의 소유라는 것과, 지금 내가 근무하고 있는 이 하라주쿠 지사는 러브호텔을 직접 운영하고 체인 형태로 확장하는 사업이 주력업무였던 것이다. 다른 것은 잘 모르겠고, 그 순간 내 머리를 스친 계산법으로 요약하자면, 내가 받는 월급이 러브호텔에서 손님들이 주고 가는 숙박비에서 지급된다는 사실이었다.

유별나게도 그 사실을 인지한 후부터 내 심장은 두 배로 뛰기 시작했다. 특히나 일본의 러브호텔은 퇴폐의 온상이라는 꼬리표가 붙어 있었다. 특히 성탄절 시즌이 대목인 만큼, 미성년자들의 낙태율을 고공 행진시키는 것에 일조하는 주범이기도 했다. 내 시선은 회장님을 피해 메모지에 꽂혔다. '커튼 교체, 향수보다는 꽃, 여성 목욕 가운에 레이스.' 나도 모르게 들고 있던 볼펜으로 무심코 받아 적었던 그 단어들 위를 사정없이 벅벅 그어댔다. 누가 볼까 두려웠다.

금요일은 교회에서 철야 기도가 있는 날이었다. 아르바이트를 하는 학생들이 많았기 때문에 밤 11시가 넘어야 2층 성전이 가득 차곤 했다. 나는 저녁을 먹는 둥 마는 둥 하고 평소보다 일찍 교회에 도착했다. 성전 맨 뒷자리 창가에 앉아 오늘 회사에서 있었던 회의 내용을 되새김질하기 시작했다.

'이건 아닌데……'

유학생으로 있다가 처음으로 일본에서 취업을 했다는 기쁨은 이루 말할 수가 없었다. 그런데 겨우 한 달이 지난 지금, 그 뿌듯함과 기쁨은 온데 간데 사라지고 없었다. 오히려 누가 알면 큰일 날 것 같은 부끄러움과 죄책감마저 밀려왔다. 혹시라도 누가 "어떤 회사야?"라고 물으면, 뭐라고 대답해야 할지 난감했다. 기분 같아서는 당장 그만 두고 싶었다. 그와 동시에 마음 반대쪽에서는 뭐 그리 예민하게 생각하느냐는 온건파의 목소리도 들려왔다. 몹시 혼란스러웠다.

언제부턴가 내 몸에 밴 버릇이 하나 있다. 가끔 예상하지 못했거나 의도하지 않았던 일 때문에 속이 시끄러워질 때는, 이렇게 말하는 것이다.

"무슨 이유가 있겠지!"

정말 그랬다. 다윗은 시편 23편을 아무 생각 없이 기록하지는 않았을 것이다. 나도 때로 사망의 음침한 골짜기를 다닐 수 있다고 말한다. 그런데 그러고 끝나지 않는다. 예상하지도, 원하지도 않았던 그 사망의 음침한 골짜기 가운데에도 우리 주님은 나와 함께 하신다고 했다. 그리고 주의 지팡이와 막대기가 나를 안위하신다는 것이다. 다윗의 경험에서 우러나온 고백일 것이다.

내 경우에는, 자랑스럽고 즐겁던 직장이 하루아침에 도저히 다니고 싶지 않은 직장이 되고 말았다. 그러나 이것이 사망의 음침한 골짜기 수준은 결코 아니었다. 분명 이유가 있어서 나를 이곳으로 보내셨을 거라는 믿음이 생겼다. 그리고 또 하나 나를 진정시킨 생각은, 생애 처음 내게 주신 직장인데 그 감사가 식기도 전에 순간적인 감정으로 사직서를 던진다는 것은 하나님께 불손한 행위일지도 모른다는 것이었다. 차라리 퇴사 명령을 받는 편이 훨씬 나을 것 같았다. 여기까지 생각이 정리되었다.

곧 예배가 시작될 조짐이 보였다. 그 밤 내 기도는 딱 하나로 모아지고 있었다.

"하나님! 분명 저를 이 회사에 보내신 이유가 있음을 믿습니다. 그래서 제 손으로 사표를 쓰진 않겠지만, 부디 하나님의 때에 저 회사 잘리게 해주세요. 이왕이면 빨리요."

스기시타 상과의 점심식사

"미로 상! 부탁이 하나 있는데……."

회장님께서 '부탁'이라는 단어를 쓰셨을 때, 가슴이 쿵 내려앉는 것 같았다. 나는 더 이상 아무런 아이디어가 없었다. 호텔 방에서 남녀가 즐길 수 있는 성탄절 이벤트를 구상할 수 있는 그 어떤 것도 떠오르지 않았다. 아니, 떠오른다 해도 억지로 눌러버릴 판이었다. 하지만 나는 명색이 회장님의 비서였다. 뭐라도 조사해서 갖다 바쳐야 할 의무가 있었다. 그것이 월급을 받는 자의 도리였다.

그날따라 검정색 양복을 입고 출근을 하신 회장님의 얼굴을 마주대하는 순간, 저렇게 멀끔하게 생긴 저승사자가 또 있을까 하는 생각마저 들었다.

그런데 듣고 보니 회장님의 그 부탁이라는 내용이 좀 의외였다.

"이번에 내 친구가 삼성에서 주최하는 연회에 참석한다고 하는데, 미로 상이 그 친구에게 간단한 한국어 인사말을 좀 가르쳐 줬으면 좋겠어요."

긴장이 스르르 풀리는 기분이었다. 저승사자의 그림자도 회장님의 미소 뒤로 자취를 감추었다.

[이번 주 목요일 오전 11시. 시부야역 개 동상 앞. 친구 분 이름, 스기시타]

메모지 한 장을 들고 약속된 장소로 나갔다. 시부야역 앞에 '하치코' 라는 개 동상이 보였다. 9년간 주인을 시부야 역에서 기다린 개로 알려진 충견의 대명사다. 우리나라에도 충견이 많지만 이렇게 굳이 동상까지 만들어 기릴 정도로 일본인의 사랑을 받는 개였다고 한다.

나 역시 오늘 충견의 자세로 이 자리에 나왔다. 일단 내가 맡은 일은, 자랑스러운 한국어를 일본인에게 가르치는 미션이었다. 그 순간만큼은 어떤 회사를 다니느냐는 것은 완전히 잊고 싶었다. 오로지 한국인의 자부심으로 떳떳하게 임하고 싶었다. 충견답게!

생각보다 나이가 많은 중년의 여성이 나를 향해 미소 지으며 가까이 다가 왔다.

"미로 상이죠? 저는 스기시타입니다."

참 온화한 미소였다. '회장님과 어떻게 아시는 분일까?' 아직 나에게는 이 분에 관한 정보가 전혀 없었다. 다만 한국의 대기업 삼성에 초대받아 가실 정도면 그래도 꽤 영향력 있는 분임에는 틀림이 없어 보였다. 유학생에서 갓 신입사원이 된 외국인에게 그분의 친절은 과분한 편이었다. 나를 위해 정중하게 자신의 승용차 옆 좌석 문을 열어주었다. 동승한 승용차는 이십여 분을 달려 어느 주택가에 있는 음식점 앞에 도착했다.

"스시 좋아하세요? 이곳은 꽤 유명한 화식집인데 미로 상도 마음에 들 거예요. 들어갑시다."

입구부터가 고풍스러웠다. 곳곳에 아기자기한 분재가 놓여 있었다. 나무 손잡이로 된 문을 가볍게 밀어 안쪽으로 들어가니 TV에서나 보았던 기모노 차림의 여성들이 단아하게 두 손을 앞으로 모아 스기시타 상을 향해 고개를 숙였다.

"부인, 이쪽으로 모시겠습니다."

예약을 했던 모양이다. 그리고 단골인 것 같았다. 시선을 어디에 두고 걸어야 할지 정신이 없었다. 기모노를 입은 직원들을 향해 각도를 최대한 낮춰서 한 사람 한 사람 인사를 했다. 한국인의 예의라 생각했다. 하필 그날따라 내 운동화 차림이 영 마음에 걸렸다. 반나절 놀다오라고 하셨던 회장님의 너털웃음이 떠올랐다. 속은 기분이었다. 최소한 복장이라도 단정했어야 했다. 이런 분위기에서는 예의상으로도 한참 밀리고 있었다.

밥은 편하게 먹어야 한다는 나의 지론을 완전히 뒤집는 식사 시간이었다. 아기자기 형형색색의 그릇에 차근차근 테이블 위로 자리 잡은 음식마다 스기시타 부인의 설명이 이어졌다. 음식 재료부터 먹는 순서, 먹는 방법, 그리고 그 생선의 고향까지 들어야 했다. 밥을 먹는 건지 스시 수업을 받는 건지 모를 정도였다. 어느새 입맛이 시들어갈 즈음, 과일의 귀족이라는 시즈오카산 멜론이 디저트로 올라왔지만 그리 반갑지가 않았다.

일단 예고도 없던 부인의 스시 수업을 마치고, 이제는 본격적인 한국어 수업을 해보겠다고 다시 부인의 승용차에 몸을 실었다. 차는 제법 담벼락이 높은 저택 앞에 멈춰 섰다. 현관을 지나 중문을 지나고 또 거실 문까지, 총 세 번의 관문을 통과했다. 벽난로 오른쪽으로는 액자 안에 남편으로 보이는 노신사와 세 딸을 병풍 삼은 가족사진이 보였다.

우리가 시부야 역에서 만난 지 어느덧 3시간이 흐르고 있었지만, 부인은 한국어 수업을 받을 의지가 전혀 보이지 않았다.

"저기, 종이 한 장만 주시겠습니까?"

일단 내가 먼저 시작해야 될 것 같았다. 받아 놓은 종이 위에 일본어 발음을 기호로 해서 두 가지의 인사말을 또박또박 적기 시작했다.

'안녕하세요. 스기스타입니다.' '감사합니다.' 생각보다 순순히 발음을 흉내 내기 시작했다. 5분이 채 지나기도 전에, 조금만 쉬자고 했다. 나는 정말 쉬고 있었다.

부인은 그때부터 안방과 거실과 창고를 마치 뭔가를 찾는 사람처럼 정신없이 왔다 갔다 했다. 그러더니 종이 가방과 천 가방 2개에 뭔가를 차곡차곡 담기 시작했다.

"어휴, 이걸 다 어떻게 들고 가지? 가만있어 보자. 내가 택시비를 줄 테니까 걱정하지 말아요."

그날 '안녕하세요.' '감사합니다.' 겨우 이 두 마디 발음만 가르쳐주고 받아온 레슨비는 어마어마했다. 그것도 두 손에 가득 들려 준 세 개의 가방 안에는 낱개로 포장된 옷과 스카프, 시계와 녹차 세트까지 들어있었다. 뭔지는 모르겠지만, 홀린 듯도 하고, 횡재한 듯도 하고, 찝찝하기도 한, 그런 기분이었다.

'어떻게 내 주소를 알았을까?'

집 앞으로 소포가 도착했다. 스기시타 부인의 이름이 적혀 있었다. 동경에서 가장 땅값이 비싸다는 긴자의 명물로 알려진 미츠코시 백화점 상표가 보였다. 열어보니 20Kg짜리 쌀이었다. 그리고 식기류 세트와 카펫까지 배달되었다. 회장님은 다 '비즈니스'니까 그냥 받아도 된다고 하셨지만, 세상에서 가장 비싼 것은 '공짜'라는 말도 동시에 떠올랐다.

점점 마음이 불편해졌다. 나에게는 풀어야 할 숙제가 남아 있었다. 아니, 하나님의 응답을 기다리는 중이었다. 언제쯤 이 회사를 그만둘까? 아니 언제쯤 이 회사에서 해고될 수 있을까? 지난주에는 이 회사에서 받은 월급으로 십일조를 드렸다. 또 감사헌금까지 드렸다. 왠지 개운하지가 않았다. 계속 이런(?) 돈으로 하나님께 헌금을 드려야 하나, 그런 생각에 마음이 무겁기만 했다.

크리스마스이브에 당당히 해고되다

성탄절이 점점 가까워지고 있었다. 하라주쿠 역에서 회사까지 걸어오는 내내 거리 곳곳에서 성탄 캐럴이 울렸다. 내 생애 처음으로 캐럴이 쓸쓸하게 들렸다.

일본에서 성탄절은 공휴일이 아니다. 성탄 이브에 출근한 아침, 새롭게 오픈한 오키나와 러브호텔 제2호점이 대박 났다는 소식이 들려왔다. 슬픈 소식이 아닐 수 없었다. 회장님은 호황을 누리고 있는 사업에 몹시 만족하고 계셨다.

무거운 마음으로 사무실 안으로 들어서는데, 웬 낯선 남성이 회장실 안에서 전화를 받고 있었다. 오기노 상은 웬일로 나보다 더 일찍 출근해 있었다.

"저 분 누구세요?"

"회장님 아들. 타이키 사장님이야."

나이는 나와 비슷해 보일 만큼 젊었다. 회장실에서 사장님과 이야기를 나누고 걸어오는 오기노 상의 표정이 그리 밝지 않았다. 나를 향해 '이제는 네 차례'라는 신호를 보내는 오기노 상을 뒤로 하고, 나는 사장님 앞에 조용히 앉았다.

"미로 상 처음 뵙겠습니다. 타이키입니다."

아버지 성이나 아들 성이나 같아서 그 이름이 그 이름이었다.

"처음 뵙는 이 자리에서 참 죄송한 말을 꺼내게 되었습니다."

나에게 죄송할 일이 뭐가 있을까? 혹시 회사가 바빠져서 연말에 계획했던 휴가를 취소하라고 할 셈이라면 그건 좀 큰일이었다. 이미 한국행 비행기를 예약해 놓았기 때문이었다.

"저기, 미로 상에게 제안을 하나 하고 싶은데요."

죄송하다는 말에서 이제는 제안으로 말을 바꾸었다. 나에게 완전 불리한 일은 아닐 것 같다는 직감이 왔다.

"이번에 이곳 동경 지사를 교토 본사로 합치게 되었습니다. 오기노 상은 가정이 있어서 함께 합류하지 못하게 됐고, 미로 상이 괜찮다면 교토 본사 소속으로 함께 갔으면 하는데, 어떤가요?"

순간 핵심을 놓치고 말았다. 지금 내가 잘렸다는 말인지, 아니면 재취업이 되었다는 말인지 명확한 판단이 서지 않았다. 사장님의 다정다감한 목소리가 이어서 들려왔다.

"만약 미로 상이 사정상 교토로 갈 수 없다면, 우리의 책임이 막중하다고 판단되어 퇴직금 명목으로 월급의 200%를 드릴 생각도 하고 있습니다."

입사한지 4개월 채 되지 않았다. 내게 퇴직금이 있을 리가 만무했다. 사장님의 제안이 어느 것 하나 마음에 들지 않는 것이 없었다. 하나는 내가 지금 다니는 회사가 없어지니까 자동적으로 나는 해고되는 것이고, 내가 교토로 가지 않으면 생각지도 못한 퇴직위로금까지 받게 되는 것이었다. 무엇보다도 내가 직접 사직하겠다는 당돌한 태도를 보이지 않아도 된다는 것이 가장 매력적인 상황이었다. 일석 삼조.

속으로 쾌재를 불렀지만, 표정을 어떻게 지어야 할지 난감했다.

"사장님, 아쉽지만 저는 교토로 갈 수가 없겠습니다. 정들자 이별이라고 저에게 첫 직장이었던 이곳을 영원히 잊지 못할 것 같습니다. 감사합니다."

어디서 이런 고상한 립 서비스가 술술 나오는지, 이 또한 주님이 주시는 깨알 지혜라고 생각했다.

성탄절 이브에 나는 당당하게 회사에서 잘렸다. 그 기쁨은 말로 표현할 수가 없었다. 성탄절을 앞두고 내가 예수님께 감사의 선물을 드리기도 전에, 주님은 먼저 나의 기도에 신실하게 응답해 주셨고 두둑한 보너스까지 선물로 챙겨 주셨다.

하나님의 특별선물

해고된 지 1주일이 지나고 새해를 맞이했다. 일명 무직자로 새해를 맞이한 것이다. 두 달 정도의 생활비는 여유가 있었다. 다음 달에 한국에서 여동생이 놀러온다는 편지가 도착했다. 무직자의 신분으로 동생을 맞이할 수는 없는 일이었다. 다시 외국인 고용 서비스센터를 찾아갔다. 연초라서 그런지 지난 몇 개월 전보다 훨씬 더 많은 외국인들로 붐비고 있었다. 상담 창구에는 이미 긴 줄이 늘어 있었고, 그 전에 내가 희망하는 회사의 정보를 찾으려 해도 그 정보를 열람하기 위한 줄도 만만치 않게 길었다.

그래도 한 시간은 족히 기다렸다. 구직 서류 묶음을 한 장 한 장 훑어보았다. 막상 새 직장을 구한다는 스트레스가 피로와 함께 밀려왔다. 이번에는 좀 더 꼼꼼히 구직 정보를 따져봐야 했다. 생각보다 눈에 띄는 회사가 없었다. 그래도 3~4일 정도면 새로운 구직 정보가 업데이트 된다는 직원의 말을 듣고 첫날은 아쉽게 발걸음을 돌렸다.

회사를 그만 둔 지 2주가 지나고 있었다. 그렇게 잘리고 싶었던 회사를 나오기는 했는데, 웬일인지 마음은 약해져갔다. 다시 취직할 수 있을까? 자신이 없었다.

"하나님! 부디 조만간 좋은 회사에 들어가게 해주세요!"

오늘 금요 기도회에 가서는, 꼭 이거 하나를 놓고 기도해야겠다고 다짐을 했다.

교회에서 기도하다 눈을 떠보니 아침 6시였다. 1월이라 밖은 아직도 캄캄했다. 새벽 3시에 기도회가 마쳤지만, 이대로 집에 돌아갈 수는 없다는 생각에 2층 성전에서 엎드린 채 밤을 지새운 것이다. 깊은 기도를 통해 약해진 마음에 힘을 충전하고 싶었다.

차가운 바람을 가르며 집으로 달려가는 자전거 페달이 힘겹게 느껴졌다. 내가 집에 도착하면 제일 먼저 하는 일이 있다. 바로 전화 자동응답기를 확인하는 일이다. 간밤에 전화가 왔었는지 수신 램프가 깜빡거리고 있었다. 버튼을 누르는 순간 귀에 익은 여성의 목소리가 들려 왔다.

"여보세요, 스기시타입니다!"

오랜만에 듣는 부인의 목소리였다. 그리고 이어지는 부인의 말에 나는 어안이 벙벙했다.

"미로 상! 와꼬증권(현. 신광증권)에 채용하겠습니다. 그러니 아무런 걱정 말길 바라요. 정식 입사는 4월이니까, 그전까지 간단한 아르바이라면 모를까 다른 일은 찾지 말아요. 그리고 미로 상이 살 수 있는 회사 기숙사도 준비해 두었으니 곧 다시 연락할게요!"

세상에. 분명 그녀가 내 이름을 부르긴 했는데, 나와는 전혀 상관도 없는 내용처럼 들렸다.

와꼬증권이 도대체 어디에 있는 회사인지, 그리고 그곳에 어떻게 나를 입사시키겠다는 건지, 무엇보다 부인이 어떻게 이 제안을 하는 것인지 도통 알 수가 없었다. 이런 놀라운 제안은 내가 전혀 상상해본 적도 없는 일이었다. 그 자리에 앉아서 수신된 응답기 내용을 몇 번이나 반복하며 돌렸는지 모른다. 듣고 또 들었다. 다시 들어도 이해를 할 수 없는 내용이었다.

이른 아침이었지만, 문득 이 답답함을 한방에 풀어줄 사람이 생각났다. 혼자 사는 햄미 상에게 급히 전화를 걸었다. 다행히 세 번의 벨소리 끝에 잠이 덜 깬 햄미 상의 목소리가 수화기를 타고 넘어왔다. 내가 스기시타 부인의 말을 전하는 순간, 오히려 햄미 상이 더 놀란 듯했다. 어떻게 그럴 수가 있느냐면서 흥분된 목소리로 되레 나에게 거듭 사실을 확인했다. 그런 다음에야 듣게 된 햄미 상의 설명은 이러했다. 먼저 부인의 남편은 일본을 대표하는 노무라 증권의 상임 이사로서 현재 와꼬 증권 사장으로 있다는 것이었다. 그래서 회장님께는 이 부인과의 비즈니스가 다른 어떤 사람보다 신경을 많이 써야하는 파트너였다는 것이다. 그건 그렇다 쳐도, 왜 나를 자신의 남편 회사에 취직시키겠다는 것인지 도무지 알 길이 없었다.

전화를 끊기 전에 햄미 상의 마지막 멘트가 날아왔다.

"미로 상! 성탄절 선물치고는 아주 큰놈으로 받았네? 만약 네가 믿는 신이 있다면, 그 신이 스기시타 부인의 마음을 감동시킨 것 아닐까? 좀 지났지만, 메리 크리스마스!"

이 말은, 차가운 새벽바람을 맞으며 귀가하느라 식어버린 나의 온몸을 솜이불처럼 따뜻하게 덮어주었다.

08.
순장에게 주어진 은혜와 시험

아슬아슬했던 낙하산 면접

가끔 공공 기관이나 일반 기업의 낙하산 인사를 매도하는 기사를 보게 된다. 사회적으로 곱지 않은 시선은 당연한 것이고, 그래서 누구나 각을 세워 질타하는 풍조는 지금도 여전한 것 같다. 그런데 그 대상이 설마 내가 될 줄이야. 한국어 몇 마디를 가르치게 된 인연으로 만난 스기시타 상이 일본 증권회사 사장의 부인이라는 사실은 전혀 몰랐다. 설령 알았다고 해도 그것은 나와 전혀 상관없는 정보였다.

우연히 만난 인연이 가끔 필연이 되는 경우가 있다. 바로 이런 때인지도 모른다는 생각을 처음 해보았다. 나는 한국에서 국어국문을 전공으로 학부를 졸업한 것이 전부였다. 증권의 'ㅈ'자도 모르는 내가 금융업

증권회사에 입사 통보를 받게 된 것이다. 그것도 일본에서. 곧 형식상 인사부의 면접을 보라는 연락을 받았다.

스기시타 부인은 무슨 이유로 나 같은 사람을 당신 남편의 회사에 추천할 생각을 했을까? 이해할 수 없는 의문을 떠올리다 문득 지난 번 나에게 하신 말씀이 떠올랐다.

"나는 미로 상이 좋아요. 그 이유는 나도 모르겠어요. 그냥 화장을 전혀 하지 않는 순수함이 제일 마음에 들었다고나 할까요?"

부인에게는 나와 비슷한 나이의 딸이 세 명이나 있었다. 모녀 관계가 어떤지는 모르겠지만, 이해관계가 전혀 없는 한국인인 나에게 이런 과분한 호의를 베풀 이유는 전혀 없었다.

일본 기업은 보편적으로 4월에 입사를 하게 되는데, 입사 내정자는 이미 전년도 10월 초순에 모두 결정된다고 했다. 입사를 두 달 앞두고 신입사원 연수를 준비하던 인사부는 갑작스런 사장님의 지시로 전혀 없던 내 자리 하나를 만들어 주었다.

이런 해프닝을 감수하기가 생각보다 쉽지 않았던 이유는 따로 있었다. 지금까지 그 회사에 입사한 신입사원 중에 내가 유일한 한국인이었기 때문이다. 나로서도 난감한 일이 아닐 수 없었다. 금융업에 상식이 전혀 없는 건 그렇다 치더라도, 가장 큰 문제는 언어였다. 일본어를 겨우 3년 정도 연습한 나로서는 일본 토박이들 사이에서 특히 고객을 대하는 격식 있는 일본어 수준까지 한참 못 미치는 상태였다. 아무리 사장님의 뒷배가 있다 해도, 결국 적응하지 못하고 입사와 동시에 퇴사 통보를 받게 될 것이 자명했다. 한 마디로 낙동강 오리 알이 되는 것은 시간 문제였다.

면접을 보기 위해서 약속한 시간에 맞춰 회사에 도착했다. 인사부실 앞에서는 나도 모르게 묵직한 한숨이 나왔다.

"오신다고 수고하셨습니다."

인사부 직원들은 안면근육을 의지적으로 당기는 것 같은 어색한 미소로 나를 맞이해 주었다. 20대 중반의 한국인 여성 앞에, 족히 60대로 보이는 일본인 남성 세 명이 마주하고 있었다. 어차피 입사가 결정된 상태였다. 정식적인 면접이 아니었기 때문인지, 부장이라는 직함을 가진 시마다 상이 먼저 웃으며 말을 꺼냈다.

"스기시타 사장님을 통해 미로 상에 관한 말씀 많이 들었습니다."

나는 그 사장님을 만난 적이 없었다. 부인을 말하는 것 같았다. 사실 부인이라고 해도 나를 잘 알 리 없었다. 우리는 두 번 이상 만난 적이 없었기 때문이다.

방심한 순간에 예상하지 못한 질문이 들어왔다.

"미로 상은 주식을 뭐라고 생각합니까?"

여기는 증권회사라는 것을 다시 한 번 상기시켜 주는 질문이었다. 주식은 한 번도 생각해 보지 않았던 관심 밖의 분야였다. 가만히 있으면 중간이라도 간다는 조상님의 말씀이 떠올랐다. 그 말을 따르기에는 다들 나의 답을 애타게 기다리는 눈치였다. 나는 속으로 "주여!"라고 외쳤지만, 입 밖으로 나온 말은 오히려 어색한 분위기를 회복시켰다.

"돈이라고 생각합니다."

"아, 소데스네!"

정답이라는 식의 반응이 돌아왔다. 이런 분위기로 끝나기를 간절히 원하던 그때였다. 갑자기 가장 오른 쪽에 앉아 있던 직원이 일어서더니 화이트보드 앞에 서기 시작했다.

"한국에 우리 와꼬증권이 지사로 나가 있긴 합니다만, 현재 한국에서 가장 대표적인 증권 회사 세 곳이 어디인가요?"

그 사람은 매직펜 뚜껑을 열면서 받아 적을 준비를 하고 있었다. 모른다고 하기엔 그 나이 되도록 신문 한번 읽지 않았느냐는 질타가 쏟아질 게 분명했다. 나는 애타게 주님의 계시를 기다렸다. 1초가 그렇게 길게 느껴지긴 처음이었다. 이 질문이야말로 가만있는 것이 중간이라도 갈지도 모른다는 생각이 들었다. 아니면 대기업 이름이라도 몇 개 중얼거렸어야 했다. 그러나 웃기지도 않게 엉뚱한 대답이 목젖을 울리며 뱉어졌다.

"한국을 대표하는 증권회사는 고구려, 백제, 신라 증권입니다."

그리고 눈을 감아버렸다. 인사부 직원의 얼굴을 도저히 쳐다볼 수가 없었다. 한참 빗나간 답인 줄은 알았지만, 나의 태도는 사뭇 진지했다. 그런데 이번에도 전혀 예상치 못한 대답이 돌아왔다.

"아! 소데스까?"

나에게 질문을 던진 직원은 잊어버릴 새라 화이트보드에 서둘러 고구려증권, 백제증권, 신라증권 이라고 가타가나 발음 기호로 받아 적기 시작했다. 믿을 수가 없었다. 오히려 내가 '소데스까?' 라고 되묻고 싶었다. 인사부 면접은 그렇게 엉성하게 끝이 났다. 불편하고 불안했던 마음을 달래 준 것은, 생각지도 못한 왕복 차비와 면접 수당을 챙겨 주는 따뜻한 배려였다. 진짜 괜찮은 회사라는 생각이 들었다. 동시에 얼마나 이 회사에서 버틸 수 있을까 하는 씁쓸한 생각도 따라왔다.

영혼을 섬기는 순장이기에

300명의 신입사원 가운데 본사에는 80명이 입사했다는 소식을 들었다. 그만큼 내가 입사한 회사는 큰 증권사였다. 국제부에는 나를 포함해서 여섯 명의 신입 사원이 들어왔다. 국제부 마츠다 국장님은 아침 조례 때 신입사원인 우리 여섯 명만 따로 회의실로 부르더니, 테이블 위로 세계지도를 가리키셨다. 그리고 북극점을 손끝으로 누르면서 근엄한 연설을 시작하셨다.

"여러분은 지금부터 이 북극점 위에 서있는 것입니다. 이 자리에서 세계 곳곳을 내려다보십시오! 크고 넓은 시야를 가지길 바랍니다. 여러분의 포부만큼 우리 와꼬증권 국제부는 더 힘차게 뻗어 나갈 것입니다."

옆에 있던 오히라 군이 박수를 치기 시작했다. 나머지 우리도 뒤따라 박수를 쳤다. 다른 친구들은 감동의 박수였는지는 모르지만, 내 속에서 울리는 메시지는 차원이 달랐다. 내 안에 계신 하나님은 고작 북극점에 서계신 분이 아니셨다. 북극점을 지나 지구의 주인이시고 온 우주를 창조하신 분이 아니시던가! 갑자기 하나님을 향해 더 큰 박수를 치고 싶었다. 그 위대하신 분이 내 안에서 나의 눈을 통해 세상을 보길 원한다는 것을 느낄 수 있었다. 내가 가질 수 있는 포부는 결국 하나님의 스케일이었다. 갑자기 어깨가 쫙 펴졌다.

오후 퇴근할 무렵, 사내 공지가 붙었다.
〈일본 증권업 협회 주관 2종 외무원 자격시험〉
시험이라는 말에 나는 신경도 안 쓰고 곧바로 퇴근해 버렸다. 신입사원은 시험 대상이 아니라고 생각하기도 했지만, 설령 대상이라고 해도 입사한 지 한 달밖에 되지 않았고 언어의 장벽도 만만치 않았던 그때의 나로서는 엄두도 못 낼 일이었다.

그 다음 날 아침 조례 시간이었다. 외무원 자격시험 대상자 이름을 각 부서장들에게 올리라는 국장님의 지시가 있었다. 내 생각과 동일했는지, 우리 부서의 다케무라 과장님도 나에게 시험을 권유하지 않고 오전 시간이 지나갔다. 나 외에 입사 동기였던 5명은 각자의 부서장들에게 이름을 올려놓은 상태였다.

점심시간. 그날따라 사내 식당 줄이 길었다.

"미로 상은 좋겠네. 시험 안친다며?"

영업부 애널리스트였던 조지 상이 식판을 들고 나에게 다가와 너스레를 떨었다. 조지 상은 한국계 미국인이었지만, 한국말은 전혀 할 줄 몰랐다. 엄마가 한국인이라는 말을 듣고 처음에는 나에게 호의적일 줄 알았다. 그러나 내 기대는 완전히 빗나갔다. 오늘처럼 의도를 가지고 늘 빈정거리는 이유도 나의 입사 배경이 못마땅하다는 것이었다. 사장 뒷배로 입사해서 앞으로 얼마나 출세할지 지켜보겠다며 감정을 드러냈다. 미국인이 쓰는 일본어와 한국인이 쓰는 일본어가 엉성한 만큼 우리 두 사람의 관계는 좀처럼 좁혀지지 않았다.

　오후 5시 10분이 되자, 사내 퇴사 벨소리가 들렸다. 옆자리에 앉은 고토 상과 함께 본관 후문을 나와서 8차선 도로 앞에 나란히 섰다. 본사 건물이 맞은편 빌딩 유리창에 그대로 반사되어 우리 회사 이름이 비쳐 보였다. 와꼬증권. 회사의 이름과 로고를 바라보며 나는 주님께 말을 걸었다.

　'왜 저를 이곳에 보내셨나요?'

　아무리 생각해도 상식을 벗어난 취업이었다. 회사 제복을 입고 있으면 겉모습만으로는 일본인과 한국인을 구별할 수가 없었다. 그러나 내가 입을 벌려 몇 마디를 하게 되는 순간, 상대방은 순식간에 "너 외국인이니?"라는 표정을 지었다. 더군다나 전화로 고객을 상대할 때는 "너 회사 직원 맞아?"라는 소리까지 들었다.

　꼭 한번은 하나님께 속 시원하게 듣고 싶었다. 왜 내가 이곳에 있어야 하는지!

　'정말 하나님께서 저를 이곳에 보내신 게 맞나요?'

　8차선 횡단보도의 신호등이 녹색으로 바뀌었다. 내 질문은 꼬리에 꼬리를 물더니 맞은편에서 밀려오는 퇴근길 인파 속에 묻히고 말았다. 좌우로 빽빽이 차량들이 멈춰 선 큰길. 수많은 인파가 양방향으로 오가고 있는 길 한가운데. 바로 그 8차선 도로에서, 주님은 내 질문에 명확한 답을 해주셨다.

"네가 순장이기 때문이다!"
그 말씀은 마치 자동차의 경적소리처럼 내 가슴을 파고들어왔다.

일본에 와서 다니기 시작했던 교회는 C. C. C. 제자 교육 프로그램과 고인이 되신 옥한흠 목사님의 〈평신도를 깨운다〉를 집중적으로 훈련하는 곳이었다. 소그룹의 리더를 '순장'이라고 불렀는데, 나도 그 순장을 맡고 있었던 것이다.

내가 했던 질문을 다시 읊조려 보았다.
'왜 저를 이곳 증권회사에 보내셨나요? 저 같이 아무것도 모르고 능력도 없는 사람을 어떻게 이런 곳에 두셨어요?'
[네가 영혼을 섬기는 순장이기 때문이다!]
세상 무엇보다 영혼을 귀하게 여기시는 하나님. 주님께서 그 소중한 영혼을 맡기시며 내게 '순장'의 직분을 허락하셨다는 사실에 늘 두려움과 감사함을 느꼈다. 하나님의 가장 귀한 보배를 섬길 수 있다는 건 내겐 큰 영광이 아닐 수 없었다. 그 영혼을 섬기는 데는 건강과 시간과 정성도 필요했지만 돈도 필요했다. 하나님은 그 모두를 채워주시겠다는 뜻을 내게 보이시는 듯했다.

8차선 도로가 끝나는 지점에서 나는 몸을 돌려 맞은편에 보이는 회사 건물을 다시 한 번 올려다보았다. 나를 이곳으로 인도하신 하나님의 뜻을 정확하게 알게 된 시점이었다. 가슴이 벅찼다. 기필코 밥만 먹고 살기 위한 직장으로 삼지 않겠다는 다짐과 함께, 분명 이 회사를 통하여 하나님께서 이루실 일이 있을 거라는 기대감이 차오르기 시작했다.

외무원자격시험을 치다

그런데 하나님의 대답을 들은 벅찬 감격이 채 식기도 전에, 하필 조지 상의 얼굴이 보였다. 회사 앞에서 신호를 기다리며 담배를 물고 폐 깊숙이 한 모금 빨아들이는 그의 모습이 클로즈업 되면서 내 시야를 채운 것이다. 연기를 내뿜은 그의 콧김에서 마치 말풍선 하나가 그려지는 것 같았다.

"미로 상은 좋겠네. 시험 안친다며?"
오늘 회사 식당에서 빈정대며 말을 걸었던 조지 상의 면전에 내가 꼭 해줘야 할 말이 생각났다. 나는 이쪽으로 걸어오는 조지 상을 기다렸다. 그리고 당당하게 말해주었다.
"모르셨죠? 나도 이번에 외무원자격시험 치거든요!"
이것은 객기였다. 말을 뱉는 순간 후회했다. 좀 전까지 주님과의 가슴 벅찬 밀어를 나누던 그 감격에서 벗어나, 이제는 맨바닥으로 툭 떨어져 버린 기분이었다. 대꾸도 하지 않고 지나가버리는 조지 상의 뒷모습을 바라보면서, 방금 내가 한 실언을 제발 기억하지 말아달라는 주문을 몇 번이나 걸었다. 그러나 두 손가락에 끼운 담배를 높이 들어올리며 "잘 해봐!"라고 뒤돌아 비웃는 그의 미소에, 소름이 쫙 끼쳤다.

물은 이미 엎질러진 것이다.

예상한 바대로 담당 과장님은 펄쩍 뛰었다. 지금 업무만 배워도 시간이 없을 판인데 무슨 시험까지 치겠느냐 하면서 극구 말리셨다. 떨어질 게 자명하니 괜히 우스운 꼴 당하지 말라고까지 하셨다. 그런 말을 듣자 더 오기가 발동했다. 그 순간에도 조지 상이 떠올랐다. 무슨 일이 있어도 낙하산 인사라는 오명을 이참에 씻어내고 싶은 마음이 간절했다. 그리고 유일한 한국인이며, 가장 소중한 순장의 직분을 걸고 한판 붙고 싶었다.

과장님의 만류에도 불구하고 시험 등록을 마친 그 다음 날, 2cm가 족히 넘는 두께의 금융관련 책자 네 권이 내 책상 위에 놓였다. 성경책 글자 크기의 일본어가 빼곡하고, 무엇을 가리키는지조차 모를 그래프와 도식들로 넘쳐나고 있었다. 공부에 기가 질리기 전에 일단 쉬운 방법부터 찾아야 했다. 다행히도 선배 고토 상을 통해 지난 8회분의 기출 문제를 받아볼 수 있었다. 그러나 금융관련 기초 지식이 아주 없는 나로서는 모든 질문의 히라가나와 숫자들이 그저 그림 파일처럼 눈앞에서 둥둥 떠다닐 뿐이었다. 어디에서부터 시작해야 할 지 난감했다. 나를 향해 사람들이 짓는 한숨소리에도 쉬이 낙심 모드로 전환되었다.

기출문제는 한 회당 30문제가 있었다. 번호가 뒤로 갈수록 배점이 높았다. 일단 배점이 높은 계산 문제는 신경을 더 써야 했다. 시험의 유형까지는 파악이 되었지만, 문제마다 요구하는 기본 상식은 전혀 없었다.

그렇다고 이대로 포기할 수는 없다는 생각에 주먹을 불끈 쥐었다. 그 순간 사내 메일이 떴다.

"미로 상! 잘 되고 있어요?"

기업투자부의 요시자와 상이었다. 그와는 부서도 다르고 근무하는 층도 달랐지만, 우리는 입사 동기였다. 나는 하루에 꼭 한번은 투자부에 들러서 자료를 찾는 일을 해왔기 때문에 요시자와 상과의 대면은 낯설지가 않았다. 그리고 그는 와세다 대학 대학원까지 졸업한 엘리트임에도 살짝 어수룩한 구석이 있어서, 우리는 별다른 부담이나 허물없이 쌀과자를 나눠먹는 사이이기도 했다. 내가 왜 이 친구를 생각하지 못했을까? 역시 살 길은 있었다. 다짜고짜 본론으로 들어갔다.

"나 시험공부 좀 도와줄래?"

그러고 보니 나는 항상 반말이었고, 그 쪽은 언제나 정중한 말투였다. 내가 예상했던 그 이상의 답이 돌아왔다.

"시험 치기 전날까지 매일 퇴근하고 2시간씩 내가 봐줄 테니 부담 말고 오세요!"

그 다음 말이 더 감동이었다.

"미로 상이 합격하면 그건 나에게도 큰 기쁨이니까 그때는 내가 크게 한 턱 쏘겠습니다."

지금까지 그런 말을 들어본 적이 없었다. 예수님과 부모님의 은혜 그 다음 랭킹에 꼽을 정도로 너그러운 말이었다. 요시자와 상의 자상한 성품을 내가 본받아야 한다는 주님의 음성에도 불구하고, 내 속 마음은 조지 상이 먼저 그를 본받아야 한다는 쪽으로 시소가 기울었다.

대학을 졸업하고도 워드 자격증 하나 없었던 나였다. 그런데 증권거래사 자격증을 그것도 일본어로 치게 될 줄은 상상도 못했다. 뭐 하나 내 계획대로 되는 것이 없었다. 요시자와 상도 내 계획에는 전혀 없던 흑기사였다. 퇴근을 알리는 사내 벨이 울리자마자 나는 3층에 있는 투자부로 쏜살같이 내려갔다. 요시자와 상은 간식까지 준비해 놓고 나를 기다렸다. 일단 입이 즐거워야 머리 회전도 잘 된다며 쿠키와 빵을 내 앞으로 밀어주었다. '혹시 천사를 보내셨나?' 궁금해졌다.

경제학 전공자에게 무료 특강을 받으며 3주의 시간이 흘렀다. 70점 커트라인을 맞추기까지는 시간이 턱도 없이 부족했다. 기출문제만 풀어봐도 번번히 40점을 넘기지 못하고 있던 참이었다. 큰 기대는 과분한 욕심이었지만, 그래도 요시자와 상의 성의와 용기의 메시지가 나의 쳐진 어깨를 다시 세워주었다.

"미로 상, 모든 시험에는 운이 있기 마련입니다. 혹시 알아요, 아는 문제만 나올지? 걱정 마세요!"

그 응원이 아오야마 대학 시험 장소로 내 등을 가볍게 밀어 주었다. 강의실은 이미 빼곡히 차 있었다. 맨 뒷자리에 내 수험 번호를 확인하고 앉자마자 감독관 2명이 두툼한 시험 봉투를 들고 들어왔다. 시간이 촉박했던지 곧바로 시험지를 배포했다. 배점이 가장 높은 맨 마지막 30번 문제가 궁금해 시험지 모서리를 더듬으며 살포시 한 장을 들어 올렸다. 나도 모르게 '웁' 하는 소리와 함께 입을 틀어막았다. 채권 계산 문제로 보이는 숫자 배열이 며칠 전 요시자와 상이 내주었던 문제와 똑같았기 때문이다. 계산할 필요도 없었다. 답이 먼저 보였다. 그 위에 있는 29번과 28번 문제도 마찬가지였다. 우연보다는 기적이었다.

시험 시작을 알리는 종소리가 울렸다. 좌우에 앉은 사람들이 일제히 시험지를 날리며 시험 유형을 살피기 시작했다. 그리고 답지에 이름과 수험번호를 기록하고 있었다. 그때까지 나는 아무것도 하지 못했다. 손에 쥐가 난 것처럼 움직여지지가 않았다. 5월 하순에 절정이었던 꽃가루로 인하여 화분증에 걸린 사람들이 많이 보였다. 나 역시 마스크를 낀 채로 시험지만 바라보고 있었다. 나도 모르는 사이에 마스크가 축축하게 젖기 시작했다. 시험을 치면서 은혜에 감격해 보기는 처음이었다. 눈물이 쉬지 않고 흘러 내렸다. 글자가 보이지 않을 만큼 시야가 가려졌다. 나는 답을 달기 전에 눈을 감고 한참을 기다렸다. 지금 나와 함께 시험 장소에 계시는 주님을 더 가까이 느끼고 싶었다.

"미로 상, 모든 시험에는 운이 있기 마련입니다."

요시자와 상의 목소리가 들려왔다. 그는 운이라고 말했지만, 나는 그 운이 내게 주신 하나님의 은혜임을 실감하고 있었다.

낙하산과 얼굴은 펴져야 산다

오늘따라 국제부 마츠다 국장님의 심기가 불편해 보였다. 아침 조례를 생략할 정도로 몸이 안 좋아 보였다. 국장님의 책상 앞을 지나칠 때마다 괜히 까치발을 들고 조용히 걸어야 할 것 같은 분위기였다. 복사를 끝내고 내 자리로 돌아오려는 그때였다. 굳게 닫혀 있던 국장님의 입술이 해금을 끝낸 조개처럼 비로소 열렸다.

"신입사원들 다 모여 보세요!"

국장님의 말이 떨어지자마자 우리 여섯 명은 옆으로 나란히 보기 좋게 섰다. 북극점에 서서 지구 전체를 바라보듯, 국장님은 국제부 전체를 구석구석 훑어보기 시작했다. 그리고는 그 시선을 갑자기 나에게 고정시켰다.

"미로 상! 축하합니다. 외무원 자격시험에 합격하셨습니다!"

이어서 국장님의 한숨이 이어졌다. 여섯 명 중에 두 명이 불합격했다는 소식이었다.

"믿을 수가 없습니다. 어떻게 한국인도 합격하는 시험에 여러분이 떨어질 수가 있습니까?"

여기에서 왜 국적을 운운하는지 알다가도 모를 일이었다. 일본어도 부실했던 나 같은 사람이 합격했다는 것이 놀랍다는 말씀인지, 아니면 같은 일본인이 떨어진 것이 몹시 불쾌하다는 말씀인지 그것도 알 수가 없었다. 국장님의 시선이 또 다시 나를 향해 꽂혔다.

"미로 상! 책상 앞에 붙여 놓은 글귀가 참 마음에 들었습니다."

「스베떼와 이노리까라 하지마루! (모든 것은 기도로부터 시작된다)」
입사하면서 내 사무실 책상 노트북에 붙여 놓은 말이었다. 이어지는 국장님의 굵은 목소리는 마치 강대상에서 외치는 목사님의 설교 같았다.

"여러분, 기도가 중요합니다. 신을 향해 간절히 기도하는 사람이 되십시오! 일을 할 때도, 고객을 상대할 때도, 이번 같은 시험을 준비할 때도, 어떤 경우에도 기도가 필요합니다. 여러분의 힘을 믿지 마십시오!"

순간 내 속에서 압착되어 있던 '아멘!'이라는 스프링이 큰 소리로 튀어 나와 버렸다. 국장님과 눈이 마주치면서 우리는 함께 웃었다. 그리고 또 한 분이 웃고 계셨다. 나와 늘 함께 계시는 하나님의 웃음소리가 내 안에 가득 울려 퍼지는 것 같았다. 동시에 조지 상이 떠올랐다. 점심시간이 너무나 기다려졌다. 사내 식당에서 만나기라도 하면 나는 방긋 웃어 줄 준비가 되어 있었다.

오래 전에 할머니께서 해 주신 말씀이 떠올랐다. '낙하산과 얼굴은 펴져야 산다'라는. 낙하산 인사라고 해도 하나님의 은혜로 활짝 펴져서 나는 안전하게 이곳 회사에 착지했다.

09.
마리코를 위한 돌솥비빔밥

마땅히 할 말을 성령이 곧 그 때에
너희에게 가르치시리라 하시니라
(누가복음 12장 12절)

이건 비밀이니까 아무한테도 말하지 마

그날은 마리코와 약속이 있었다. 퇴근 후에 함께 한국 식당에 가서 저녁을 같이 먹기로 한 것이다. 배가 몹시 고팠기 때문에 우리는 식당 앞에서 미리 자기가 먹을 메뉴를 정해 놓고 들어갔다. 주문을 받으러 온 아르바이트생에게 나는 한국어로 자신 있게 두 메뉴를 주문했다.

"저는 카레 덮밥 주시구요, 저 쪽(마리코)은 돌솥비빔밥으로 주세요."

마리코는 나의 유창한 한국어 발음에 신기한 듯이 쳐다봤다.

우리는 국제부 소속으로 함께 입사한 동기였다. 마리코의 부서와 내가 속한 부서는 바로 옆자리였기 때문에 매일 사내 식당에서 점심을 같이 했고, 가끔은 이날처럼 저녁까지도 같이 먹었다. 주문한 메뉴가 나오기 전까지 마리코는 테이블 위로 두 팔을 올려놓고 얼굴을 내 앞으로 쑥 내밀었다. 무슨 극비사항이라도 전하는 것처럼 아주 작은 목소리로 소곤대기 시작했다.

"미로 짱, 나 어제 무슨 일 있었는지 알아? 이거 비밀인데, 꼭 너만 알고 있어야 돼. 절대로 남에게 말해서는 안 돼!"

내용은 생각보다 놀라웠다. 어제 자기네 부서 영업부 회식이 있었다고 한다. 저녁 11시쯤 이자카야에서 2차를 마치고 집에 돌아가려는데, 같은 부서의 마츠다 상이 전철역까지 데려다 준다고 했다. 입사 초기였던지라 마리코는 선배의 배려에 고마웠고, 두 사람은 일단 전철역까지 함께 걸었다고 한다. 생각보다 전철역이 멀었던 모양이다. 가로등도 희미하고 인적도 드문 도로변을 함께 걷는 시간이 몹시 불편하던 참이었는데, 갑자기 마츠다 상이 마리코의 손을 낚아채더니 길가에 있던 신사(神社) 안으로 다짜고짜 끌고 들어가서 기습 키스를 퍼부었다고 한다. 그리고 사정없이 엉덩이 마사지까지 받았다는 이야기였다. 그 충격이 하루가 지난 이 시간까지도 생생하게 남아있는 듯, 마리코는 나에게 그때 그 상황을 아주 상세하게 설명했다. 마치 영화의 한 장면을 직접 보여주는 것같이 효과음까지 내며 흥분을 감추지 못했다.

문제는 그 마츠다 상이 유부남이었던 데다, 그의 와이프가 우리 국제부 소속 대 선배라는 사실이었다. 어쩌면 이 일로 불륜인지 로맨스인지가 시작될 조짐이 역력해 보였다. 마리코는 자기가 충격을 받았다고는 말하지만, 왠지 야릇한 기대감과 다시 그런 추억을 만들고 싶다는 뉘앙스를 족히 풍기고 있었다. 그러면서 연신 말했다.

"이건 극비야! 절대 말해서는 안 돼!"

마리코가 나를 믿어준 것은 고마웠다. 그러나 만약 국제부에서 마리코에 대한 이상한 소문이라도 돌게 되면 그때는 틀림없이 내가 범인이 될 것만 같은 불안감마저 들었다. 이러나저러나 마리코와 나는 거침없이 속내를 보여줄 수 있는 사이였다. 솔직히 말하자면, 마리코만 그랬다. 나는 신앙도 다르고 가치관도 사뭇 다른 마리코를 그저 적당한 직장 동료로만 생각했다. 하지만 내가 입사했던 일본기업 와꼬증권(현, 신광증권)에서 신입사원으로 300명이 입사를 했던 그 해, 그녀는 유일하게 한국인이었던 나를 가장 좋아해주고 가까이 대해 줬던 친구인 것만은 확실했다.

돌솥비빔밥과 카레덮밥

드디어 우리가 주문한 메뉴가 테이블 위에 차려졌다. 시장기가 올라서 우리는 각자가 믿는 신에게 감사기도를 후다닥 드리고, 각자의 메뉴에 맞는 식사 도구를 집었다. 나는 숟가락, 마리코는 젓가락! 먹음직스러운 때깔과 음식의 독특한 향미가 반가워 콧노래가 절로 나왔다.

한입 떠먹고 두 번째 숟가락을 뜨던 순간, 내 눈에 뭔가가 포착됐다. 마리코가 주문한 돌솥비빔밥이 지금까지 내가 봤던 본연의 음식과는 전혀 다른 형태로 식어가고 있었던 것이다.

"마리코, 너 돌솥비빔밥 처음이야? 왜 그렇게 먹어?"

마리코는 평소 한국 음식을 좋아해서 가끔씩 친구들과 한국음식점을 애용한다고 말했었다. 공교롭게도 이날 나를 데리고 온 이 음식점도 마리코가 추천해서 오게 된 곳이었다. 분명 마리코는 이곳에서 돌솥비빔밥을 여러 번 먹어봤을 터였다. 그런데 마리코의 먹는 방식은 너무나 독특했다.

일단 돌솥에 올라있던 네다섯 가지의 나물들은 이미 돌솥 벽면으로 큰 원을 그리며 옮겨져 있었다. 계란프라이에 묻어 있는 양념장을 젓가락으로 살살 쓸어 주더니 계란은 좌측으로, 양념장은 우측으로 생이별을 시켜 놓았다. 그제야 마리코는 돌솥비빔밥을 시식하기 시작했다. 먼저는 하얀 속살이 들어난 돌솥 중앙의 쌀밥을 엄지손톱만큼 젓가락으로 떠서 한 입 물었다. 그리고 고사리 한 줄을 입에 넣고 잠시 기다렸다. 이어서 젓가락 끝으로 양념장을 가볍게 콕 찍어서 혀끝으로 가져갔다. 다시 쌀밥을 한 젓가락 집어서 입안으로 넣고, 이번에는 콩나물 한 줄을 집어 올리더니 이어서 양념장을 젓가락 끝으로 가볍게 찍어서 비빔밥의 맛을 음미하고 있었다.

"마리코, 너 왜 그렇게 밥을 재수 없이 먹어? 비빔밥은 말이야, 밥이랑 나물이랑 양념장이랑 한꺼번에 다 비벼서 먹는 거야."

마리코는 순간 반사적으로 튀어나온 나의 말에 눈살을 찌푸렸다. 그리고 곧장 반격을 해왔다.

"미로 짱, 그리고 보면 너는 왜 밥을 그렇게 더럽게 먹어?"

그 말은 정말 수용하기 어려웠다. 내가 밥을 더럽게 먹는다고? 내가 어때서? 그러나 내게 대꾸할 틈을 주지 않고, 마리코의 설명이 시작되었다.

"카레덮밥은 말이야, 너처럼 그렇게 다 비벼서 먹는 게 아니거든! 밥 한 숟갈 먹고 카레 한 숟갈 먹고 그래야지, 그렇게 한꺼번에 다 비비면 흰 접시에 온통 카레가 묻어서 더럽게 보이잖아? 무슨 개밥도 아니고, 그게 뭐야?"

나는 할 말을 잃었다. 우리는 그날 완전 재수 없이, 그리고 몹시 더럽게 저녁식사를 급하게 마무리했다. 그리고 각자 반대 방향의 전철을 타고 집으로 와 버렸다.

집으로 돌아오는 내내 불쾌한 감정이 사그라지지 않았다. 생각해 보면 카레라이스는 일본 음식도 아니었다. 한국인이 이리 먹든 저리 먹든 일본인이 상관할 바가 아니었다. 그러나 돌솥비빔밥은 단연코 내 나라 고유의 음식이었다. 한국인이 한국 식사법을 가르쳐준 것뿐인데, 괜히 쌍심지를 켜고 맞서는 마리코의 태도가 불쾌하기 짝이 없었다.

그러다가 문득 내 입장이 아닌, 마리코의 입장에서 생각해 보아야한 다는 생각이 스쳤다. 마리코에게 돌솥비빔밥은, 좋아하지만 낯선 음식 이다. 나름 좋아하는 식으로 먹는 법을 찾아가는 중인데 내가 다짜고짜 틀렸다고 하니 당황스러웠을까? 혹은 자신은 잘 알지 못하는 익숙하지 않은 방법으로 먹어야 한다고 한 말에 반감이 생긴 것일까?

자신에게 낯설고 어색한 것은 그냥 틀렸다고 우기는 경우를 종종 본 다. 비단 식습관에 해당되는 이야기는 아닐 것이다. 자기가 잘 모르는 정당의 주장, 어색하고 익숙하지 않은 다른 지역의 문화, 잘 모르는 종교의 교리 등에 대해서도 마찬가지 아닐까? 잘 모르니 싫고, 반감이 일어서 그건 틀렸고 별로라고 외면해 버리는 일.

기독교인인 나에게는 종교에 있어서 특히 그런 배척을 당하는 일이 잦았다. 도덕적으로야 그들의 종교와 살짝 교집합이 있을지는 모른다. 그러나 내가 절대 진리라고 믿는 예수님을 전하는 일에 있어서는 고민하지 않을 수 없다. 그들에게 복음을 친근하게 받아들이게 할 수 있는 방법은 없을까?

'돌솥비빔밥은 한꺼번에 다 비벼서 먹어야 제 맛이다'라는 설명을 마리코에게 해주면서 느낀 당혹감과 거부감은, 그녀에게 예수님을 전할 때만은 겪고 싶지 않았다. 어떻게 하면 마리코에게 기독교의 가치를 잘 전해줄 수 있을까? 이것은 매주 예배를 드릴 때마다 고민하는 주제이기도 했다.

"언니야, 아침 먹어."

출근을 서두르는 나를 위해, 일본에 와서 같이 살고 있던 동생이 아침 준비를 해주었다.

"이게 뭐야? 카레잖아?"

"응. 어제 아르바이트 사장님이 좀 싸줬어."

동생은 아키하바라에 있는 중화요리 집에서 아르바이트를 하고 있었다. 아르바이트생들에게 종종 가게 음식도 먹게 하셨지만, 저녁식사로 직접 요리를 만들어 주시는 사장님이 참 고마웠다. 그러나 왜 하필 그 많은 메뉴 중에서 카레였을까! 곱지 않은 생각이 불쑥 튀어나왔다. 동생은 카레를 싫어했다. 굳이 나 먹으라고 들고 왔는데 거절할 수가 없었다.

밥상 앞에 앉자, 어제의 나를 바라보며 "왜 밥을 그렇게 더럽게 먹어?" 하던 마리코의 음성이 다시 들려왔다. 그래서 나는 오목한 대접 대신에 넓은 흰 접시 한 장을 꺼내서 밥을 담고 그 옆으로 카레를 조심이 부었다. 마리코가 말해준 식대로 먹어보기 시작했다. 밥 한 숟갈을 먹고, 카레 한 숟갈을 떠먹었다. 어색했다. 숟가락질이 더 많이 필요했다. 입안에서 음식물을 섞느라 혀도 더 많이 움직여야 했다. 생소하고 어색하니까, 불편하게 느껴졌다.

마리코가 낯선 기독교에 들어올 때도 혹시 이런 기분이 들까? 하는 생각이 스치고 지나갔다.

"언니야, 뭐해? 밥이 맛없어?"

동생이 그렇게 말 할 줄 알았다. 솔직히 뭔 맛인지 모르겠다. 그냥 밥과 카레를 한꺼번에 다 섞어서 입안으로 넣었다. 카레에 대한 내 신념을 하루아침에 바꿀 수 없듯이, 마리코도 금방 교회에 적응할 수는 없을 것이다.

그럼 어떻게 하면 좋을까? 마리코를 조만간 교회로 인도해야 한다는 선교적 미션을 앞두고 나의 고민은 더 깊어졌다.

마리코의 실망과 하나님의 초청

어느 날 오후, 사내 의무실에서 걸려온 전화를 받았다. 의무실 실장님의 호출이었다. 의무실 입구에 서서, 커튼이 쳐있는 침대 다섯 개가 나란히 놓여있는 안쪽을 살피자 의무실 실장님의 얼굴이 나타났다.

"저기 2번 룸으로 들어가 보세요."

그곳에는 마리코가 있었다. 누워있지도 않고, 서서 나를 기다린 듯 보였다. 나를 보자마자 마리코는 울기 시작했다.

"미로 짱, 너에게 정말 실망이야!"

예상을 한참 빗겨간 멘트였다.

"너는 왜 그렇게 입이 무거워?"

칭찬인지 욕인지 알 수가 없었다.

"마츠다 상이 나보고 미안하대."

당연한 말이었다. 어디 유부남이, 그것도 와이프가 버젓이 같은 국제부에 직원으로 있는데 갓 들어온 여직원을 희롱한단 말인가. 그것은 있을 수 없는 일이었다. 그러나 또 다시 예상을 빗나간 마리코의 말이 들려왔다.

"너는 왜 사람들에게 내 얘기를 안 하는 거야? 네가 내 소문을 내줬으면 마츠다 상이 나를 더 신경 썼을 거 아니야?"

나는 좀 전까지 없었던 두통이 파도타기처럼 밀려왔다. 도통 무슨 말인지 감을 잡을 수가 없었다. 마리코는 내가 모르는 사이 마츠다 상과 불륜도 아니고 로맨스도 아닌 어중간한 상태로 작업을 이어가고 있었던 것이다. 그리고 오늘 마츠다 상이 사과와 함께 이제는 그만하자는 이별의 통보까지 했고, 마리코는 오전 내내 의무실에서 실성한 채 울고 있었다고 했다.

문득 교회에서 상반기 전도축제를 한다는 광고를 듣고, 전도 대상자 카드에 마리코의 이름을 적었던 기억이 떠올랐다. 그리고 옆 칸에는 '친구'라고 적어 놓았다.

'이걸 친구라고……!'

당장에라도 지갑에 넣어둔 전도대상자 카드를 찢어버리고 싶었다. 눈가로 번진 마스카라를 연신 닦아 내던 마리코는 이어서 뜬금없는 말을 꺼냈다.

"미로 짱, 나 미로 짱 따라 교회 가야 할까 봐."

믿기지 않았다. 전혀 예상치 못한 순간에 저 말을 듣다니! 전도대상자 카드가 지금 내 손에 없었던 것이 천만다행이었다. 그런데 이유가 궁금해졌다. 왜 갑자기 나를 따라 교회에 오고 싶었는지 물어보기도 전에, 마리코의 입이 먼저 열렸다.

"네가 믿는 신이 더 센 것 같아. 마츠다 상이 돌아올 수 있도록 교회에 가서 기도를 해야겠어."

한숨이 나왔다. 일단 마리코에게 센 신이 되신 하나님은 면이 서신 것 같고, 이런 마리코를 교회로 데리고 가야 하는 나는 면을 들 수가 없었다.

마리코의 대책 없는 반응에 웃음이 나올 만도 했지만, 나는 그 순간 정말 이해할 수 없는 뭉클함을 느꼈다. 안쓰러움과 안타까움마저 밀려왔다. 의무실 커튼이 쳐있는 2번 방 안으로 주님은 조용한 북소리처럼 나에게 말을 걸어 오셨던 것이다.

[마리코가 지금은 돌솥비빔밥을 어떻게 먹는지도 모르는데, 재수 없다는 말 대신 이제부터 네가 잘 비벼주면 마리코가 더 맛있게 먹을 수 있지 않을까?]

주님의 음성인지, 내 안의 소리인지 구별할 수가 없었다. 하지만 그 상황에서 갑자기 돌솥비빔밥과 카레덮밥이 떠오를만한 이유가 내게는 없었기에, 나는 그것을 주님의 음성이라 여겼다. 순간 마리코를 향한 하나님의 마음이 밀물처럼 밀려와 내 거친 마음을 부드럽게 덮어주셨다. 마리코를 가까운 친구로 맞이하고 싶다는 하나님의 초청을 느낄 수가 있었다.

돌솥비빔밥처럼 마리코에게 낯설고 어색한 하나님의 존재를 내가 과연 맛깔나게 전해줄 수 있을까? 고사리 한 줄을 건져 먹고, 또 콩나물 한 줄을 건져 먹으며 끝까지 이것이 최상의 맛이라고 우기면, 나는 또 어떻게 할까? 매콤 달콤한 양념장으로 붉게 물든 돌솥비빔밥을 마치 카레소스로 온통 버무려진 흰 접시처럼 더럽다고 밀어내면, 그때는 또 어떻게 할까? 별별 고민을 다하며 마리코의 얼굴만 물끄러미 바라보았다.

아무리 진리이고 지혜를 담은 하나님의 말씀이라도 들을 사람이 준비되지 않았다면 그것은 허공에 날린 먼지일 뿐이다. 때로는 하고 싶은 말을 참아야 하고, 돌려 말할 줄도 알아야 하고, 비유로 설명하는 정성도 기울여야 한다. 나는 그 말하는 타이밍과 지혜를 하나님께서 반드시 주시리라 믿었다. 그래서 그 순간에는 얌전히 입을 다물고 입바른 잔소리를 삼킬 수가 있었다.

그래도 이 친구에게 꼭 말해주고 싶었다. 마츠다 상이 돌아오도록 같이 기도해보자고. 그런데 생각지도 못했던 더 놀라운 분을 만나게 될지도 모른다고. 그분은 네가 좋아하는 돌솥비빔밥을 아주 맛있게 먹여줄 수 있는 엄청 친절하고 다정한 분이라고!

10.
와세다 대학교를 가다

내가 간구하는 날에 주께서 응답하시고
내 영혼에 힘을 주어 나를 강하게 하셨나이다
(시편 138편 3절)

교회 가면 될 거 아니에요!

다 그런 것은 아니겠지만, 나를 비롯해서 내 주위 유학생들의 대부분은 타국 생활을 통해 적어도 두 가지 마음이 깊어진다는 것을 알게 되었다. 하나는 애국심이었고, 또 하나는 신앙심이었다. 자기 신앙을 제대로 지키지 못하던 청년들도 타국에서 한국인이 모이는 교회를 다니기 시작하면, 동족의 결속력과 함께 미래가 불투명한 진로 때문에 절대자를 찾는 간절함이 발동되는 것 같았다.

내가 일본에서 다니게 된 유학생 교회는 매주 토요일마다 성경 공부가 진행되고 있었다. 그 시간이 끝나면 소그룹 리더였던 순장들은 유학생들이 사는 기숙사에 가서 전도를 하거나 주일 예배에 잘 빠지는 순원들을 위하여 밤늦게까지 심방을 하는 일이 예사였다.

지원이는 이타바시에 있는 K일본어 학원을 다니고 있었다. 어학원 가까운 곳에서 룸메이트와 함께 자취를 하는 지원이의 집은 교회에서 90분이 족히 걸리는 만만치 않는 거리였다. 아르바이트 때문에 교회 출석이 드문드문한 자매였기 때문에, 나는 몇 개월 전부터 거의 매주 토요일만 되면 지원이 집을 찾아가고 있었다. 집에 없을 경우에는 현관문에 포스트잇을 붙여 놓거나 집 앞에 있는 편의점에서 간식거리를 사서 문고리에 걸어놓은 뒤 돌아오곤 했는데, 그런 날이 적지 않았다.

그렇게 7개월이 지난 어느 토요일 오후였다. 후텁지근한 날씨 탓인지 지원이 집 현관문이 한 뼘 정도 열려 있었다. 벌써 2주째 교회에 오지 못한 지원이를 만날 수 있다는 반가움에 무심코 문을 열고 들어갔다. 원룸으로 되어 있는 좁은 공간은 이층 침대가 거의 방 넓이의 반 이상을 차지하고 있었다. 지원이를 불러봤지만, 방안에는 아무도 없었다. 주인이 없는 방에 오래 머물 수도 없는 일이었다. 가방에서 포스트잇을 꺼내서 몇 자 적으려던 그때, 갑자기 이층 침대에서 사람의 목소리가 들려왔다.

"또 언니에요?"

이층 침대 위에서 이불을 걷어차며 몸을 일으킨 사람은 지원이의 룸메이트 경미였다. 경미는 내가 집에 올 때마다 집에 거의 없었다. 지원이 말로는 경미가 한국에서 일어일문학과 1학년을 마치고 단기 어학연수를 왔다고 했었다. 또 경미네 집이 부유한 편이라서 공부보다는 저녁마다 친구들과 자주 술을 마시러 다닌다는 말을 들은 기억이 났다. 오늘처럼 이렇게 경미와 둘이서 마주 대한 적은 처음이었다.

지원이와 함께 집에서 만날 때도 경미는 전혀 나를 아는 척하지 않았다. 나이로 보나 손님의 위치로 보나 나를 보면 최소한 인사 정도는 해줘야 하는 것이 예의라고 생각했지만, 경미는 '교회에서 온 사람'에 대한 알레르기를 노골적으로 드러냈다.

"어, 경미 있었네?"

평소보다 더 적극적으로 내가 먼저 인사를 했다.

경미는 침대 난간에 상체를 걸친 채 한참을 말도 없이 나를 내려다보고 있었다. 어색한 몇 초가 흘렀다. 경미는 평소보다 훨씬 느린 스피드로 눈을 감았다 뜨기를 반복했다. 보아하니 술기운이 남아 있는 듯 보였다. 경미는 분명치 않은 발음으로 내뱉었다.

"언니는 뭐가 대단해서 매번 그렇게 당당해요?"

참 신기했다. 아니 감동이었다. 지난 7개월 동안 투명인간처럼 나를 대했던 경미였다. 아무리 술기운이라고 해도 오늘은 나를 바라보며 질문까지 하다니! 그것은 경미가 내게 처음으로 관심을 보여준 순간이었다.

성급한 상상 하나가 떠올랐다. 어쩌면 경미도 나를 따라 교회에 오게 될지도 모른다는. 더 이상 돌려 말할 필요가 없었다. 어차피 이러나저러나 경미는 나에 대한 호감이 전혀 없었던 친구였다. 일단 질문에 대한 답을 잘 해주면, 혹시라도 그 다음 질문으로 이어지면서 우리 사이에 대화라는 것이 가능할지도 모른다는 기대가 생겼다.

"내가 대단하고 당당하게 보인다니, 네가 정말 잘 본 것 같네? 왜냐하면 내 안에는 위대하신 하나님이 계시거든!"

경미는 웃기지도 않다는 표정으로 다시 이불을 얼굴까지 덮어버렸다.

나는 경미가 누워있는 침대의 난간을 붙잡고 한참을 망설였다. 이대로 돌아갈 수는 없었다. 경미가 나를 보고 말을 걸어준 첫날이었기 때문이다. 길이 없으면 정면 돌파가 답일 수도 있다는 생각이 들었다. 그리고 시간차는 있겠지만 진심은 반드시 통할 거라는 믿음이 생겼다. 그 시간이 바로 지금이기를 간절히 기도하고, 다시 말을 걸었다.

"경미야, 내일 언니 따라 교회 한번 가자!"

예상했던 바대로 꿈쩍도 하지 않았다.

"경미야, 혹시 또 알아? 너도 하나님을 만날 수 있을지?"

죽은 사람처럼 숨소리조차 들리지 않았다.

"경미야."

이번에는 이름만 불렀다. 기침 소리가 몇 번 들리더니 다시 조용해졌다. 한참을 기다렸다. 그러다가 손에 들고 있던 포스트잇에 몇 자를 적으려고 그 자리에 앉았다. 에어컨도 없는 방, 한 여름의 텁텁한 공기 속에서 이불까지 덮은 상태로 오래 버티기란 쉬운 일은 아니었다. 경미의 인내심도 딱 10분을 넘기지 못했다. 잘못 들으면 마치 욕 같은 비속어가 짜증 모드로 들려왔다.

"아이 씨, 가면 될 거 아니에요! 진짜 미치겠네!"

귀를 의심했다. 그냥 빈말이라도 다음에 가겠다는 말로 나를 보낼 수도 있었다. 그런데 경미는 분명 교회를 가보겠다는 말을 한 것 같았다.

"정말?"

"네, 내일 가 볼게요!"

"교회가 어딘 줄 알아?"

"그냥 알아서 갈게요!"

알아서 올 수 있는 곳이 아니었다. 경미 집에서 지하철을 타고 신주쿠 역까지 거의 40분이 걸리고, 다시 환승을 해서 교회 가까운 역에 내려서 도 꽤 걸어야 하는 복잡한 순례의 길이기 때문이었다. 찾아올 수 있는 길을 가르쳐 주면 거리가 멀다고 다시 이불을 뒤집어 쓸 것이 분명했다. 나는 이 기회를 절대 놓치고 싶지 않았다.

"경미야, 내가 내일 아침에 올 테니까 기다리고 있어. 내가 차비 내줄 게."

아무 대답도 들리지 않았다. 괜찮다는 반응으로 받아들였다. 오늘 만 나려고 했던 지원이도 못 만났으니, 내일 셋이서 같이 교회 가면 더 좋 겠다는 계산이 나왔다.

경미의 첫 예배 그리고 눈물

유학생 교회는 오후 2시가 본 예배였다. 되도록 여유 있게 집에서 출 발했다. 점심을 먹을 새가 없었다.

지원이는 오늘도 아르바이트 때문에 집에 없었다. 다행히 경미가 현 관문을 열어주었다. 그러나 나를 따라 나설 기미가 보이지 않았다. 금방 일어난 부스스한 머리와 대충 걸쳐 입은 잠옷 바람으로 다시 이층 침대 위로 올라갔다. 마치 어제의 만남을 전혀 기억하지 못한 사람처럼 태연 스럽게 아무 말도 하지 않았다. 이러다가 나까지 예배에 지각할 것 같았다. 그러나 나의 조바심으로 경미의 기분을 상하게 하고 싶지 않았다.

"밖에서 잠시 기다리세요!"

이런. 반전이었다. 같이 가겠다는 메시지였다. 나는 현관문 앞에 서서 경미와 나란히 예배를 드리는 상상을 해보았다. 믿기지 않은 풍경이었다. 저절로 웃음이 나왔다.

그렇게 10분이 지나갔다. 그리고 20분이 더 흘렀다. 안에서는 아무런 소식이 없었다. 7월 말의 태양빛 아래서 나는 점점 익어가고 있었다. 다시 현관문을 열어 보려는 순간, 경미가 화장실 문을 여는 소리가 들렸다. 지금 일어난 모양이었다. 샤워를 하는 물소리가 벽 창문을 통해 시원하게 들려왔다. 다시 20분이 지났다.

"경미야, 준비 다 했어?"

"잠깐만요. 밥 좀 먹고 나갈게요."

간밤에 술로 채운 뱃속이 성할 리가 없었다. 잠깐만 기다려서 될 일이 아니었다. 거의 1시간을 족히 서서 기다렸다. 목젖까지 타 들어 가는 갈증과 더위에 머리가 어지러웠다.

드디어 경미가 현관문을 열고 얼굴을 살짝 내밀었다. 설마 지금까지 기다리고 있었는지 확인이라도 하려는 눈치였다. 경미도 나에게 조금은 미안했던지 지하철을 타고 환승을 하고 교회까지 걸어오는 내내 교회가 멀다는 투정을 한번도 하지 않았다.

예배는 이미 시작되었지만, 다행히도 본당에 두 자리가 비어있었다. 경미와 나란히 앉아서 기도를 하는 순간이었다. 갑자기 후두두둑 눈물이 흘러내렸다. 그냥 예고도 없이 막 흘러내렸다. 마치 간절했던 소원이 이루어진 것처럼 가슴이 벅차올랐다.

하지만 내 마음과는 상관없이, 옆에 앉은 경미는 강대상 앞을 직시하고 있었다. 오늘따라 목사님의 설교가 길었다. 하필 레위기 본문을 가지고 히브리서와 오가며 평소보다 난해한 주석까지 곁들이셨다. 설교에 집중이 되지 않았다. 처음으로 목사님이 원망스러웠다. 내 신경은 온통 경미에게 가 있었다. 이러다가 도중에 나가버리면 어떡하나 하는 걱정뿐이었다.

"이 시간 눈을 감고 다 함께 기도하겠습니다."

목사님의 설교가 끝났다는 신호였다. 앞자리에서 준비하고 있던 찬양팀이 각자의 위치로 가서 연주와 노래로 기도를 돕고 있었다. 여기저기에서 속삭이듯 기도소리가 들려왔다. 점점 찬양과 기도가 어우러졌다. 어디선가 흐느껴 우는 소리가 들렸다. 순간 '아차!' 하는 걱정이 또 한 번 뇌리를 스쳤다. 거의 한 시간이나 설교를 들었다. 이어서 집단적으로 기도하는 무리들 속에서 누군가는 흐느껴 울고 있다. 이런 분위기를 경미는 어떻게 받아들이고 있을지, 도저히 옆을 쳐다 볼 용기가 나지 않았다.

역시 더 이상은 못 견디겠다 싶었던지, 경미는 고개를 숙이더니 긴 생머리로 얼굴 전체를 커튼처럼 가렸다. 그리고 가벼운 몸동작으로 어깨를 아래위로 털기 시작했다. 어찌지 싶어 쳐다보는데, 내가 예상했던 모습이 아니었다. 경미는 흐느껴 울고 있었다. 목사님께는 죄송하지만 마음을 뭉클하게 할 만큼 감동적인 설교는 아니었다. 그러나 경미의 눈물은 한참동안 그칠 줄을 몰랐다.

그 날 이후로 경미는 교회에 출석하기 시작했다. 이전까지는 매주 토요일마다 혼자 심방을 다닐 때가 많았는데, 이제는 경미가 나를 따라서 심방도 다니기 시작했다. 마치 새끼 오리가 엄마를 따르듯 다섯 살 많은 나를 따르며 가까이 붙어 다녔다. 아직은 '아멘'이 무슨 뜻인지도 잘 모르는 신앙의 수준이었지만, 그래도 주말마다 술친구들과 밤새 마시고 노는 것보다 조금은 낯설지만 교회의 새로운 문화가 더 좋다고 말했다. 그런 경미의 변화는 놀랍기만 했다. 우리는 두 달 가까이 함께 심방을 다니면서 참 많은 이야기를 나누었다.

와세다 대학 정문에서 올린 기도

10월의 밤바람이 제법 싸늘하게 느껴지는 어느 토요일 저녁이었다. 그날도 경미와 함께 어학원 기숙사 심방을 마치고 늦은 저녁을 먹기 위해 우동 집에 들어갔다. 뜨거운 육수국물 위로 모락모락 올라오는 김마저 맛있게 보였다. 나는 말도 없이 젓가락질에 속도를 냈다.

"오늘은 제가 살게요."

밥값을 내겠다는 경미의 제안이 참 기특해 보였다. 그러나 그 기특함은 이어지는 대화로 순식간에 배신감으로 변했다.

"그런데 언니, 나 12월에 한국 들어가요."

"성탄절이라서?"

"아뇨, 비자가 끝나서요."

갑자기 우동 사리가 굵어졌을 리 없는데, 목구멍에 턱 걸려버린 느낌이었다. 그러고 보니 경미는 1월 학기생으로 들어 와서 1년의 비자를 받고 어학원을 다니고 있었다. 그런데 비자가 앞으로 3개월 밖에 남지 않았다는 사실을 이제야 알려 주다니. 생각하지도 못했던 섭섭함이 몰려왔다. 내년 3월에 복학하기 위해서 어쩌면 더 일찍 귀국해야 할지도 모른다는 말까지 들었을 때는, 아예 우동 사리가 위 내시경 카메라로 변한 것처럼 삼켜지지가 않았다.

젓가락을 내려놓고 생각했다. 이렇게는 아니라는 생각뿐이었다. 이대로 경미가 한국에 가버리면 가족들 모두가 교회를 다니지 않는데, 스스로 교회를 찾아 갈 것 같지가 않았다. 무엇보다 내년 부활절에 있을 세례대상자 명단에 경미를 이미 올려놓은 상태였다. 최소한 세례까지는 받게 하고 싶었다. 내 인간적인 계획과 욕심일 수도 있지만, 여하튼 지금 이 상태로 보내기에는 너무나 아쉬웠다.

나는 다시 젓가락으로 우동 사리를 빙빙 돌리며 말을 꺼냈다.

"경미야, 너 그냥 자퇴하면 안 돼?"

내가 생각해도 어이없는 헛소리가 툭 튀어 나와 버렸다. 방금 전까지 밥값을 내겠다던 경미의 상냥한 태도가 갑자기 돌변한 것도 어쩌면 당연했다. 경미는 젓가락을 바닥에 내리치며 소리를 질렀다.

"언니, 미쳤어요?"

주방에 있던 아주머니와 눈이 마주쳤다. 반 정도 남은 우동을 뒤로 하고 나갈 순 없었다.

"나는 지금까지 언니가 말한 대로 다 했잖아요. 토요일 성경 공부도 참석하고, 심방도 따라 다니고, 매주 큐티도 세 번 이상 하고!"

미간을 좁혀가며 자신의 대견함을 열거하더니, 지갑에서 밥값이라며 천 엔짜리 한 장을 테이블 위에 던지듯 내려놓았다.

"경미야, 그러지 말고 너 저기 대학 한번 쳐보는 게 어때?"

내 손가락은 우동 집 벽 너머의 와세다 대학 정문 쪽을 가리키고 있었다. 경미의 격한 반응은 쓰나미처럼 불어 닥쳤다.

"와세다 대학이요? 언니, 지금 장난해요? 유학생 전형이 두 달도 안 남았는데, 그리고 저기는 2년을 준비해도 못 들어간다고요! 나는 일본어도 잘 못하는데, 그게 말이 된다고 생각해요? 언니 진짜 미쳤나 봐!"

속사포처럼 쏘아대는 경미의 총알이 하도 거세게 날아와 나는 눈을 감고 말았다.

더 이상 말로는 안 되겠다는 생각이 들었다. 그리고 이 밤에 뭐라도 확신을 주지 않으면, 생각보다 더 이른 이별을 할지도 모른다는 걱정마저 들었다.

"잠깐 나랑 같이 가자!"

"또 어디 가려고요?"

"와세다 대학!"

시간은 이미 10시가 넘어가고 있었다. 어둑해진 밤거리에는 인적이 거의 없었다. 학교 정문 가까이 갔을 때는 도서관에서 나오는 학생들만 드문드문 보였다. 학교 앞을 지키는 관리 아저씨도 퇴근하고 안 계셨다.

호박등이 켜있는 정문 앞 철문에서 우리는 잠시 걸음을 멈추었다.

"경미야, 무릎 한번 꿇어 봐!"

경미는 시폰 소재의 하늘하늘한 원피스를 입고 있었다. 쉽게 따를 리가 만무했다. 내가 먼저 땅바닥에 무릎을 꿇고, 경미의 손을 끌어당겼다. 엉겁결에 경미도 내 옆에 무릎을 꿇고 앉았다. 정문을 빠져 나가는 학생들이 우리를 힐끔힐끔 쳐다보았다. 평소라면 부끄러웠겠지만, 그땐 정말 아무렇지도 않았다. 그만큼 절박했기 때문이다.

"경미야, 내가 지금 기도를 할 건데, 너는 무조건 아멘! 이라고만 해. 아멘은 '그렇게 될 줄 믿습니다!' 라는 뜻이거든. 다른 말은 하지 말고, 내가 기도하는 것을 잘 듣고 '아멘' 이라고만 말해. 알겠지?"

경미는 아무 말이 없었다.

한 손으로는 철문을 잡고, 다른 한 손으로는 경미의 손을 꽉 잡았다. 그리고 나는 기도를 시작했다.

"아버지, 지금 우리를 보고 계시는 줄 믿습니다. 우리에게 한 가지 소원이 있습니다. 하나님이 살아 계신 것을 경미가 알 수 있도록 도와주십시오. 경미를 와세다 대학에 들어갈 수 있도록 도와주십시오! 사람의 생각으로는 불가능하지만, 하나님은 불가능이 없으신 줄 믿습니다. 한번만 살려 주십시오!"

나는 조용하게 기도하지 않았다. 온몸이 부들부들 떨 정도로 전심을 다해 소리를 질렀다. 경미는 내 손을 뿌리치려고 안간힘을 썼다. 부끄러웠는지 아니면 무서웠는지 나와 같이 소리를 질러댔다. 그리고 경미도 나를 따라 울기 시작했다. 한참을 울고 또 울었다. 목소리가 갈라지기 시작했다. 땅바닥에 깔린 작은 모래알들이 무르팍을 파고들었다. 다리의 감각을 잃은 지 오래였다.

그 순간이었다. 갑자기 가슴 중앙의 명치 쪽으로 바람 한 점이 나를 향해 불어왔다. 분명히 내 몸은 뒤로 한 번 쏠렸다가 중심을 다시 잡았다. 그리고 귓전에서 투박한 음성이 들려 왔다.

"이제 됐다!"

뭐가 됐다는 말인지 알 수가 없었다. 단지 이제는 더 이상 소리를 지를 힘이 없었다. 옆에서 울고 있던 경미를 확인했다. 눈물콧물로 범벅이 된 얼굴에 긴 머리가 덕지덕지 달라붙어 있었다. 정신을 차리고 가방에서 거울을 꺼내더니, 턱까지 흘러내린 마스카라를 닦아 내느라 여념이 없었다.

좀 전까지 아무렇지 않았던 손이 아파왔다. 오른쪽 손바닥에 피가 뭉쳐 있었다. 나도 모르게 땅바닥을 치면서 기도했던 것이다.

경미는 아무 말 없이 내 손바닥에 붙어 있는 모래알들을 닦아 주었다. 그리고 다시 울기 시작했다.

"경미야, 우리 내일부터 준비해 보자. 한번 해보고 그래도 안 되면 복학하면 되잖아"

경미는 말없이 고개만 끄덕였다.

기적이 아닌 기도응답

일본어 어학원에는 입시반이 따로 있었다. 특히 명문대학을 목표로 준비하는 유학생들 중에는 역시 중국인을 따라잡을 수가 없었다. 한자 문화권이라는 점도 한몫 했지만, 숫자적으로도 우세했다. 겨우 십여 명을 뽑는 외국인 전형에는 지원자가 거의 200명이나 몰렸다.

외국인전형은 일본어 소 논문과 영어 영작, 두 과목으로 당락을 결정 짓는다고 했다. 영어 과목은 고3 입시를 1년 전에 끝낸 경미 자신이 알아서 준비하게 했다. 그리고 일본어 소 논문은 내가 지도하기로 했다. 지난 몇 년간 출제되었던 소 논문 주제를 뽑아서 시범적으로 작문을 했고, 현재 이슈가 되고 있는 문제와 개인적인 관심사 위주로 열 개 정도의 주제를 정해서 일본어로 번역했다. 나는 경미에게 소 논문 전체를 무조건 외우라고 했다. 완전히 외워서 받아쓰게 했다. 비슷한 주제가 나오면 우리가 준비한 내용을 적절히 삽입시키면 될 것 같았다.

그렇게 한 달하고 보름이 지났다. 시험 날짜는 3일 앞으로 다가왔다. 경미는 수험표를 내 앞에 내밀면서 큰 한숨을 내쉬었다.

"순장님, 저 자신 없어요!"

어느덧 '언니'에서 '순장님'으로 호칭이 바뀌었다. 현재까지 등록된 수험생이 예상한 바대로 200명이 훨씬 넘었다. 그리고 거기에서 17명 정도 뽑는다는 소식을 들었다. 그날만큼은 나도 경미에게 괜찮다는 말을 쉽게 해주지 못했다. 그러나 이러한 시도를 했다는 것 자체가 경미에게 믿음이 생겼다는 증거였다. 나는 그것만으로도 감사했다.

시험 당일 아침, 나는 휴가를 내고 경미와 함께 학교 시험장으로 들어
갔다. 수험번호를 확인하고 경미가 먼저 자리에 앉았다. 나는 경미 옆에
서 수험표 위에 손을 올렸다. 그리고 기도를 드렸다. 바로 오늘이 경미
가 하나님의 살아계심과 보호자로 경미 곁에 함께하심을 경험할 수 있
는 최고의 날이 되길 간절한 마음으로 기도드렸다.

뒷문으로 빠져 나오다가 나는 다시 경미의 뒷모습을 바라보았다. 마
음이 그렇게 뭉클할 수가 없었다. 어린애를 혼자 두고 나오는 기분이었
다. 어느새 나는 경미의 어미오리가 되어 있었다.

지난주에는 첫 눈이 내렸다. 생각보다 포근한 날씨가 이어지고 있었
다. 회사 제복을 다림질하고 있는데, 집으로 전화가 걸려왔다.

"여보세요."

"……."

전화를 건 쪽은 아무런 말이 없었다.

"여보세요."

계속 묵묵부답이었다. 여느 때 같으면 곧바로 끊었을 텐데 그날따라
나도 아무 말 없이 수화기를 들고 있었다. 상대방은 점점 숨소리를 거칠
게 내더니, 이내 울먹이기 시작했다.

"순장님, 저 합격했어요!"

경미의 목소리였다. 언제 발표가 나는지도 몰랐기 때문에 전혀 예상
하지 못하고 있던 소식이었다. 기쁨이 몰려오기도 전에 내 안에서 또 하
나의 음성이 들려오는 것 같았다.

"내가 됐다고 하지 않았느냐?"

아! 그날이 떠올랐다. 와세다 대학 정문 앞에서 경미와 함께 기도를 드렸을 때, 내 가슴 중앙을 밀어내며 바람 같이 들려 주셨던 그 음성이었다.

"이제 됐다!"

경미의 와세다 대학 합격은 기적이 아닌, 명백한 기도응답이었음을 기억하게 하신 것이다.

나는 수화기를 들고 무릎을 꿇었다. 수화기 저편에서 공중전화기를 들고 있을 경미에게 이 시간 함께 기도하자고 했다.

"하나님, 죄송합니다. 제가 하나님의 약속을 믿지 못했습니다. 믿음으로 구하면 이미 받은 것이라고 하셨는데, 그리고 '이제 됐다'고 말씀도 해주셨는데, 제가 믿지를 못했습니다. 그럼에도 소원을 이루어주신 주님, 정말 감사합니다. 경미를 살려주셔서 감사합니다. 이제부터 경미의 하나님이 되어주시길 바랍니다. 언제나 경미 곁에서 함께 동행해주시길 바랍니다. 모든 영광을 하나님께 올려드립니다. 하나님, 정말 사랑합니다."

"아멘!"

그날 나는 처음으로 경미의 '아멘'을 들었다.

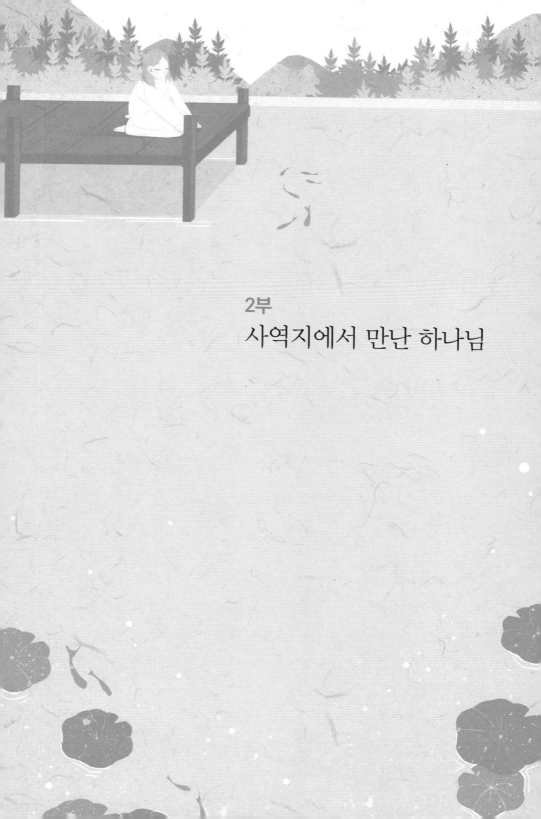

2부
사역지에서 만난 하나님

01.
나를 사역자로 부르신 하나님

> 내가 매일 기쁘게 순례의 길 행함은 주의 팔이 나를 안보함이요
> 내가 주의 큰 복을 받는 참된 비결은 주의 영이 함께함이라
> 성령이 계시네 할렐루야 함께 하시네 좁은 길을 걸으며 밤낮 기뻐하는 것
> 주의 영이 함께함이라
> **(찬송가 191장 1절)**

찬송가 가사를 받아 적다

나는 일본 동경에서 6년의 생활을 정리하고 한국에 귀국했다. 당시 부모님은 경남 고성에서 과일 농장을 하고 계셨고, 나는 그곳에서 오랜만에 마음껏 쉼을 누리고 싶었다. 사실 아무런 계획이 없었다는 말이 맞다. 그동안 외국에서 그것도 일본 기업이라는 만만치 않은 생활전선에서 이리 치이고 저리 받치면서 나를 돌아볼 겨를이 없었다. 당시 저혈압 증상을 보이던 나는 회사의 합병으로 사내 조직이 완전히 바뀌는 시기에 맞춰 사임을 하고 서둘러 귀국을 결심하게 되었다.

하지만 쉬는 것도 한계가 있었다. 바쁘게 돌아가던 시계바늘이 갑자

기 멈춰버렸을 때의 어색함과 답답함이 내 몸의 시계에서도 느껴졌다. 너무 무료했다. 그래도 쉬면서 운전면허도 따고, 번역사 자격증도 취득하면서 한국 생활에 적응하기 위한 준비를 조금씩 해오고 있었다.

국어국문학부를 졸업한 나는 아무리 잠꼬대를 일본어로 한다고 해도 전공자가 아니었기 때문에, 일본어로 할 수 있는 일에는 한계가 있었다. 그래서 일어일문학과 대학원에 입학했다. 이후 학과사무실로부터 연락을 자주 받게 되었다. 시에서 주최하는 한일 국제 무역이나 학술 포럼이 있을 때마다 통역을 해달라는 의뢰를 받게 된 것이다.

자연스럽게 통역사라는 직업을 얻게 되면서 사회적으로 꽤나 유명한 정치인들과 사업가들과 교수들을 만나게 되었다. 그 과정에서 교육 사업에도 눈을 뜨게 되었다. 나는 그렇게 이전처럼 바쁜 생활을 이어가기 시작했다.

한국에 와서도 여전히 교회 생활은 즐거웠다. 정말 열심히 다녔다. 한 해를 넘기고부터는 청년부에서 회장까지 맡게 되었다. 청년들의 수가 약 160명 가까이 되는 제법 큰 공동체에서 3년 연속으로 회장을 맡았다. 그 자리의 무게와 책임감이 올라가면서 나는 스스로 기준을 높게 세우며 새벽예배를 다녔다. 자가 운전으로 20분은 족히 달려야 하는 새벽의 거리를 사명감으로 열심히 다녔다. 무엇보다 기도하는 일에 더 힘을 쏟아야 한다는 마음이 들었기 때문이다.

그런데 문제가 생겼다. 엄밀히 말해 문제라기보다는 내 양심을 속일 수 없는 일이 발생한 것이다. 교회에서 나의 몸은 열심을 내고 있었지만, 나의 기도는 막혀 있었다. 새벽에 몸은 교회에 가 있는데, 주일에 예배는 드리고 있는데, 기도가 되지 않았다. 그저 눈만 감고 경건의 흉내만 내고 있었던 것이다. 사람의 눈은 속일 수 있었지만, 그 기도를 받으시는 하나님과 나 자신은 결코 속일 수가 없었다.

솔직히 그게 뭐 대수냐고, 유난 떨지 말라고 스스로 타이른 적도 몇 번 있었다. 하지만 기도가 막히면서 마음이 불편하다 못해 점점 불안해지기 시작했다. 하나님이 너무 멀리 계신 것만 같았다. 그러던 중에, 찬송은 또 다른 기도라고 했던 누군가의 신앙 간증이 떠올랐다. 나는 그 즉시 모든 일을 잠시 멈추고 찬송가를 부르기 시작했다. 그뿐만이 아니었다. 그날부터 아예 일도 나가지 않고 집에서 혼자 찬송가 가사를 노트에 적기 시작했다. 그 정도로 기도가 막힌다는 것은 내게 절박한 문제였다.

한 1주일 정도 집에서 찬송가를 부르고 찬송가 가사를 노트에 적는 일만 했다. 이렇게 해서라도 잃어버린 기도를 다시 찾고 싶었다. 나와 은밀히 만나주시던, 내 안에 계신 하나님을 다시 가까이 만나고 싶었다.

첫날은 찬송가 1장부터 10장까지 모든 절의 가사를 노트에 적었다. 그 다음날은 더 욕심을 내서 찬송가 30여장까지 가사를 노트에 적었다. 정말로 가사 한 절 한 절의 내용이 너무나 은혜가 되었다. 가사를 눈으로는 읽고, 손으로는 적고, 입으로는 흥얼거리는 가운데 어느새 찬송의 은혜가 내 마음을 잔잔하게 적시고 있었다.

그렇게 1주일쯤 지난 어느 날이었다. 시간은 오후 2시가 지나는 대낮이었다. 그날도 거실에 밥상을 펴고 앉아 찬송가를 적고 있는데, 문득 내 어깨가 떨리기 시작했다. 별일이 있었던 건 아니었다. 그런데 전혀 의식하지 못한 순간에 눈물이 흘러내렸다. 나는 울고 있었다.

특별히 기도하거나 찬양을 부른 것도 아니었다. 어제와 같이 찬송가 가사를 노트에 적고만 있었을 뿐이다. 그런데 내 몸의 떨림이 점점 더 커지기 시작했고 눈물은 그칠 줄 몰랐다. 이제는 더 이상 내 자신을 주체할 수 없을 만큼 몸이 떨리고 눈물이 터지면서 급기야 오열하기 시작했다. 내가 왜 우는지 알지 못하면서도 내 속의 것을 다 토해내듯 그렇게 울었다. 얼마나 울었던지 입고 있던 청바지가 거의 다 젖을 정도였다.

거실 커튼은 양 옆으로 환하게 걷은 상태였고, 시간은 대낮이었다. 도대체 이게 무슨 일인지 처음에는 정말 이해할 수 없었다. 그렇게 한참을 울다가 의도치 않은 물음을 허공에 던졌다.

"주님이십니까?"

예전에 그랬듯 내 마음 속에서 북소리처럼 울리는 음성이 있었다. 그런데 그날은 좀 달랐다. 거실에 나 혼자 있는 것 같지가 않았다. 내가 그토록 원했던, 그러나 두려운 마음도 솔직히 있었던, 성령님의 임재를 처음으로 강렬하게 느낀 것이다. 나는 쉬지 않고 외쳤다.

"주님이십니까? 저를 찾아 오셨습니까? 왜 이제야 오셨습니까? 제가 얼마나 기다렸는지 아십니까? 저 좀 살려주십시오! 기도가 막혀서 죽을 것 같습니다. 주님, 저 좀 살려주십시오!"

나는 부르짖고 또 부르짖었다. 길을 잃었던 어린아이가 엄마를 딱 마주했을 때처럼, 그 동안 하나님과 멀어진 것 같았던 서러움과 두려움을

토로하면서 엉엉 울었다. 어쩌면 그동안 믿음만을 쫓아가며 관심 밖으로 밀쳐놓았던 내 삶의 풀어지지 않는 숙제에 대한 답답함과 아픔까지도 그날 주님 앞에 다 쏟아냈던 것 같다.

얼마나 시간이 지났을까. 거실 바닥을 거의 뒹굴면서 한참을 정신없이 목 놓아 울다가, 오후 5시가 넘어서야 벽시계에 눈길이 닿았다. 나는 몇 시간을 넋을 잃고 계속 누워있었다.

새롭게 다가온 성탄절의 의미

그 후로 몇 주가 흘렀다. 12월 24일, 성탄절 이브 오후에 나는 집에서 홀로 앉아 TV를 보고 있었다. CTS 채널이었는데, 4인4색이라는 프로에 어느 목사님이 나와서 이런 말씀을 하셨다. 성령과 함께 사는 사람은 'beautiful aging'의 삶을 산다고. 말하자면 "아름답게 늙어가는 인생"이라는 메시지였다. 나는 순간 '어? 저건 내 이름인데?'라며, 설교하시는 목사님께 집중했다.

내 이름은 한글이지만, 할머니 묘비에는 내 이름이 아름다울 미(美), 늙을 로(老)라고 새겨져 있다. 이름의 항렬이 로(老)여서, 아버지 형제의 자녀들은 거의 다 항렬을 따라 이름을 짓고 있었다.

나는 항상 내 이름의 뜻을 좋아했다. 아름답게 늙어가는 인생! 참 멋지다고 생각했다. 그런데 처음으로 방송에서 내 이름의 해석을 '성령과 함께 사는 사람'이라고 들었을 때, 나는 온 몸에 전기가 흐르는 것 같았다.

지금 저 메시지는 나에게 직접 주시고 있다는 느낌을 받았다. 마침 며칠 전의 일이 떠올랐다. 거실에서 찬송가를 쓰고 있다가 성령님의 임재를 강하게 체험한 일. 이것은 분명 우연이 아닐 거란 확신마저 들었다.

이어지는 목사님의 설교 가운데 내 마음에 울림을 주는 한 대목이 있었다. 바로 성탄절에 대한 해석이었다. 지금까지 내가 지내왔던 성탄절은 교회에서 예수님의 탄생을 축하하는 발표회를 하고, 선물을 교환하고, 거리에는 캐럴이 울려 퍼지고, 집에서는 생크림 케이크 먹으며, 믿지 않는 가정에서는 샴페인을 터트리는 축제의 날이었다. 그러나 목사님의 시각은 사뭇 달랐다. 성탄절은 예수님께서 죽으러 오신 날이라는 것이다! 인류의 죄 때문에, 그리고 나 같은 죄인 때문에 우리를 구원하려고 대신 죗값을 치르기 위해 이 땅에 오신 날이 성탄절이라는 말씀이었다.

그런데 심각한 것은, 성탄절 이브부터 거의 모든 모텔마다 성적인 죄로 가득 차고, 세계 곳곳에서 흥청망청 하는 술판이 벌어지며, 결국 낙태의 시작과 음주운전사고가 성탄절을 기점으로 정점을 찍는다는 현실이었다. 목사님은 성탄절이 우리가 파티를 즐기는 날이 아니라 오히려 이 나라 백성의 타락과 범죄를 하나님 앞에 놓고 거국적으로 회개하며 통곡해야 하는 날이라고 하셨다. 그 말씀이 내게는 너무나 충격적이었다. 단 한 번도 생각해 보지 못했던 성탄절의 의미였다.

목사님이 섬기는 교회는 성탄절이 되면 모든 성도들이 기도원에 올라가 성령 집회를 한다고 하셨다. 그 순간 나는 시계를 확인했다. 녹화된 방송을 내가 시청하고 있던 시각은 바로 12월 24일 오후 4시였다. 하필 그날 저녁 나는 후배 부부와의 선약이 있었다. 저녁을 먹고 뮤지컬 공연이 마치면 저녁 9시 30분이 될 예정이었다. 성탄절인 내일 그 기도원에 도착하기 위해서는 최소한 오늘 KTX 막차를 타고 가야 한다는 계산이 나왔다.

나는 무조건 저 목사님을 만나고 싶었다. 그리고 그 성령집회에 참석하고 싶었다. 다른 생각이나 계산은 전혀 하지 않았다. 일단 저 목사님을 대면하고 싶은 마음뿐이었다.

38년 된 병자의 마음으로 서다

결국 그날 나는 부산에서 KTX 막차를 탔다. 서울역에 도착하니 자정이 조금 넘어 있었다. 감사하게도 저 멀리 '실로암'이라는 찜질방의 붉은 간판이 보였다. 나는 그곳에서 새벽 5시까지 뜬 눈으로 지샜다. 그리고 가평에 있는 기도원을 찾아갔다. 오전 10시가 거의 가까운 시간이었다. 다행히 집회시간 전에 도착했다. 낯선 사람인 내가 앞줄에 앉아 있는 것을 보고 어떤 남자 분이 나의 신원을 파악하고 갔다. 그리고 얼마 안 있어 TV에서 봤던 목사님이 강단 위로 올라 오셨다.

긴장된 마음으로 정면을 응시했다. 그런데 갑자기 목사님이 내 쪽을 바라보시며 앞으로 나오라고 하셨다. 설교를 하기도 전이었다. 느닷없이 나더러 자기소개를 하라고 하신 것이다. 전혀 준비된 멘트가 없었다. 하지만 마이크는 이미 내 손에 들려 있었다. 내 앞에 약 200명 가까운 성도들이 앉아 나를 지켜보고 있었다.

"저는 부산에서 목사님 방송을 보고 올라왔습니다."

그 말을 들은 성도들이 '와!' 하는 탄성을 질렀다. 목사님 역시 내 옆에서 웃고 있었다.

"저는 올해 38살입니다. 교회는 어릴 적부터 다녔습니다. 그러나 저는 아직도 성령님을 잘 모르고 있습니다. 저에게는 이곳이 베데스다 연못이고, 저는 38년 된 병자의 마음으로 이곳에 서 있습니다."

내 말을 듣고 목사님이 크게 웃음을 터뜨리셨다. 나는 말을 이어갔다.

"저는 성령님을 사모합니다. 꼭 성령님의 임재를 체험하고 싶습니다."

말을 마치고 내가 앉았던 자리로 돌아가서 목사님의 길지 않은 설교를 경청했다. 짧은 메시지를 전하신 후에 서둘러 성령 집회를 이어갈 모양이었다. 목사님은 나를 다시 앞으로 불렀다. 계속 신경이 쓰였던 모양이다. 아니면 중증환자부터 어떻게든 하나님께 올려드려야 되겠다는 마음이셨던 것 같다. 먼저 나를 부르더니 무릎을 꿇고 앉으라고 하셨다. 그리고 성도들을 향해서 아직 방언을 받지 못한 사람들은 다 앞으로 나오라고 하셨다. 거의 50여명 가까운 사람들이 강대상 앞으로 몰려들었다.

나는 이런 경험이 한 번도 없었다. 뭔가 일이 벌어질 것만 같았다. 목사님은 들고 있던 마이크를 내려놓고 내 머리에 손을 올렸다. 그리고 강하게 방언으로 몇 마디 기도를 하셨다. 그 순간이었다. 내 입에서 한 번도 나오지 않았던 이상한 발음이 새어 나왔다. 방언이었다. 참으로 신기했다. 혀가 자기 마음대로 돌았다. 알아듣지도 못하는 발성이 계속 이어졌다. 목사님은 그렇게 계속 기도하라고 내 등을 다독이셨다.

그날 밤까지 이어진 성령집회는 결국 침례식까지 이어졌다. 이 교회는 목사님이 개척하신 침례교회였다. 나는 장로교 소속 교인이었지만, 부모님이 침례교 성도였기 때문에 침례식에는 익숙한 편이었다. 목사님의 권면을 따라 나도 침례식에 참여했다. 나의 온몸이 물에 잠기던 순간, 내 몸과 마음이 전인격적으로 깨끗이 씻김을 받는 것 같았다. 베데스다 못가에 앉아 있다가 예수님을 만나 치유 받은 그 병자처럼, 나도 하나님과 연합하여 새롭게 다시 태어난 기분이었다. 그 느낌을 지금도 잊을 수가 없다.

하나님께서 부르신 자는 하나님께서 책임지신다

그렇게 하루를 보낸 후 나는 성도들과 함께 버스를 타고 교회에 도착했다. 모두들 각자 집으로 돌아가는데, 나는 곧장 부산으로 내려올 수가 없었다. 막차를 탈 수도 있었지만, 너무나 아쉬웠다. 그래서 다시 교회 인근에 있는 찜질방에서 하루를 보내고, 다음 날 새벽예배에 참석했다. 마지막으로 목사님을 한 번 더 만나고 싶었다.

맨 앞줄에 앉아 있는 나를 보신 목사님은 예배가 마치자마자 내게 다가오셨다. 아침식사로 국밥 한 그릇 하고 가라고 제안을 하신 것이다. 무척 기뻤다. 목사님을 따라 대여섯 명의 교회 직원들과 함께 콩나물국밥 집에서 함께 식사를 했다. 마주 앉은 목사님은 나에게 간간히 가벼운 질문을 하셨고, 그때마다 나는 별 생각 없이 대답을 했다. 그런데 식사를 마친 후 목사님은 잠시 나를 따로 보자고 하셨다.

우리는 교회 성도가 운영하는 돈가스 경양식 집에 가서 다시 마주 앉았다. 아직 식당 오픈 전이라 홀에는 아무도 없었다. 우리는 오전 9시부터 대화를 시작해서 오후 2시가 지날 때까지 점심도 먹지 않은 채 긴 시간 대화를 나눴다. 주제는 청년 사역이었다. 마침 내가 동경에서 제자훈련을 받은 이야기와 평신도로서 어떻게 한 사람 한 사람을 전도하고 양육하고 다시 리더로 세워 가는지에 대한 간증들을 이어가고 있었다. 무엇보다 목사님이 스승으로 가까이 지내던 CCC 총재였던 김준곤 목사님의 제자가 마침 내가 동경에서 다녔던 교회의 담임 목사님이었기 때문에 그 영적인 공감대가 불꽃이 되어서 우리 두 사람의 가슴을 뜨겁게 지피고 있었다.

그런데 다음 순간, 목사님은 오늘의 미팅을 한 마디로 결론 지으셨다.

"미로자매, 서울로 올라와서 나랑 같이 사역합시다!"

나는 귀를 의심했다. 나는 사역이 뭔지도 모르는 평신도였다. 또 갑자기 직업을 바꿀 마음도 전혀 없었다. 나는 평신도로서도 충분히 열심이었고, 또 신년이 되면 집사 안수를 받을 예정이었다. 그런데 목사님은 한 치도 물러서지 않을 기세였다. 결국 내 입에서 헛소리가 나왔다.

"저 뭐 먹고 삽니까?"

이어지는 목사님의 대답이 너무나 충격적이었다.

"그것은 비본질적인 문제입니다. 하나님께서 부르신 자는 하나님께서 책임지십니다."

대답할 말이 없었다. 그래서 나 역시 좀 더 강하게 나갔다.

"목사님은 저를 딱 두 번 보셨는데, 어떻게 저를 확신할 수 있습니까?"

목사님은 기다렸다는 식으로 자세를 바꾸며 대답을 하셨다.

"미로 자매와 몇 시간 동안 대화를 하면서 나는 계속 성령님께 물었습니다. 주님, 이 사람 맞습니까? 그랬더니, '맞다!' 라고 하시더군요. 그러니까 아무 말 하지 말고 서울로 올라오세요. 그리고 청년부를 담당하세요!"

나는 믿을 수가 없었다. 그리고 믿고 싶지 않았다. 내 인생이 걸린 문제였다. 그러므로 하나님이 말씀을 하셔도 나에게 직접 하셔야 옳았다. 그런데 잘 알지도 못하는 목사님이 내 인생에 이렇게까지 확신을 갖고 훈수를 두시니, 나로서는 황당할 수밖에 없었다. 그런데 한편으로는 두려운 생각이 들었다. 만약 이 말씀이 정말 하나님의 말씀이라면, 그리고 내가 하나님의 말씀에 불순종을 한다면 그 결과는 내가 책임져야했다.

우리는 몇 초간 대화가 끊긴 채로 아무 말도 하지 않았다. 정말 목이 타들어가는 것 같았다. 도대체 이 순간을 어떻게 모면해야 할지 방법을 알 수 없었다. 목사님은 인내심을 가지고 내 대답을 기다리고 있었다. 재촉하는 기색이 전혀 없었다. 그때 내 입에서 마치 준비된 말처럼, 나에게는 전혀 불리한 대답이 나오고 말았다.

"목사님께서 성령님의 음성을 들었다고 하시는데, 평신도인 제가 기도해 보겠다고 하는 것은 교만인 것 같습니다. 순종하겠습니다."

주사위는 던져졌다. 아무런 대책도 없었다. 12월 26일 오후 3시가 되어 우리는 점심도 먹지 않은 채 그 돈가스 집을 나왔다. 그리고 교회로 올라가서 목사님의 안수기도를 받았다. 12월 31일 11시 송구영신예배

전까지 올라오라는 말씀을 듣고 나는 부산행 열차를 타고 내려왔다.

무엇엔가 홀린 기분이었다. 다시 주워 담을 수 없는 물이 쏟아진 것이다. 그렇지만 두렵지 않았다. 다만 앞으로 남은 5일 동안 가족들을 어떻게 이해시킬 것인지가 꽤 무거운 숙제로 남았다. 그리고 하고 있던 일들을 정리할 시간적 여유가 없다는 생각에 마음이 급해졌다.

가족들의 파송기도

부산에 도착하자마자 나는 모든 가족들에게 전화를 걸었다. 거의 매월마다 있는 가족 모임인 줄 알고 모두 가벼운 마음으로 내가 살고 있던 아파트에 모였다. 저녁 식사를 마치고 조카들은 거실에서 TV를 보게 하고는, 부모님과 언니 내외 그리고 동생 내외와 나는 큰방에 모여 서로 동그랗게 마주보고 앉았다. 나는 뜸을 들이지 않고 지난 성탄절에 서울을 올라가게 된 일과 그곳에서 있었던 목사님과의 미팅을 간략하게 보고했다. 그리고 덧붙인 나의 마지막 말은 그 방안에 모인 가족들의 동공을 크게 만든 뉴스가 되고 말았다.

"저는 3일 뒤에 서울로 올라가게 되었습니다. 저 같은 사람이 주의 일을 하게 된 것은 가문의 영광이라 믿습니다."

아무도 대꾸를 하지 않는 몇 초가 흘렀다. 누구 하나 '왜?'라든가, '어떻게?' 라는 질문이 없었다. 잠꼬대 같은 소리처럼 듣고 있는 것 같았다. 드디어 엄마가 반응하셨다. 갑자기 등을 돌리면서 우시기 시작하신 것이다. 다음으로 아빠의 반응은 개그 쪽에 가까웠다.

"네가 지금 수녀가 되겠다는 것이냐?"

그 말씀이 떨어지자마자 손바닥으로 방바닥을 내리치시면서 '지금 정신이 있느냐?'로 시작된 호통이 이어졌다. 나는 눈을 감고 그 다음 사람의 반응을 기다렸다. 그런데 언니의 반응은 전혀 달랐다.

"미로야, 네가 드디어 너의 길을 가는 것 같다. 그래, 진작 그랬어야지."

나는 눈을 번쩍 떴다. 동생 역시 동일한 반응이었다. 일본에서 함께 3년을 지내며 제자훈련을 받았던 동생은 내가 어떻게 한 영혼을 만나고 양육했는지를 누구보다 가까이에서 보았던 증인이었다. 오히려 나에게 큰 힘과 위로를 주며 축하한다는 격려까지 해주었다.

그 순간부터 하나님은 우리 가족의 마음을 하나로 인도하기 시작했다. 이해할 수 없고 상상도 할 수 없었던 뉴스에 적잖은 충격을 받았지만, 그래도 하나님이 부르셨다는 말씀 앞에서는 더 이상 부모님도 반대할만한 명분이 없었다.

결국 아빠는 나에게 중앙으로 나와서 앉으라고 하셨다. 나는 아빠 앞에 무릎을 꿇고 머리를 숙였다. 아빠는 모든 가족들에게 이 시간 미로를 위해서 함께 기도하자고 제안하셨다. 마치 오지를 향해 떠나는 선교사를 위한 파송식 같은 분위기였다. 우리 가족은 그날 처음으로 나를 위해 함께 통성으로 기도했다. 엄마는 대성통곡하며 숨이 넘어가기 직전이었다. 아빠는 내 손을 잡았고, 언니와 동생은 내 등에 손을 올리고 간절하게 기도해 주었다. 나는 아빠 앞에 엎드려서 울고 또 울었다.

"죄송합니다. 아빠, 엄마, 죄송합니다!"

지금까지 이렇게 죄송했던 적이 없었던 것 같다. 키워주셨는데, 유학도 보내주셨는데, 귀국해서 그 많은 시행착오를 겪는 딸에게 마음과 물질로 후원해 주셨는데, 이제는 살만하다고 생각했는데, 이제는 부모님마음을 편하게 해드리고 어쩌면 효도를 할 수도 있을 거라고 생각했는데……. 이렇게 늦은 나이에 결혼도 못 하고 혼자서 그 외롭고 힘든 길을 간다고 하니, 너무나 죄송한 마음이 쓰나미처럼 밀어닥쳤다.

그 밤에 심어주신 가족들의 기도 덕분에, 나는 목사님과 약속한대로 서울에 있는 그 교회에 무사히 도착했다. 송구영신예배답게 본당에는 약 500명 가까운 성도들로 가득 차있었다. 강대상에 서계신 목사님과 눈이 마주쳤다. 자정을 넘기고 설교가 끝날 무렵이었다. 목사님은 나의 이름을 부르시며 앞으로 나오라고 손짓하셨다. 회중을 향해 돌아서라고 하시면서 내 어깨에 손을 올리고 나를 소개해 주셨다.

"오늘부터 우리 교회 청년부 담당 전도사님이 부임했습니다."

나는 아직 신학 공부를 해본 적도 없고, 사역자가 무엇을 하는지도 전혀 몰랐다. 목사님은 그런 나를 사역간사도 아닌, 전도사라고 소개했다. '미로자매'에서 하루아침에 '미로 전도사'가 된 것이다. 목사님의 이 소개가 곧 그날 이후 나의 새 옷이자 새로운 직업이 되었다.

진작 알았다면 그런 복장으로 나타나지 않았을 것이다. 서울의 살인적인 추위를 대비해서 얼굴만 노출한 채 머리부터 발끝까지 두꺼운 옷과 털모자 달린 패딩으로 완전무장을 하고 올라갔던 것이다. 평소처럼 화장도 하지 않았다. 운동화는 지난 6개월간 세탁 한번 하지 않은 것이 었다. 하나 같이 NG였다.

그럼에도 불구하고 담임 목사님의 소개에 성도들은, 특히 입구 쪽에 앉아있던 청년들은 자리에서 일어나기까지 하면서 박수를 쳐주었다. '이런 식으로 전도사가 될 수도 있구나.' 내게는 무척 신기한 체험이었다.

어느 날 기도가 막혀서 찬송가를 부르기 시작했다. 그리고 찬송가 가사를 적다가 성령님의 임재를 체험했다. 그 후 하나님은 방송을 통해 나를 한 목사님 앞으로 인도해 주셨다. 되짚어보면 세상에는 자기 뜻대로 되는 것이 하나도 없다. 다만 믿는 자에게는 순종이 있을 뿐이었다.

나는 믿는다. 평신도가 되었든, 사역자가 되었든, 우리는 부르심에 순종하기 위해 태어난 사람들이라는 사실을! 이 땅에서 우리가 해야 하는 일은 하나님 나라의 백성으로서 순종을 연습해 가는 삶을 사는 것임을.

나는 이렇게 사역자의 길로 들어섰다. 나를 불러주신 분이 하나님이라면 이 길이 결코 외롭지만은 않을 것이고, 결코 배고프지만은 않을 것이라는 확신을 갖고서. 나를 부르신 분이 하나님이라면 나는 결코 후회하거나 포기하지 않을 거라고 다짐에 또 다짐을 하면서.

하나님은 살아계시고, 지금도 내 곁에 계신다! 이 사실을 내가 만나는 한 사람, 한 사람에게 알려줄 일을 생각하니 어느새 가슴이 뜨겁게 달아오르고 있었다.

02.
돌하르방 권사님의 눈물

성골 출신 은퇴권사님과 햇병아리 전도사

처음 전도사로 부임한 교회에서 나는 3주간 신년 기도회를 시작했다. 50명가량 되는 대학생들 중 첫날 기도회 시간에 20여명 정도가 모였다. 청년부실이 따로 없어서 우리는 기도 방에 옹기종기 모여 앉아, 기타 하나로 찬양을 하고 말씀을 나누고 기도를 드렸다.

그렇게 새해를 채워나가는 동안 매일 기도하는 청년들이 늘어났다. 기도 방은 점점 더 비좁아졌다. 청년들은 2중 3중으로 원을 그리며 서로의 무릎이 닿을 만큼 빼곡히 붙어 앉았다.

2주 정도 지난 어느 날이었다. 60대 정도 되시는 우리 교회 권사님께서 6층으로 올라오는 나를 계단 복도에서 기다리고 계셨다.

"전도사님, 제가 잘 아는 한 분을 모시고 왔는데, 오늘만 청년 기도회

시간에 들어가게 해주시면 안 될까요?"

안 될 것은 없었다. 다만 공간이 부족해서 권사님이 불편하실까 봐 그것이 좀 걱정이 되었다. 권사님은 6층 마루에서 기다리고 있던 그분을 나에게 소개해 주었다. 언뜻 보기에는 권사님보다 훨씬 더 연세가 많이 들어 보였다. 하지만 보송보송한 앙고라 털모자에 호피 무늬 롱코트로 제법 멋을 부리신 할머니였다.

"아이고, 늙은이가 오늘 폐를 끼치게 되었네요."

여기까지는 편안한 인사가 오고 갔다. 벌써 찬양이 시작된 기도 방 쪽으로 눈길을 한번 주시더니, 할머니는 처음 만난 나에게 생각지도 못한 버거운 숙제를 안겨 주었다.

"전도사님, 나 눈물 한번 흘리게 해주세요. 벌써 수십 년 된 것 같아요. 눈물 한번 흘리면 소원이 없겠어요."

옆에 서있던 권사님은 할머니에 관해서 더 소개해 주었다. 할머니는 이름만 대면 다 알만한 서울의 큰 교회의 은퇴권사님이라고 하셨다. 그리고 큰아들과 사위까지도 다 목사님이라고 하셨다. 한 마디로 신앙의 뼈대가 성골 집안이라는 것이다. 그에 비해 나는 전도사로 부임한 지 2주가 겨우 지난 햇병아리 사역자였다. 눈물을 원한다면 하품을 한번 하는 것이 더 빠른 방법이라는 생각이 스치고 지나갔다. 그러나 지금 농담할 상황이 아니었다. 뭐라고 답을 드려야 할지 몹시 당황스러웠다. 한편으론 얼마나 답답하셨으면 여기까지 찾아 오셨을까 하는 측은함이 마음 한구석에서부터 올라왔다.

"김 권사가 여기 청년들이 아주 뜨겁게 기도를 한다고 자랑을 해서 나도 한번 와봤습니다. 진짜 눈물 한번만 흘리게 해주세요!"

내 속도 모르는 권사님은 나를 보며 인자하게 웃고 있었다.

"권사님, 눈물은 하나님께서 주시는 선물입니다. 일단 여기까지 오셨는데 우리 함께 기도해 보면 좋겠습니다."

나는 두 분을 모시고 기도 방으로 들어갔다. 할머니는 기도 방 안쪽 구석에 자리를 잡으셨다.

회개기도 위에 부으신 은혜

그날은 기도를 시작하기 전에 지난 2주 동안 기도하면서 각자가 받은 은혜를 먼저 나누는 시간을 가졌다. 선뜻 나서는 분위기는 아니었다. 침묵이 이어지던 중에 동진이가 손을 들었다. 의외였다. 교회 동기들은 거의 다 군 입대를 했는데 동진이는 한해 더 보류한 상태라고 했다. 폐가약하다는 말을 언뜻 들었던 기억이 났다. 왜소한 몸집만큼이나 들어 올린 팔뚝이 나뭇가지처럼 가늘어 보였다. 일단 손은 들었는데 선뜻 말을 잇지 못했다. 구석에 앉아 계신 두 분의 권사님을 의식하는 눈치였다. 그래도 오늘밤이 아니면 기회가 없을 것 같다는 서론으로 시작하더니 조심스럽게 본론을 꺼냈다.

"저는 학교 앞에서 2명의 친구들과 자취를 하고 있습니다. 그런데 제가 저녁에 집에 들어가면 개네들은 늘 음란물을 보고 있습니다. 사실 저도 지난 몇 개월간 같이 봤습니다."

몇몇 형제들이 키득대기 시작했다. 동진이는 어차피 봇물이 터진 김에 완전히 쏟아놓겠다는 듯 말을 이어갔다.

"그러다가 점점 제가 더 찾게 되었습니다. 어느 날은 새벽 4시까지 본 적도 있었습니다."

수위가 어디까지 올라갈지 내심 걱정이 되었다. 여기에서 동진이의 이야기를 끊어주는 것이 동진이를 위해서도 좋을 것 같았다. 그때였다.

"변태새끼."

어디선가 들려온 그 한마디에 동진이는 더 흥분된 목소리로 말을 이었다.

"네, 맞습니다. 저는 변태새끼입니다. 도저히 끊을 수가 없었습니다. 정말 제 눈을 뽑고 싶을 정도였습니다."

마침 그때 구석에 계신 할머니가 중재하고 나섰다.

"이봐요, 청년! 우리 둘째는 장가가서도 그래!"

사방에서 폭소가 터졌다. 나는 이 분위기를 어떻게 끌고 가야 할지 몰랐다. 동진이는 정작 하고 싶었던 말은 이제부터라며 나를 정면으로 바라보았다.

"저는 2주 전부터 기도회를 다 참석했습니다. 하지만, 저에게 변화된 것은 사실 아무것도 없었습니다. 딱히 은혜라고 할 만한 것이 없었습니다. 그런데 오늘 한 가지가 떠올랐습니다."

다들 그의 말에 귀를 기울이는 눈치였다.

"기도회가 마치면 거의 밤 12시가 넘어 집에 도착하는데, 언제부턴가 그 시간에 친구들이 자고 있는 것입니다. 그러면 저도 그냥 자게 되더라고요."

이야기는 그렇게 심심하게 끝이 났다. 그런데 좀 전까지만 해도 웅성대며 키득거리던 그 얄궂은 분위기가 사라지고, 왠지 모를 숙연함이 방안의 공기를 압도하고 있었다. 다들 아무 말이 없었다.

"이 시간 동진이를 위해 기도합시다."

나의 말이 끝나자 동진이 양 옆에 앉아 있던 형제 두 명이 무릎을 세워 동진이의 어깨에 손을 올렸다. 누군가가 불을 껐다. 무엇을 위해 어떻게 기도를 해야 할지 모르는 청년들도 있었다. 그런데 불이 꺼지고 캄캄한 어둠이 덮이자, 도저히 동진이의 목소리라고는 생각할 수 없는 괴성이 들려 왔다.

"도와주세요! 하나님, 저 좀 살려주세요!"

마치 누군가가 동진이를 억누르고 있는 것 같다는 생각이 퍼뜩 들었다. 그런데 그 순간부터 방안에 있던 청년들의 기도 소리가 일제히 터져 나왔다. 여기저기서 자신들의 죄를 토해내는 것 같은 절규들이 쏟아졌다. 어떤 청년은 바닥을 치며 몸을 뒤틀기 시작했다. 특별한 기도 제목을 주지 않아도 그 자리에 있던 모든 청년들은 일제히 한 마음으로 부르짖고 있었다. 그것은 회개였다! 성령님께서 청년들의 가슴에 불을 붙여주시는 것 같았다. 전혀 예상치 못한 회개의 시간이었다. 나는 그 기도를 끊을 수가 없었다.

벽에 걸린 전자시계가 어느새 자정을 알리고 있었다. 기도회가 끝나자 거의 대부분의 청년들은 얼굴이 벌겋게 익어있었다. 급하게 화장을 고치는 자매들도 보였다. 그때서야 문득 할머니 권사님이 떠올랐다. 청년들 틈에 가려진 할머니의 모습이 내 시야에 포착된 순간 나도 모르게, "주여" 한 마디가 새어 나왔다.

마치 돌하르방이 따로 없었다. 꼿꼿하게 허리를 펴고 두 손은 배 위에 올려둔 채 앉아계셨다. 얼굴 색 하나 변하지 않고, 2시간을 저렇게 가만히 앉아 도를 닦고 계셨던 것이다. 눈물은 고사하고 청년들이 질러댄 기도소리에 귀가 먹먹해졌다고 하지는 않을까 걱정이 될 정도였다. 도저히 이대로 할머니를 보내 드릴 수 없었다.

"권사님, 여기 중앙으로 나와 보세요!"

갑작스런 나의 권면에 할머니 권사님은 당황한 기색이었다. 청년들 틈을 비집고 엉금엉금 기어서 나오셨다.

"권사님, 이대로 가시면 더 답답하실 것 같습니다. 지금부터 저희가 권사님만 위해서 기도를 하겠습니다. 다만, 권사님께서는 다른 말씀 하지 마시고 '아버지'만 부르세요. 그리고 만약 눈물이 나올 것 같으면 더 큰 소리로 '아버지'만 부르세요. 아시겠죠?"

나의 주문은 그리 어렵지 않았다. 그리고 한 가지를 더 부탁드렸다. 어렵겠지만 무릎을 꿇고 엎드려서 이마를 바닥에 딱 붙여 보시라고 했다. 생각보다 순순히 따라 하셨다.

나는 할머니 옆으로 바짝 다가가서 무릎을 꿇었다. 청년들에게는 할머니 주위를 겹겹이 둘러싸서 앉으라고 했다. 눈을 감고 할머니의 등에 한 손을 올렸다. 계속 눈을 감고 있는데 기도가 나오지 않았다. 마치 기도를 막으시는 것 같았다. 나는 가만히 기다렸다. 점점 내 손바닥이 저려오는 것을 느꼈다. 전기가 흐르는 느낌이었다.

"위로하라!"

내 마음에서 북소리 같은 울림이 들려 왔다. 나는 할머니의 등을 천천히 쓸어 내렸다. 계속해서 아무 말도 없이 할머니의 등만 쓸어내렸다. 그리고 기도가 아닌 독백과 같은 말들이 흘러 나왔다.

"지금까지 얼마나 힘드셨어요? 얼마나 외로우셨어요?"

나는 이 말만 계속 반복했다. 기도시간 내내 도도하게 허리를 세우고 미동도 하지 않던 할머니였다. 여든이 넘으신 할머니가 어쭙잖은 위로에 감동을 받을 리도 없었지만, 나 같은 햇병아리 전도사가 자신의 등을 쓸어주며 몇 마디 하는 말로 마음의 문빗장을 열어줄 리가 만무했다. 그래도 할머니는 어린 양처럼 무력하게 무릎을 꿇고, 이마를 방바닥에 붙인 채 납작 엎드려 계셨다.

점점 청년들의 기도소리가 더 크게 들려왔다. 여기저기서 할머니를 향해 두 손을 뻗고 뜨겁게 기도하기 시작했다. 할머니는 무릎이 불편했는지 간간히 꼼지락거리며 자세를 바꾸셨다. 몇 분이 채 지나기도 전에 할머니는 일어날 기세였다. 등을 계속 들썩이며 헛기침을 내셨다. 나는 더욱 간절해졌다. 눈물까지는 잘 모르겠고, 부디 오늘 기도회에 참석한 것이 후회만 되지 않으시길 바랐다. 할머니는 계속 등을 들썩거렸다. 청년들도 할머니를 이대로 보내 드릴 수 없다는 각오로 더 크게 기도하기 시작했다. 곳곳에서 우는 소리도 들렸다. 우리는 서로 너무나 밀착해서 앉아 있었기 때문에 누가 내 옆에서 기도하고 있는지, 누가 울고 있는지 알 수가 없었다.

그러던 어느 순간이었다. 할머니의 등에서 전해오는 진동이 너무 강하게 느껴졌다. 그리고 할머니의 헛기침 같은 목소리가 더 크게 들려왔다.

"아, 아, 아."

할머니는 의미를 알 수 없는 한 음절만 계속 내뱉고 있었다.

"아바, 아바, 아바."

할머니의 등이 출렁거리는 박자에 맞춰서 몇 마디가 크게 들려 왔다. 그리고 다음 순간이었다.

"아버지!"

갑자기 저 외침소리가 천장을 치고 다시 내려왔다. 또 다시 "아버지!" 하는 소리가 온 방을 가득 채워버렸다. 할머니의 목소리였다. 기도 방에 모여 있던 서른 명 이상 되는 청년들의 소리를 압도적으로 이기는 외침이었다.

"아버지, 저를 죽여주세요! 아버지, 제가 죽을죄를 지었습니다. 아버지, 아버지, 아버지!"

할머니는 절규하듯 아버지만 불렀다. 온몸을 부들부들 떨면서 통곡하기 시작하셨다. 시간은 어느덧 새벽 2시를 향해 가고 있었다.

꽃보다 눈물

김 권사님이 할머니를 댁까지 모셔다 드린다는 말에 나도 함께 차에

올랐다. 할머니는 큰 숨을 몰아쉬면서 흥분된 가슴을 계속 쓸어내리고 있었다.

"전도사님, 이제야 살 것 같아요. 오늘 내 목에서 큰 가시가 빠져 나왔어요. 우리 아들도 목사고, 사위도 목사인데 내가 얼마나 기도를 부탁했겠어요? 그런데 이게 40년 동안 빠지지를 않는 거예요."

도대체 그 가시는 무엇이었을까? 그리고 왜 박히게 되었을까? 자못 궁금해졌다.

"애들 아빠가 막내를 낳고 먼저 떠났어요."

할머니는 5남매를 혼자 키우면서 근 50년 동안 포목장사를 하셨다. '남편 없이 5남매를 키울 수 있는 힘은 오직 기도밖에 없다!' 라고 믿으며, 새벽마다 힘든 몸을 일으켜 기도의 시간을 지켰다고 한다.

그런데 할머니의 포목점이 점점 잘 되고 호황을 누리면서 주말과 주일까지도 가게 문을 열게 되었다는 것이다. 하나님을 향한 기도와 예배는 최우선순위에서 자연스럽게 뒷전으로 밀려났다. 그렇게 수년을 보내던 어느 날, 돈줄은 잡히는데 기도 줄이 잡히지 않게 되었다.

남편의 장례식에서 할머니는 하나님과 약속을 했다.

'내 평생에 하나님만 최고로 바라보겠으니, 내 다섯 자녀를 최고로 키워주십시오!'

할머니는 달리는 차 안에서 자신의 지난 과거를 더 빠르게 되짚어가고 계셨다. 그리고 하나씩 반추의 시간을 가지며 자신이 그때 하나님과 했던 약속을 지키지 못하며 살아왔다는 고백을 하셨다. 그리고 자성의 한숨을 깊이 내쉬었다.

할머니의 다섯 자녀들은 기적같이 훌륭하게 컸다. 지금도 할머니는 노후생활에 여유가 넘치고, 꽃길 같은 인생을 살고 있다는 주변의 부러움을 사고 있었다. 그러나 정작 본인은 기도 줄이 잡히지 않고 눈물을 잃은 후로 지난 40년 동안 정말 사는 맛을 잃어버렸다고 하셨다.

나는 문득 생각했다.

'사람에게서 눈물이 그렇게 중요한 것일까?'

할머니는 더 이상 화려한 집과 큰 자동차가 필요해 보이지 않았다. 세상이 결코 줄 수 없는 하나님만이 주실 수 있는 완전한 평안과 위로가 필요했을 뿐이다. 할머니는 갑자기 자동차 실내등 버튼을 눌러 불빛을 비추면서 자신의 성경책을 더듬기 시작했다. 마태복음 5장에 손을 올려놓으면서 빨강 펜으로 그어놓은 한 줄의 말씀을 읽어 주셨다.

"애통하는 자는 복이 있나니 그들이 위로를 받을 것임이요."

그 위로를 이제야 충분히 받게 되었다는 얼굴로 할머니는 나를 바라보셨다. 그런 할머니의 눈가는 다시 눈물로 촉촉하게 젖어들었다. 몇 시간 전에 만났던 그 할머니가 아니었다. 구멍 송송 뚫린 돌하르방의 검고 단단한 껍질이 완전히 깨지고, 갓 태어난 아기처럼 부드러운 새 사람으로 거듭나 있었다.

할머니에게 박힌 가시는 꽃으로 뽑아낼 것이 아니었다. 애통하는 눈물이 그래서 필요했나 보다. 꽃보다 눈물이 더 아름다울 수 있고 더 큰 힘이 있다는 사실을 가르쳐 주었던 귀한 밤이었다.

03.
500만원의 주인을 찾아주시다

사랑하는 자들아 만일 우리 마음이 우리를 책망할 것이 없으면
하나님 앞에서 담대함을 얻고 무엇이든지 구하는 바를 그에게서 받나니
이는 우리가 그의 계명을 지키고 그 앞에서 기뻐하시는 것을 행함이라
(요한1서 3장 21,22절)

금식기도에 대한 마음을 주시다

새해를 맞이하는 사람들의 보편적인 신년 계획에는 다이어트와 금연과 영어 공부가 상위 랭킹을 차지한다는 기사를 본 적이 있다. 나 역시이 중 하나는 언제나 마음에 골리앗 같은 존재로 묵직하게 생각하고 있던 참이었다.

빳빳하고 깨끗한 새로운 수첩에 '신년 계획'이라고 적는 순간이었다. 갑자기 금식을 해야겠다는 뜬금없는 생각이 들면서 결심까지 막 하려다가, 이내 고개를 절레절레 흔들었다. 그렇지 않아도 연말을 바쁘게 보내면서 제대로 쉬지도 못하고 먹지도 못한 탓에 피로가 상당히 축적되어 있었는데, 거기다 금식까지 하게 되면 더 이상 감당하기 힘들 게 뻔했기

때문이다.

그런데도 이해할 수 없는 금식에 대한 부담이 하루 종일 내 뒤를 졸졸 따라다녔다.

사무실을 나오는데 교회 식당 입구 쪽에 종현이가 보였다. 컵라면 뚜껑을 누르고 있다가 나와 눈이 마주쳤다. 가벼운 눈인사를 하고 나는 승강기 앞에 섰다. 등 뒤로 종현이의 기침 소리가 들렸다. 감기기운에 목이 부었는지 거칠게 들려오는 기침소리가 예사롭지가 않았다. 지금까지 밥도 제대로 못 먹고 혹시 컵라면 하나로 저녁을 때우려는 건지 계속 신경이 쓰였다.

"종현아, 같이 나가자. 국밥 어때?"

우리는 교회 근처에 있는 콩나물국밥집으로 들어갔다. 계란을 풀어 구수하고 뜨끈한 국물 맛과 콩나물의 아삭한 식감이 일품이었다. 우리는 서로 말도 없이 한 그릇을 순식간에 비웠다.

종현이는 대학교를 휴학하고 거의 매일 교회에 나와 있었다. 아버지는 오래전부터 지병으로 누워계셨고, 김 공장에 다니시는 어머니의 수입으로는 종현이의 학비를 감당할 수 없었다. 왕성한 식욕을 채워야 할 20대 청년이, 집을 떠나 제 때 끼니조차 채우지 못하는 모습을 보면서 내내 마음이 불편했다.

그 불편한 마음 한편에서 오전 내내 내 뒤를 따라 다녔던 금식의 유혹이 또 한 번 고개를 들었다. 이 추운 겨울에 따뜻한 밥으로 배를 채우지도 못하는 종현이에게 금식을 같이 해보자는 말은 너무나 야속한 권면이었다. 퇴짜를 맞을 게 분명했다. 그러자 오히려 자신이 생겼다. 금식을 하지 않을, 혹은 금식을 할 핑계를 만들어보자 싶었다. 만약에 종현이가 내가 제안하는 금식을 같이 해보겠다는 말을 해준다면, 나 역시 해보겠다는 생각을 하게 되었다.

예상은 완전히 빗겨갔다. 콩나물 국밥의 영향이 컸는지도 모르겠다. 종현이로부터 전도사님이 하자고 하면 무조건 따라하겠다는 개운한 대답이 돌아왔다. 결국 우리는 송구영신 예배가 마치는 시간부터 3일간 교회에서 금식기도를 하자고 약속을 했다.

종현이는 시청 근처에 있는 우체국에서 택배 분류 아르바이트를 하고 있었다. 전철로 오가는 시간과 아르바이트 시간을 뺀 모든 시간은 교회에서 지내기로 했다. 나는 매일 새벽예배와 학교 심방, 그리고 주중 행사를 감당하면서 금식을 해야만 했다. 가만히 누워있어도 3일 동안 물만 마시며 버티기가 쉽지 않은데, 평소에 하던 사역을 그대로 하면서 과연 버틸 수 있을까? 내심 걱정도 들었다. 하지만 왠지 이번 금식 기도를 통해서, 나에게 그리고 종현이에게 계획하신 하나님의 뜻이 있을 것이라는 확신이 들기도 했다.

송구영신 예배를 드리기 위해 많은 성도들이 일찍부터 성전을 채우고 있었다. 평소 일요일에는 잘 보이지도 않던 얼굴들도 제법 보였다. 청년들도 예배가 마치면 해돋이 구경을 가겠다고 일찍부터 삼삼오오 교회로 몰려왔다. 교회 식당에는 생강차를 끓이는 집사님들과 예배를 마치고 함께 할 다과를 준비하는 청년들로 분주했다. 마침 식당에서 수빈이가 나를 발견하고 기다렸다는 듯 재빨리 튀어 나왔다.

"전도사님, 종현이 오빠에게 들었어요. 금식기도 하신다면서요? 저도 같이 하면 안 될까요?"

의외의 제안이었다. 수빈이는 동생들과 함께 학교 앞에서 자취를 하고 있었다. 대학에서 전공은 일반 사회과학 분야였지만, 전공자만큼이나 잘 배운 클라리넷 연주자이기도 했다. 아버지의 영향으로 수빈이의 형제들도 모두 피아노, 바이올린, 첼로 등 악기 전공자였다. 그리고 엄마는 성악가 못지않은 찬양실력자였다. 종현이를 생각하면 수빈이 가정은 여러모로 안정적이었다. 집안에서 장녀이듯, 청년부에서도 큰 언니 역할을 톡톡히 해내는 든든한 자매였다. 그런 자매가 금식기도를 함께 하겠다고 먼저 찾아와 주다니 내심 반가웠다.

전도사라도 혼자 금식기도를 하는 것은 부담이었다. 그리고 처음부터 내 계획도 아니었다. 그냥 떠오른 생각일 뿐이었다. 그런데 종현이가 따라붙고, 수빈이까지 합세한다니, 금식을 시작하기 전인데도 마음은 이미 엄청난 응답이라도 받은 것처럼 가슴이 뛰기 시작했다.

네 돈이 아니잖아!

셋이 함께 금식하게 되었으니, 각자 구체적인 기도 제목을 가지고 서로 나누는 시간이 필요했다. 그러기 전에, 우리는 기도 방에 모여서 금식 기도 첫 예배를 함께 드렸다. 그리고 기도 방에서 각자 이불을 가지고 구석 자리로 가서 기도를 하다가 잠이 들었다. 그렇게 3일 동안 우리는 저녁마다 한 자리에 모여 예배를 드리고 각자 기도의 시간을 가지다가 잠이 들었다. 온 몸에서 힘은 서서히 빠져갔지만, 정신은 이전보다 훨씬 더 맑아지는 기분이었다.

우리가 약속한 금식 기도 3일째가 되는 밤이 되었다. 새해를 깨끗한 몸과 마음으로 시작할 수 있었다는 기쁨과 감사의 기도가 나왔다. 문득 종현이와 수빈이를 위해 진심으로 축복 기도를 해주고 싶었다. 마무리 기도가 축복으로 더욱 깊어지던 그때였다. 가슴에서 벅차오르는 감격을 주체할 수 없었다. 금식기도를 통해 하나님으로부터 무언가를 얻어내고 응답 받아야 한다는 지금까지의 생각은 저만큼 물러갔다. 오히려 이 시간 동안 우리와 함께 하신 하나님께, 그리고 새해에도 우리와 더 친밀하게 함께 하실 하나님께 무엇이든 소중한 선물을 드리고 싶다는 생각이 들었다. 그리고 그 생각만으로도 흐뭇했다.

자리에 누워서 한참을 생각했다.
'나는 무엇으로 하나님께 드릴까?'

문득 지난 주 주보에 난 광고가 떠올랐다. 당시 교회는 대학 캠퍼스 전도를 위해서 대학교 정문 앞에 있는 건물의 한 층을 빌려서 기도의 집을 운영하고 있었다. 그런데 관리가 제대로 되지 않아서 10년 만에 그 기도의 집을 폐쇄하기로 결정했다는 소식을 듣게 되었다. 목사님도 많은 고민 끝에 결정하셨겠지만, 너무나 안타까운 일이었다.

그 광고를 떠올린 순간부터 또 잠이 오지 않았다. 가슴이 설레기 시작했다. 나에게 목돈이 있었다. 전도사가 되기 전에 직업인으로 생활하면서 모아 둔 500만원이 생각이 났다. 나에게 남아 있는 전 재산이었다. 전도사로 매월 사례비도 받고 있고, 얼마든지 먹고 살고 있으니 이 돈은 기꺼이 이번 금식기도를 통하여 만난 하나님께 기쁨으로 드리고 싶다는 마음이 들었던 것이다. 무엇보다 당분간만이라도 기도의 집을 운영할 수 있는 자금으로 이 돈이 사용될 수 있다는 게 나에게는 큰 의미로 다가왔다. 분명 하나님께서도 기뻐하시고, 우리 목사님께도 힘이 될 것 같다는 확신이 들었다.

시계는 새벽 3시를 넘기고 있었다. 1월의 밤은 너무나 길었다. 빨리 아침이 되기를 기다렸다. 그렇게 잠을 이루지 못하고 몇 분이 더 흘렀다.

잠이 들었던가. 아니면 누군가 이야기를 하고 있었나. 어디선가 웅성대는 소리가 들려왔다. 그 음성은 점점 더 가까이 들려왔다. 이제는 내가 정확하게 알아들을 수 있는 소리로 내 마음에 분명하게 맞부딪혀왔다. 왜냐하면, 그 음성이 내 이름을 불러주었기 때문이다.

"미로야, 그거 네 돈 아니잖아!"
나는 눈을 번쩍 떴다. 누구지? 수빈이는 내 옆에서 자고 있었다. 종현이는 문 입구 쪽에서 새우등을 보이며 자고 있었다. 도대체 누가 내 이름을 불렀는지, 그리고 왜 갑자기 돈 이야기를 꺼내는지 알 수가 없었다. 가끔 나도 알 수 없는 마음의 소리를 들을 때가 있었지만, 오늘만큼은 뭔지 모르게 내가 잘못한 것 같은 불안함이 엄습해왔다.

나는 반사적으로 엎드렸다. 그리고 주님을 찾았다. 내 안에서 들려오는 주님의 음성에 귀를 기울였다. 주님은 나를 오래 기다리게 하지 않으셨다. 분명하고 똑똑하게 말씀해 주셨다.

"그 500만원, 네 엄마 돈이잖아. 가서 엄마에게 드리고 와라."

등골이 오싹 한 기분이란 것이 바로 이럴 때 쓰는 말이 아닐까. 솔직히 잊고 살았다. 철이 바뀐 옷을 옷장 구석에 넣어둔 채 잊고 지내는 것처럼, 내 기억에 남아있지 않은 그 일을 하나님은 정확하게 알고 계셨고, 나에게 확인시켜 주셨다.

나는 한국에 귀국해서 간간히 통역사로 일을 하던 때가 있었다. 부산시가 주최하는 한일중소기업 박람회에서, 일본 측에서 개발한 화장품을 한국 측 기업에 소개하는 통역도 했었다. 그런데 생각지도 않게 내가 그 제품에 그만 매료되고 말았고, 나는 경험해본 적도 없는 사업에 도전을 하게 되었다. 화장품 성분에 계면활성제를 사용하지 않았다는 장점과 집에서 혼자 손쉽게 마사지할 수 있는 기기까지, 모든 구성 면에서 이 아이템은 분명 소비자를 감동시킬 것이라는 확신이 들었다. 부모님의 반대를 무릅쓰고 나는 일단 시험 삼아 일부 물량을 샘플로 수입하기로 결정했다. 그때 엄마에게 빌렸던 돈이 500만원이었다.

그런데 그 후 많은 시간 동안 여러 우여곡절을 거치면서, 나는 현재 어느 교회의 전도사가 되어 있는 것이다. 게다가 그 돈의 출처를 까맣게 잊고서는 내 돈인 양 하나님께 드리고 싶다는 기도까지 기특하게 하며 잠을 설치고 있었다.

하나님은 분명히 말씀하셨다. 그 돈은 네 돈이 아니라고! 엄마에게 가서 갚으라고! 더 이상 변명할 여지가 없었다. 틀린 말씀이 아니었기 때문이다. 나는 어안이 벙벙한 채로 가만히 엎드리고 있었다.

그런데 점점 마음 한 구석에서 섭섭함이 올라오기 시작했다. 많은 돈이든 적은 돈이든 이번만큼은 정말 제대로 하나님께 드리고 싶었다. 하나도 아깝지 않았다. 아니 오히려 너무나 행복했다. 그것도 기도의 집을 살리기 위한 내 헌신의 일부분이었다. 그리고 목사님께도 힘을 실어 드리고 싶었다. 조금도 내 이름이나 내 의를 드러내려 한 것이 아니었다. 익명으로 하려고 했었다. 하나님만 알고 계시면 된다고 생각했으니까. 그 생각만 하면 그저 마음이 설레고 흡족했다. 그 마음조차 하나님께서 주신 선물이라고 믿었다. 그런데 그 새싹 같은 나의 기대감이 순식간에 잡초더미처럼 내동댕이쳐지고 말았던 것이다.

물론 그건 내 돈이 아니다. 당연히 엄마에게 드려야 했던 돈이지만, 내가 선한 일에, 그것도 하나님을 위해 드리고 싶다는 마음을 먹었는데, 이렇게까지 밀어내시고 마치 받고 싶지 않다는 말씀처럼 들려와서 너무나 서운했다. 그리고 울적했다.

하나님은 그런 내 마음을 나 몰라라 하시지 않았다. 하나님의 세밀하고 다정한 음성에 나의 어리석은 투정들이 조금씩 누그러졌다. 하나님께서 원하시는 것은 나의 정직하고 깨끗한 마음이지, 헌금을 드리고 말고의 문제가 아니었다. 그리고 얼마나 간 크게 큰돈을 드리느냐는 것은 더더욱 그분의 관심사가 아니었다.

몇 년 전 동경에서 처음으로 입사했던 그 부동산 회사가 떠올랐다. 모르고 입사는 했지만, 회사의 주된 수입원이 일본 남단의 최고의 휴양지였던 오키나와 섬에 있는 러브호텔이었던 것이다. 불륜과 낙태와 문란함의 상징이었던 그 러브호텔에서 벌어들인 돈으로 나는 월급을 받고 그 돈으로 하나님께 헌금을 드려야 했다. 그 사실을 뒤늦게 알고 난 뒤부터 내 마음은 너무나 힘들었다. 그 마음을 하나님은 알고 있었다. 이번에는 그런 성격의 돈은 아니었어도 일단 내 소유의 돈이 아닌 것만큼은 확실했다. 엄마의 돈을 함부로 내 것인 양 드리고 뿌듯해할 뻔했던 것이다.

내 부족한 실수를 때가 되어 가르쳐 주신 하나님의 그 섬세한 은혜에 엎드려 감사드렸다. 이것을 깨닫게 하시려고 내가 계획하지도 않았던 금식의 마음을 강하게 부어 주셨던 것이 틀림없었다.

두 사람에게 말하고 고성으로 내려가다

우리 세 사람은 새벽예배가 끝나고 다시 기도 방으로 들어와서 이불 속으로 들어갔다. 날이 밝으면 교회 앞에 있는 콩나물국밥집으로 가서 지난 3일간의 금식으로 텅텅 비어있는 속을 따뜻하게 채우기로 했다. 세 시간이 흘렀다.

새벽예배 전부터 눈을 뜨고 시계를 계속 확인하던 나는, 몇 시간 전에 나눈 하나님과의 대화를 혼자 가지고 있을 수 없었다. 그래서 두 사람을 흔들어 깨웠다. 그리고 부탁을 했다. 내가 하루 휴가를 내서 부모님을 뵈러 다녀올 텐데, 그 동안 너희는 지금까지 잊고 있었거나 알고도 갚지 않았던 빚은 없었는지 잘 생각해 보고, 내가 돌아올 때까지 그 해결방법을 생각해 놓으라고 했다. 두 사람은 아무 반응도 없었다. 내 말이 끝나기도 전에 다시 이불 속으로 들어가 버렸다.

당시 나의 부모님은 경남 고성에서 작은 과일 농장을 운영하고 있었다. 미리 예고도 없이 찾아간 나를 반갑게 맞아 주시면서도 계속 내 눈치를 살피셨다. 이렇게 불쑥 찾아 올만한 거리도 아니었고, 지난 1년간 서로 시간대가 맞지 않아서 전화 통화조차 자주 못하고 지냈기 때문이다.

세상에서 가장 맛있는 밥상은 역시 엄마의 밥상이다. 특별한 찬거리가 없어도 가족과 함께 먹는다는 것 자체가 가장 맛있는 반찬이니 한 그릇 뚝딱 비운 것은 말할 것도 없었다. 나는 저녁 밥상을 정리하고 서둘러 부모님께 예배를 드리자고 했다. 이런 제안을 내가 먼저 한 것은 처음이었다. 부모님은 둘째 딸이 전도사가 되어서 이러는 줄 알고 그냥 순순히 성경책을 가져오셔서 앞에 놓으셨다.

평소에 엄마가 좋아하던 찬송가를 한 곡 불렀다. 그리고 아빠에게 기도를 부탁했다. 다음으로 내 순서가 되었다. 말씀 한 구절을 읽어야 하는데, 갑자기 눈물이 핑 돌았다. 이렇게나 부족한 사람을 하나님의 말씀을 전하는 사역자로 불러 주셨다는 것이 그저 감사하고 또 한편으로는 너무 죄송했다. 부모님 앞이라서 더 그랬다. 누구보다도 나의 약함을 잘 알고 있는 두 분 앞에서 감히 설교 같은 말씀을 전할 자신이 없었다. 그래서 시편 1편을 같이 읽기로 했다.

"복 있는 사람은 악인들의 꾀를 따르지 아니하며 죄인들의 길에 서지 아니하며 오만한 자들의 자리에 앉지 아니하고 오직 여호와의 율법을 즐거워하여 그의 율법을 주야로 묵상하는도다. 그는……."

우리가 하나님으로 인해 복 있는 사람이 되었다는 고백으로 방안이 가득 채워지는 순간이었다.

"지금부터 제가 이곳에 왜 오게 되었는지 말씀 드릴게요."

나는 고개를 숙이고 지난 금식 기도 때 말씀하신 하나님의 음성을 부모님께 또박또박 전해 드렸다. 그리고 성경책에 꽂아놓은 500만 원짜리 수표를 엄마 앞에 슬며시 내려놓았다.

흰 봉투에 들어 있는 500만원 수표를 확인한 순간, 엄마는 옆으로 몸을 틀더니 말을 잊은 채 천장만 올려다보고 계셨다. 아빠는 한 번 더 확인해 봐야 되겠다는 식으로 흰 봉투를 다시 열어 보았다. 그리고는 큰 숨을 내쉬었다. 너무나 당황하시는 분위기였다. 우리 세 사람은 한참을 부동자세로 바닥에 시선을 꽂은 채 아무 말을 하지 않았다.

아빠가 먼저 입을 열었다.

"미로야, 이런 일이 진짜 있을 수 있는 거냐? 진짜 하나님이 말씀한 거 맞아?"

엄마는 조금 달랐다.

"엄마도 잊고 있었는데, 하나님은 내 편이신가 보다."

그 말에 세 명이 동시에 웃음이 터졌다.

월 5만원과 클라리넷으로 시작한 순종

다음 날 일찍, 부모님의 배웅을 받으며 나는 사천비행장으로 갔다. 활주로에 서 있는 비행기가 이륙할 때까지 창밖을 내다보고 있었다. 핸드폰을 끄지 않은 상태로 탑승을 했는지, 내 가방 속에서 진동이 느껴졌다. 수빈이가 보낸 문자였다.

「전도사님, 저 클라리넷 15만원 주고 팔았어요.」

여기까지만 읽고는 승무원을 의식해서 급하게 휴대폰을 끄고 가방 속으로 넣었다. 수빈이에게 있어서 클라리넷은 가장 친한 친구이자 아버지의 선물이었다. 그것을 가벼운 마음으로 처분할 수빈이가 아니었다. 무슨 사연인지 너무나 궁금해졌다.

공항으로 마중 나와 있던 종현이와 수빈이가 환한 미소로 나를 맞아 주었다. 공항 로비에 일단 앉아 궁금했던 수빈이 사연부터 물었다. 그러자 종현이가 가로막으며 자기부터 이야기해야 되겠다고 말했다.

"전도사님, 저 사실 작년 캄보디아 단기 선교 갔을 때, 친구 대한이에게 30만원을 빌리고 아직 갚지 않았습니다."

종현이의 말이 끝나자마자 수빈이가 끼어 들었다.

"저도 그때 지원이 언니에게 50만원을 빌리고 지금까지 못 갚았어요."

종현이는 월 5만원씩 대한이에게 갚기로 했고, 수빈이는 결국 클라리넷을 팔게 되었다고 했다. 그것도 10분의 1 가격으로 급하게 팔았다는 것이다. 그렇게 하지 않으면 마음이 흔들려서 자꾸 미룰 것 같다고.

우리는 서로의 얼굴을 바라보면서 한참 동안 웃을 수밖에 없었다. 우리에게 향하신 하나님의 선하신 뜻에 순종했다는 마음에 기쁨과 감사함이 올라왔다. 서로가 서로에게 고마웠고, 하나님을 향한 정직하고 바른 마음들이 너무나 귀했다. 우리를 바라보시는 하나님의 얼굴에 미소를 한 번 더 짓게 해드렸다는 뿌듯함이 우리 각자의 가슴을 더욱 든든하게 채우는 행복한 오후였다.

통유리로 감싸고 있는 공항 로비 안, 우리 세 사람이 앉은 자리 위로 1월의 차가운 공기 대신 따스한 햇살이 포근히 내려앉고 있었다.

04.
전도엔진으로 치료받다

그런즉 너희는 먼저 그의 나라와 그의 의를 구하라
그리하면 이 모든 것을 너희에게 더하시리라
(마태복음 6장 33절)

청년부 임원들에게 떨어진 숙제

새롭게 부임한 교회에서도 청년부를 맡게 되었다. 교회 카페에는 8명의 청년 임원들이 나를 기다리고 있었다. 생각보다 많았다. 좀 전에 청년부 예배를 처음으로 드렸을 때 보았던 예배인원이 얼추 잡아도 20여 명 정도였기 때문이었다.

각자 돌아가면서 자신들의 이름과 포지션을 소개하는데, 나도 모르게 웃음이 나왔다. 많지도 않은 청년들 가운데 1청년과 2청년으로 나뉘어 있었고, 각 청년회의 회장과 부회장, 총무 등으로 임원을 맡고 있었기 때문이었다. 자세히 들어보니 한 명만 빼고 모두가 본 교회에서 자라난 터줏대감들이었다. 부모님이 장로님과 권사님인 청년들이 대부분이었다. 알차다면 알차고 텃새라면 텃새였다. 그래도 서로가 너무나 잘 알고 지내는 사이인 것 같아서 단결력 하나는 기대해 볼만 했다.

"여러분 중에 혹시 지난 1년 동안, 한번이라도 전도를 해 본 사람이 있으면 손들어 볼래요?"

나는 나름 정중하게 웃으면서 묵직한 주제로 들어갔다. 8명의 임원들은 평균적으로 20년 이상 그 교회를 출석하던 청년들이었다. 나의 돌직구 같은 질문에 손을 올린 사람은 단 한 명뿐이었다. 서로가 황당하다는 표정으로 시선을 돌리기 시작했다. 예상했던 반응이었지만, 생각보다 분위기가 가라앉았다.

"여러분이 지난 20년 이상 본 교회를 다니고 또 청년부에서 임원까지 오래 했으면서도 그 동안 전도를 못했다면, 분명 이유가 있었을 겁니다."

내 말에 의외로 모두가 진지한 표정으로 집중해주었다. 그 경청하는 자세들이 고마웠다.

"여러분이 임원인데도 얼마나 자랑하고 싶은 것이 없었으면 우리 청년부 한번 와 보라고, 우리 청년부 전도사님 한번 만나 보라고 친구들에게 지난 1년 동안 한 번도 말해보지 않았겠어요?"

꽤나 단도직입적으로 일격을 가했다. 그런데 내 말에 조금이라도 분해 할 줄 알았던 8명의 임원들은 마치 수긍이나 하듯 고개를 끄덕거렸다.

나는 청년부의 새 판을 한번 짜보자고 제안했다. 일단 이 자리에 모인 8명의 임원들은 오늘부터 더 이상 임원들이 아니라고 말했다. 임원이라는 포지션 자체가 없어진 것이라고. 회장이든 부회장이든 교회에서 임명하는 포지션은 영혼을 사랑하고 영혼을 전도하라고 부여한 직분이라는 설명도 함께 해주었다. 그래서 오늘부터 다음 주일 예배까지 일주일 동안, 이 자리에 모인 8명은 반드시 한 사람이라도 전도해야 한다고 숙제를 내주었다. 누구라도 상관이 없었다. 친구가 되었든, 옆집 아저씨가 되었든, 정 아니면 지나가는 동네 아이들도 괜찮다고 했다. 절대 혼자 와서 예배를 드리면 안 된다고 말했다.

분위기는 더욱 심각해졌다. 지난 20년간 평온하게 그리고 재미있게 다녔던 교회를 두고 다른 교회로 옮겨갈 수도 없는 문제였다. 갑자기 부임한 여자 전도사가 너무나 강하게 밀어붙이는 것에 대한 거부감이 그들에게서 충분히 느껴졌다.

'당신은 하나님의 언약 안에 있는 축복의 통로~' 그 순간 카페 안에 흐르고 있던 이 찬양은 8명의 청년 임원들이 받은 충격을 해소시켜 주기에 턱 없이 부족해 보였다.

전도엔진이 돌아가기 시작하다

드디어 일주일이 지나고 주일 아침이 되었다. 오전 예배가 마치고 성도들을 배웅하는 교회 로비에서 나는 목사님들 옆에 서서 인사를 하고 있었다. 그때 청년 임원의 엄마로 보이는 한 권사님이 나를 향해 다가오셨다.

"전도사님, 지난주에 무슨 일 있었습니까? 예은이가 나를 들들 볶아대는데, 말도 마세요. 엄마 친구 자녀들 이름이랑 연락처 가르쳐 달라고 어찌나 볶아대던지, 뭐 전도사님이 숙제를 냈다면서 난리도 아니었습니다."

나는 피식 웃고 말았다. 청년부 예배는 오후 2시에 본당에서 있었다. 오늘은 내가 이 교회에 부임해서 처음으로 설교하는 날이었다. 아무래도 첫인상이 중요해서 열심히 준비했다. 그렇지만 나의 첫인상은 최소한 그 8명의 청년들에게는 이미 점수를 많이 잃었을 것이다.

솔직히 내가 왜 그렇게 처음부터 밀어붙였는지 알다가도 모를 일이었다. 다만 청년의 때에 기포가 빠진 콜라처럼 어떤 기대감이나 야성도 느낄 수 없는 임원들과 마주하고 있자니, 나도 모르게 의분이 들었던 것은 사실이었다. 하나님의 위대하심과 영광을 충분히 반사시킬 수 있는 귀한 청년들이 아주 무기력한 모습으로 그저 예쁘게만 앉아 있었다. 그 모습들을 보면서 너무나 안타까웠던 마음과 나의 성급함으로, 그들 속에 폭탄을 던지듯 숙제를 내준 것이다.

찬양으로 청년부 예배가 시작되었다. 찬양 팀 멤버가 족히 열 명은 되어 보였다. 나머지 청년들은 본당 앞쪽으로 듬성듬성 앉아있었다. 어른 성도들이 약 550명 넘게 앉아 예배드리는 본당 공간에 비해서 청년부 예배를 드리는 청년 숫자는 너무나 적었다. 20여 명의 청년들이 반은 찬양 팀으로, 반은 회중으로 앉아 있는 모습도 의아했지만, 굳이 본당에서 청년부 예배를 드리는 이유가 더 궁금해졌다. 믿음은 바라는 것들의 실상이라 하셨으니, 언젠가는 이 본당을 청년의 세대로 가득 채우시는 환상을 보게 해달라고 나는 간절하게 기도를 심기 시작했다.

그때였다. 본당 문을 열고 지난주에 만났던 임원들 중에 몇 사람이 낯선 친구들과 함께 들어왔다. 그렇게 한 사람 또 한 사람씩 본당으로 들어오기 시작했다. 어차피 나는 오늘이 첫 설교이기 때문에 누가 기존에 다니던 청년인지, 그리고 누가 오늘 새 가족으로 온 청년인지 알 수가 없었다.

찬양이 끝나고 설교를 하기 위해 강단 앞으로 나가서 회중을 바라본 순간, 나는 내 눈을 의심하지 않을 수 없었다. 머리 숫자가 생각보다 많아 보였기 때문이었다. 지난주에 나의 숙제를 받았던 8명의 임원들이 총 14명의 친구들을 새롭게 데리고 왔던 것이다.

오히려 나보다는 임원들 스스로가 더 놀라는 눈치였다. 그들의 도전은 그 주 한번으로 그치지 않고 계속해서 이어졌다. 그 다음 주에는 11명을, 또 그 다음 주에는 9명의 새 친구들을 데리고 왔다. 자연스럽게 청년부에 신조어가 생겨났다. '전도엔진'이었다. 옆집 아저씨도 괜찮고, 지나가는 어린아이도 괜찮으니 전도엔진을 쉬지 말고 돌리자고 했다. 그런데 대부분의 청년들은 자신의 또래들을 알맞게 골라서 잘도 데리고 왔다.

그렇게 3개월이 지난 어느 날, 우리는 50명이 넘은 청년들과 함께 본당에서 '당신은 하나님의 언약 안에 있는 축복의 통로'라는 찬양으로 서로가 서로에게 충분한 위로와 격려로 축복하며 하나님을 뜨겁게 예배하고 있었다.

전도엔진은 교회에서 가까운 대학 캠퍼스로 이어졌다. 매주 두세 사람씩 짝을 지어 캠퍼스 기숙사를 찾아갔다. 자신들의 솜씨로 도시락을 싸가기도 하고, 예수님 복장을 만들어서 캠퍼스를 돌아다니며 복음을 전하기도 했다. 무엇보다 본 교회에 다니는 청년들 중에 아직도 청년부 예배를 나오지 않는 청년들을 찾아가기 시작했다. 특히 3부 예배가 마치면 본당 로비에 서서 청년으로 보이는 성도들에게 말을 걸었다.

그중에 재희라는 자매가 내 눈에 들어왔다. 벌써 몇 주째 내 앞을 스쳐 지나갔지만, 그때마다 다른 청년들과 인사를 나누느라 번번이 기회를 놓치고 있었다. 그날 나는 드디어 재희에게 다가섰다. 청년부 전도사라고 나를 소개하고, 혹시 청년이냐고 먼저 물었다. 재희의 반응은 소심하게 고개를 끄덕이는 정도였다.

그날따라 2층 로비에 사람들이 너무 많았다. 동그란 눈에 당황해하는 빛이 감도는 재희를 보면서 왠지 모르게 대화가 필요할 것 같다는 느낌이 들었다. 복잡한 로비를 빠져 나와서 우리는 아무도 없는 사무실로 들어갔다. 생각보다 이야기는 어렵지 않게 이어졌다. 재희는 나를 이미 알고 있다고 했다. 그리고 자신도 청년부 예배에 항상 가고 싶었다는 것이다. 그러나 매주 3부 예배가 마치면 곧장 병원 전도를 간다고 했다.

인근 병원에 전도사로 일하시는 분을 따라가 그곳에서 예배드릴 때, 재희는 직접 신디를 챙겨서 반주를 하고 있었다. 그렇게 몇 년간 봉사를 해오고 있었지만, 마음은 늘 외롭고 행복하지 않았다고 한다. 병원 환자를 위해 봉사하는 일은 참 귀하지만, 자신도 청년부에 들어가서 활동하고 싶고, 훈련도 받고 싶고, 또래 친구들을 만나고 싶었는데 도저히 그럴 상황이 안 된다는 것이었다. 그 말을 하는 재희의 마음은 어느새 서

운함과 답답함으로 가득 차 있었다.

그런 마음으로 봉사한다는 것은 하나님도 안타깝게 여기실 것 같았다. 내 눈에는 병든 자가 병든 자를 섬기는 것과 크게 다르지 않아 보였다. 그래서 재희의 어깨를 붙잡고 단호하게 말했다. 다음 주부터 청년부 예배에 나오라고! 병원 전도사님께는 내가 잘 말씀드려보겠다는 자신 없는 약속을 했다. 재희는 무조건 그렇게 하겠다며 강한 의지를 내보였다.

7년 만에 피부병을 고쳐주신 기적

청년부 예배에 참석하게 되면서, 재희는 일 년 동안 소그룹 모임과 학교 전도와 제주도 단기선교에 함께했다. 그리고 어느새 청년 리더까지 되었다. 우리는 전도엔진만큼 기도엔진도 중요시 여겼다. 매주 토요일마다 저녁 8시에는 30여명의 청년들이 옥상에 마련된 청년부실에 모여 주일예배를 위한 뜨거운 기도회를 가졌다.

비가 내리는 토요일 저녁이었다. 토요일 기도회가 마치고 대부분의 청년들은 집으로 돌아갔는데, 재희가 내 뒤를 따라 사무실로 들어왔다. 나는 설교 준비를 마무리하려고 PC를 켰다. 그리고 후텁지근한 사무실 공기를 환기시킬 겸 에어컨 리모컨을 찾았다. 재희는 계속 내 책상 가까이에 선 채로 내가 자신에게 시선을 주기를 기다리고 있었다.

"무슨 일 있어?"

내 말이 끝나자마자 재희는 한 발짝 더 다가왔다. 그리고 자신이 입고 있던 흰색 면 티셔츠의 목둘레를 두 손으로 내리면서 말했다.

"전도사님, 여기 한번 봐주세요!"

재희가 나더러 대체 무엇을 보라고 말하는 건지 알 수가 없었다. 목걸이를 걸고 있는 것도 아니었다. 쇄골 아래로 피부에 이상한 점도 보이지 않았다. 우리는 가까이서 마주보고는 있었지만 서로가 무슨 생각을 하고 있는지는 전혀 몰랐다. 어느 한 쪽이 먼저 말을 이어가야 했다. 그런데 다음 순간 재희는 옷을 올리더니 까닭모를 울음을 터뜨렸다.

재희는 대학교 4학년 졸업반이었다. 대학에 입학하고 한 학기 동안 미국으로 어학연수를 다녀왔었단다. 처음에는 잘 적응했지만, 가장 힘들었던 것은 역시 음식이었다고 한다. 학교 가까이 있는 편의점에서 파는 스파게티와 햄버거와 오므라이스 같은 도시락이 다행히 입에 맞았고, 결국 대부분의 식사를 전자레인지에 돌려먹는 인스턴트 음식으로 때웠다. 그렇게 6개월을 보내다가 한국에 돌아왔다.

처음 몇 개월은 아무런 이상이 없었는데, 점점 피부가 간지럽기 시작하더니 급기야 화농이 생기는 심각한 수준까지 진행되었다. 병명은 악성 건선이었다. 건선이 온몸으로 번지면서 얼굴을 제외한 전신에 퍼지기 시작했다. 부모님조차 딸의 모습을 보기 힘들어하실 만큼 피부병은 심각한 상태였다고 한다. 그 때문에 재희는 여름이라도 긴 팔 옷에 목까지 가리고 다녀야 했다. 점점 대인 기피증까지 생겼다. 매일 화장실에 앉을 때마다 옷을 들어 올리며 건선자국을 하나씩 세어보는 것이 일상이었다.

그렇게 7년의 시간을 보내고 있던 어느 날, 내가 본 교회에 부임하게 되었고 청년부 예배로 인도를 받게 되었다. 재희는 이때 처음으로 전도라는 것을 하게 되었다고 한다. 지금까지 누군가에게 자신을 드러낼 수도 없었고, 하나님을 소개할 수도 없었다. 그런 자신이었지만 청년부에 소속되면서 평소에 잊고 있었던 찬양시간과 기도시간과 말씀시간을 확보하게 되고, 그 시간들이 기름을 듬뿍 먹은 엔진처럼 힘 있게 돌아가며 제 속의 깊은 어둠을 몰아내고 있었다는 것이다. 무엇보다 재희는 매일 다이어리를 쓰는 습관이 있었는데, 지금까지와는 다르게 이제는 주중에 전도하고 연락할 친구들의 이름과 약속스케줄로 채워지기 시작했다. 또 토요일마다 학교 기숙사를 찾아 가서 만나게 된 청년들의 이름과 전화번호들을 보면서 그렇게 흐뭇할 수 없었다는 것이다.

그러던 어느 날, 화장실에 앉았는데 문득 언제부턴가 자신의 몸을 의식적으로 확인하지 않았다는 생각이 들었다. 하루 종일 재희의 생각은 다이어리에 적어 놓은 사람들을 향해 있었고, 오늘은 누구에게 전화를 걸고, 이번 주 토요일에는 어디를 가서 복음을 전할까 하는 생각뿐이었다고 한다. 그러다가 문득 입고 있던 옷을 올려 봤는데, 붉게 돋아 있던 건선이 정말 거짓말처럼 한 점도 보이지 않았다는 것이었다. 자기 눈을 의심했고, 살을 비벼보았다. 아예 윗옷을 다 벗고 거울 앞에 서서 구석구석 다 살펴보았다. 피고름도 나고 딱딱하게 굳어있던 살들이 이제는 군데군데 우유 빛으로 흔적만 남아있을 뿐, 어느새 새 살이 차올라 있었다. 정말 7년만이었다. 어떤 약도 쓰지 않았고, 어떤 약도 먹지 않았다. 더 이상 쓸 수 있는 약이 없었기 때문이다.

하나님을 경험한 흔적

　재희는 나를 바라보며 하염없이 울고 있었다. 나에게 자신의 속살을 보여 주며 확인해달라고 했던 그 뜻을 이제야 알 것 같았다. 정말 군데 군데 우유가 번져 있는 것 같은 작은 흔적들만 보일 뿐, 붉은 피부라고 는 전혀 보이지 않았다. 재희는 어렵게 말을 이어갔다.

　"전도사님, 이것은 기적이에요. 하나님께서 저를 만져 주셨어요. 그리 고 전도사님이 저를 살려주셨어요!"

　나 역시 재희를 끌어안고 얼마나 울었는지 모른다.

　누구라도 다 아는 사실이지만, 내가 재희에게 해준 것은 하나도 없다. 재희는 하나님의 부르심에 응답했고 하나님께 나아갔을 뿐이다. 다른 청년들과 함께 즐겁게 그리고 적극적으로 전도엔진을 돌렸을 뿐이었다. 재희는 모든 관심과 시간을 자신의 문제에 둔 것이 아니라, 눈을 들어 하나님을 바라보았다. 그분의 시선으로 자신을 보고, 또 다른 사람들을 바라보면서 사랑과 감사로 채워갔던 것이다.

　하나님은 재희의 아픔을 아셨다. 그리고 재희 곁에서 늘 함께 계셨다. 그러나 재희는 그것을 알고 깨닫게 되기까지 오랜 시간이 걸렸다. 그 동 안 혼자 집에 있었고, 혼자 자신의 아픔 안에 갇혀있었다. 그러나 하나 님을 경험하는 순간, 더 이상 재희는 혼자 있지 않았다. 고개를 숙이며 자신의 아픔을 확인하지 않았다. 오히려 자신을 뛰어 넘어 하나님의 눈 으로 사람들을 본 순간부터, 자신의 문제는 더 이상 문제가 아니게 되었 다. 하나님을 경험한 흔적을 가진 재희는 한 사람 또 한 사람에게 용기

있게 다가서는 아름다운 복음의 통로가 되어 있었다.

그 해 여름, 재희의 옷차림은 가벼워졌다. 계절에 상관없이 스카프로 감쌌던 목이 그렇게 길고 가느다란 줄 몰랐다. 겨울에 처음 만난 재희는 여름이 더 어울리는 자매였다. 건선으로 빛을 보지 못했던 피부들이 이제야 눈을 뜨기 시작한 것이다.

뜨거운 태양 빛만큼이나 열정적인 모습으로 재희는 자신이 맡은 후배 청년들에게 매주 복음을 소개하고 있었다. 하나님의 살아계심과 그 하나님이 지금도 우리 곁에 함께하심을 자신의 경험을 통해 겸손히 알리는 재희의 모습이 참으로 반짝반짝했다.

05.
하나님의 사랑이 담긴 프러포즈

내 사랑 너는 어여쁘고도 어여쁘다
너울 속에 있는 네 눈이 비둘기 같고
네 머리털은 길르앗 산기슭에 누운 염소 떼 같구나
(아가 4장 1절)

호정이의 가슴 아픈 고백

해마다 수련회나 단기선교를 하다 보면 그때마다 눈에 띄는 청년들이 있다. 평소에는 느끼지 못하다가 함께 행사를 준비하거나 행사 일정 가운데 리더십이 보이기도 하고, 남들보다 탁월한 희생정신이 드러나면서 솔선수범하는 경우를 종종 보게 된다. 그래서 나는 주로 여름 행사가 끝나면 9월쯤에 리더를 새롭게 뽑거나 하반기 전체 개편을 하는 편이었다. 가장 힘든 희생정신을 발휘하는 이들은 아무래도 중보기도 팀이었다. 매일 가장 늦은 시간까지 사역을 위하여 구석구석 살피며 세밀하게 기도하는 팀이 그렇게 고마울 수가 없었다.

제주도 단기선교를 1주일 남겨 둔 그날 저녁도 기도 팀과 함께 기도의 시간을 가지고 있었다. 내 오른편에 앉은 호정이가 계속 신경이 쓰였다. 기도방석이 깔려있는 곳곳에 휴지를 배치해두긴 했지만, 유독 호정이는 기도회가 끝날 즈음에 불을 켜보면 다른 청년들보다 훨씬 더 많은 휴지를 사용해서 거의 두 손으로 집어야 다 버려질 정도로 눈물이 많았다.

내가 호정이를 알게 된 것은 불과 3개월이 채 되지 않았다. 호정이가 청년부 활동을 활발하게 한 것도 아니었다. 최근 선교 준비모임에 들어와서 기도의 자리를 지키는 모습을 보고 참 귀하고 성실한 자매라고 생각했을 뿐이다.

5일 동안의 단기 선교를 잘 마치고 돌아와, 우리는 다함께 공항 로비에서 교회 버스를 기다리고 있었다. 다들 얼굴이 그을린 채로 피곤한 모습이었지만, 그래도 선교지에서만 누릴 수 있는 특별한 은혜를 삼삼오오 모여 나누면서 기념사진을 찍고 있었다.

그때 호정이가 눈에 띄었다. 나는 내심 생각하고 있던 것을 전하려고 다가가 말을 걸었다.

"호정아, 너를 자매 리더로 세우고 싶은데, 기도해 볼래?"

좀 전까지 밝게 웃고 있던 호정이의 얼굴이 갑자기 굳어졌다.

"전도사님 실망하실 건데요."

한 번에 그렇게 하겠다는 답을 기대한 것은 아니었지만, 그래도 의외의 대답이었다.

9월을 몇 주 앞둔 주일이 되자, 나는 주일예배가 끝난 후 청년 네 명을 따로 불렀다. 하반기 사역을 위해 새롭게 그 네 명을 리더로 세울 계획이었는데, 본인들에게 미리 이야기를 해주기 위해서였다. 내 말을 들은 세 명의 청년들은 열심히 해보겠다는 반응이었다. 하지만 그중 호정이의 표정은 그다지 밝지 않았다. 그저 나에게 잠시 할 말이 있다며 시선을 피했다.

무슨 일이 있는 걸까? 우리는 대화를 하기 위해 따로 회의실에 마주 앉았다. 호정이는 더 이상 머뭇거리지 않았다. 기도 팀에서 자신이 그렇게 울며 애통해하던 사연을 단 한 문장으로 털어놓았다.

"저 동거하고 있어요!"

여러 가지 생각들로 머리가 복잡했다. 결혼도 아니고 동거라고 했다. 상대가 혹시 내가 아는 사람인지 조심스러웠다. 그리고 이 사실을 누가 또 알고 있는지 걱정스러웠다. 그 조심스럽고 걱정스러운 의문을 표하자, 호정이는 마음먹은 듯 다 털어놓았다.

"준수 오빠에요. 기현이 오빠도 이 사실을 알고 있어요."

적지 않은 충격이었다. 준수는 조용한 성격에 매주 맨 뒷자리에서 예배드리는 청년이었다. 그리고 기현이는 고등학생 때 준수를 전도한 동창이자 이번 하반기에 형제 리더로 세울 청년이었다. 다른 것은 모르겠고, 내 입에서 단 한 번도 생각해 보지 않았던 질문이 성급하게 나와 버렸다.

"임신한 적 있어?"

"네."

"어떻게 했어?"

"작년에 지웠어요!"

두 사람이 동거한 지 벌써 3년이 넘었다는 말이 이어졌다.

그날 털어놓은 호정이의 과거 사연들은 구구절절 가슴이 아팠다. 초등학교 5학년 때 호정이는 세 살 어린 남동생과 함께 아빠의 손에 이끌려 호주로 건너가게 되었다. 부모님이 이혼한 줄도 모르고 잠시 여행한다는 말에 아빠를 따라간 것이다. 호주에 도착하자마자 아빠는 남매를 데리고 교회를 찾아갔다. 그 교회 성도들과 거의 6개월간 친분을 쌓으며 마치 가족처럼 지냈다고 한다. 주일학교 선생님들도 자주 왕래를 하면서 생각보다 긴 시간을 호주에서 보내게 되었다.

그러던 어느 날, 아빠가 일자리 문제로 잠시 집에 못 들어온다는 말만 남긴 채 사라졌다. 그 후로 호정이는 고등학교 3학년이 될 때까지 아빠를 만나지 못했다. 거의 7년 동안 오로지 한 가지만 생각하며 갖은 고생을 견뎠다고 했다. 그것은 하루빨리 비행기 표를 구해서 동생을 데리고 엄마를 찾아가는 것이었다.

정말 기적같이 호정이는 20대 초반의 나이가 되어 한국에 돌아왔다. 엄마는 울산 쪽에서 식당을 하고 계셨는데 이미 다른 분과 재혼한 상태였다. 엄마와도 함께 살 수 없게 된 것이다. 호정이는 우리 교회에 출석하면서 거의 일 년 간 교회 한쪽 구석에 짐을 놔두고 숙소로 지냈다고 한다. 그때 만난 준수가 호정이를 많이 도와주었고, 결국은 같이 살게 되었다는 것이다.

호정이가 쏟아내는 한 마디 한 마디는 외로움과 서글픔과 두려움과 원망의 파편이 되어 하나하나 내 몸에 박히기 시작했다. 파편이 박힌 곳마

다 따갑고 아파서 눈물이 났다. 그것은 하루아침에 마를 수 있는 눈물이
아니었다.

전도사 명찰을 잠시 내려놓다

이렇게 놔둘 일은 아니었다. 일단 호정이 집에 심방을 가서 준수와 함
께 이야기를 나누어야 되겠다는 생각이 들었다.

바로 다음 날, 나는 호정이와 준수가 살고 있는 반 지하 방으로 찾아
갔다. 호정이가 문 앞에서 기다리고 있었다. 지하로 내려가는 계단 입구
에서 호정이는 내 손을 잡아주었다. 그 온기가 고스란히 내 심장으로 전
해졌다. 내심 호정이가 내 친동생이라면 어떻게 했을까 싶었다. 낙태까
지 하면서 혼자 힘들어했을 호정이를 생각하니 가슴이 무너져 내렸다.

집안에는 준수가 뒷짐을 지고 서있었다. 그리 환영하는 얼굴은 아니
었다. 호정이는 싱크대 쪽으로 가자마자 가스레인지 불을 껐다.

"전도사님 오신다고 곰국을 끓였어요. 따뜻할 때 한 그릇 드세요."

지금 밥이 넘어갈 때가 아니었다. 밥상을 들고 방으로 들어오는 호정
이는 생각보다 얼굴이 좋아보였다. 왠지 나를 몹시 기다렸다는 표정이
었다. 그에 반해 준수는 불편한 내색을 감추지 못했다.

나는 상을 옆으로 밀어냈다. 그리고 준수에게 책상 위에 놓인 달력을
들고 오라고 했다. 달력 한 장을 뒤로 넘겨서 셋째 주 토요일에 동그라
미를 쳤다. 그리고 말했다.

"이 날에 결혼식 올리자!"

지금부터 딱 한 달 뒤였다.

호정이는 고개를 옆으로 돌리며 미소를 지었다. 나를 기다린 이유였던 것이다. 그러나 준수는 전혀 밝은 얼굴이 아니었다. 오히려 화를 참고 있는 표정으로 자기 상황을 항변했다. 곧 있으면 아버지가 하시는 공장일도 배워야 하고, 또 지금 자신은 결혼할 의사가 전혀 없다는 말이었다.

나 역시 분을 억누르느라 적지 않은 인내심이 필요했다.

"그러면 계속 이렇게 숨어서 살 생각이야?"

그러나 다음에 나온 준수의 대답에, 나의 인내심이 바닥을 치고 말았다.

"저는 솔직히 호정이랑 결혼할 생각이 없습니다."

한 마디로 밥해주고 잠자리를 즐기는 목적 외에는 호정이와 동거할 이유가 딱히 없다는 것처럼 보였다. 나는 입고 있던 재킷 안주머니에서 전도사 명찰을 조용히 바닥에 내려놓았다. 지금부터는 사역자라는 신분으로 준수를 대할 자신이 없었다. 결국 내 입에서는 생전 처음으로 'ㄱ'과 'ㅅ'으로 시작되는 비속어가 거침없이 쏟아져 나왔다. 알고 있는 욕이 별로 없음을 한스러워 하면서 소리 높여 호통 쳤다. 더는 이 녀석과 상종하고 싶지가 않았다. 나에게서 그 정도로 격한 혈기가 튀어 나온 적이 또 있을까 싶을 정도였다.

나는 다시 전도사 명찰을 안주머니에 넣고 벌떡 일어섰다. 그리고 호정이의 팔을 힘 있게 끌어 당겼다. 그대로 호정이를 집 밖으로 데리고 나와 버렸다.

준수야, 내가 미안해

그 후 호정이는 다른 자매 집에 잠시 머물게 했다. 그리고 주일 아침
이 되었다. 오전에 두 번의 예배가 있는데, 준수는 2부 예배가 시작할 때
까지 나타나지 않았다. 예배당 맨 뒷자리에 앉은 나는 계속해서 입구 유
리문만 수도 없이 돌아보았다. 설교가 시작될 무렵, 때 이른 털모자를
깊숙이 눌러 쓴 한 청년이 머리를 숙이고 들어왔다. 준수였다. 등을 제
대로 펴지 못하고 조용히 들어와 자리에 앉는 준수의 뒷모습을 나는 계
속 바라만 보고 있었다.

목사님의 설교가 시작되었다. 마이크로 전해 오는 성경 본문 말씀이
다른 때보다 더 큰 울림을 갖고 들려왔다. 그런데 성경 말씀이 아니었
다. 내 귀에 들려온 음성은 성경과 전혀 상관 없는 내용이었다.

"준수에게 가서 사과해라!"

한참 잘못 된 내용이었다. 설령 나에게 누군가가 그렇게 말해줬다 해
도 그것은 절대 있을 수 없는 말이었다. 오히려 준수에게 사과를 받아야
했고, 호정이에게 무릎을 꿇어야 한다고 생각했다. 그러나 그 메시지는
한 번으로 끝나지 않았다. 두 번이나 반복해서 들려왔다.

"준수에게 가서 사과해라!"

정말 납득이 가지 않았다. 설교는 시작되었는데, 내 마음은 계속 소용돌이가 치고 있었다. 결국엔 화가 나고 말았다. 도대체 무슨 말씀인지, 내 생각과 전혀 다른 음성이 나를 뒤흔들고 있었다. 이것은 내가 지어낼 수 있는 말이 아니었다. 그렇다면 내 안에 계신 주님의 음성일 텐데, 하는 생각에 잠잠히 기다렸다. 그 때 목사님과 눈이 마주쳤다. 이런 사실을 절대 모르고 계실 목사님의 입에서 천둥과 같은 메시지가 선포되었다.

"여러분의 의로움으로 다른 사람을 정죄하지 마십시오! 하나님은 모든 이들의 하나님이 되시고, 모든 이들의 아버지가 되시기를 원하고 있습니다."

바로 그거였다. 내가 지금 준수를 찾아가지 않으면, 오늘이 준수가 아버지의 집을 찾아오는 마지막 날이 될지도 모른다는 생각이 들었다. 정신이 번뜩 드는 기분이었다. 그리고 두려웠다. 내가 한참 잘못 생각하고 있었다는 사실을 깨달은 것이다. 나는 같은 여자 입장에서 호정이만 친동생처럼 생각했다. 그렇다면 준수는 어땠을까? 그 역시 이해받고 싶고, 용납 받고 싶지 않았을까? 준수도 분명 힘들었을 것이고 두려웠을 것이다. 그 생각으로 준수의 축 처진 두 어깨를 다시 바라보았다. 그렇게 측은해보일 수가 없었다.

목사님의 축도가 끝나기도 전에 준수는 자리에서 일어났다. 기도하는 틈을 타서 나가려던 준수를 나는 입구에서 기다리고 있었다. 그리고 아무도 없는 6층 기도 방으로 준수를 데리고 올라갔다. 그 시간은 내가 계획한 스케줄이 전혀 아니었다. 다급하게 끼어든 하나님의 스케줄이었다.

준수에게 방석을 깔아주고 그 자리에 앉으라고 권했다. 그리고 나는 준수 앞에서 아무 말 없이 무릎을 꿇고 고개를 숙였다. 준수는 당황하며 갑자기 일어나더니 내 두 손을 잡고 이러지 말라고 호들갑을 떨었다. 나는 준수의 손을 잡고 가만히 있었다.

"준수야, 내가 미안하다."

눈물이 흘러 내렸다. 준수에게 해주고 싶은 말이 참 많았다. 그러나 한참을 마주 앉아서 우리는 아무 말도 하지 못했다. 그러나 우리는 충분히 소통하고 있었다.

얼마 후 호정이는 작은 고시텔에 들어가 살게 되었다. 준수는 결국 교회를 옮겼고, 그곳에서 성실히 예배를 드리고 있다는 소식을 듣게 되었다.

호정이가 살고 있는 고시텔은 외풍이 심했다. 문풍지로 창문 틈새를 다 막았는데도 방 안 공기는 너무나 차가웠다. 그러나 호정이의 마음은 이전보다 더 따뜻한 온기로 채워져 있었다. 자신의 잘못된 선택을 후회하면서 하나님 앞에 철저히 회개했다는 고백을 했다. 그리고 지금까지는 대학진학을 전혀 생각하지 못했는데, 방송통신대학 행정학과를 목표로 열심히 준비해 보겠다는 꿈이 생겼다고 했다. 나는 호정이를 끌어안고 간절한 마음으로 축복기도를 해주었다.

살아계신 하나님께서 지금 호정이와 함께 계심을 알고, 매순간 하나님을 더 가까이 경험하는 삶이되길 진심으로 기원했다.

그렇게 우리의 겨울은 너무나 아프게, 그렇지만 새 소망을 품은 채 새해를 기다리고 있었다.

기현이의 프러포즈

"전도사님, 드릴 말씀이 있습니다."

기현이의 전화를 받고 교회 앞에 있는 커피숍으로 나갔다. 지금 멋지게 섬기고 있는 청년부 형제 리더이자 준수의 친구이기도 한 기현이가 나를 향해 반갑게 손을 들어 보였다.

우리는 마주보고 앉았다. 주문해서 나온 국화차의 노란 빛깔이 다 우러나오기도 전이었다. 기현이는 더 못 기다리겠다는 듯 본론부터 꺼냈다.

"전도사님, 저 호정이와 교제하고 싶습니다."

순간 당황했다. 누구보다도 호정이의 사정을 다 알고 있는 형제였다. 무엇보다 호정이의 아픔까지도 다 알고 있었다. 그 사실을 차마 내 입으로 다시 꺼내고 싶지 않았다. 그러나 기현이의 진심은 확인하고 싶었다.

"너 괜찮겠어? 호정이와 이야기는 해봤어?"

그렇다는 듯 기현이가 고개를 끄덕였다. 사뭇 진지해 보였다. 두 사람의 교제를 내가 결정할 수 있는 문제는 아니었다. 다만 호정이의 상처가 아직 다 아물기도 전이었다. 그리고 앞으로의 일도 생각하지 않을 수가 없었다.

나는 두 사람을 한 자리에 불러 놓고 예배를 드리고 싶었다. 하나님 앞에서 서약을 하듯, 건전하고 아름답고 책임 있는 교제를 위해서는 반드시 시작을 잘해야 되겠다는 생각이 들었다. 호정이와 기현이는 나의 제안에 고마움을 표하며 반겨 주었다.

그 후 두 사람은 하나님 안에서 이성으로서 교제를 나누기 시작했다. 무엇보다 청년부에서 형제 리더와 자매 리더로 정말 성실하게 섬겼다. 힘들고 어려운 일이 있을 때마다 서로를 위해 기도해주고 격려하면서. 언제부턴가 청년부 안에서 두 사람은 모범적으로 교제하는 커플이라는 부러움을 사기 시작했다.

두 사람이 행복한 교제를 나눈 지 2년이 되어가던 어느 날, 호정이의 전화를 받았다. 기현이와 함께 나를 만나고 싶다는 연락이었다. 고시텔 로비에서 기현이가 기다리고 있었다. 호정이가 지내는 고시텔 좁은 방에 우리 세 사람은 겨우 마주보고 앉았다.

"전도사님, 날씨도 추운데 이렇게 오셔서 저희를 만나 주셔서 감사합니다."

기현이의 의례적인 인사말이었다. 나는 피식 웃었다. 그런데 갑자기 기현이가 무릎을 꿇었다. 다리가 길어서 양반 다리가 불편한 모양이라고 생각했다. 무릎 위로 두 손을 모은 기현이는 조심스럽고도 어렵게 말을 꺼냈다.

"전도사님, 호정이랑 결혼하고 싶습니다. 허락해주세요."

호정이도 따라서 무릎을 꿇었다. 긴 말이 필요 없었다. 나는 우리 세 사람 가운데 살아계신 하나님께서 함께 계신다는 확신이 들었다. 흐뭇하게 바라보고 계신 미소가 느껴졌다. 나 역시 무릎을 꿇었다. 그리고 두 사람을 위해 뜨겁게 기도해 주었다.

기도를 마치고 일어서는데, 호정이가 나를 끌어안고 하염없이 울었다. 그리고 내가 평생 잊을 수 없는 말을 해주었다.

"전도사님, 저를 살려주셔서 감사해요. 전도사님은 저를 만나러 오신 예수님이세요."

사실 나보다는 기현이의 사랑에 내 마음이 다 녹아버렸다. 호정이를 향한 기현이의 프러포즈는 내 마음도 설레게 했다. 호정이의 있는 모습 그대로를 사랑해준 기현이가 참 고마웠다. 마치 우리의 모든 허물을 은 혜로 덮어주신 주님의 마음이 기현이에게 그대로 심겨진 것 같았다. 분명 그랬을 것이다.

오늘도 우리 주님은 누군가를 향해 프러포즈를 하고 계신다. 그 한 사람을 만나게 하시려고 나 같은 사람을 이곳저곳으로 보내 주시는 은혜가 그저 놀랍고 감사하기만 하다.

06.
방문 틈으로 스며든 말씀의 빛

6개월 동안 아들을 보지 못한 엄마의 사연

"전도사님, 내가 아까부터 기다렸어요. 잠시 저 좀 보시죠!"

김 권사님이 다급한 목소리로 불러 나는 영문도 모르고 주차장 그늘 쪽으로 끌려갔다. 이유인즉 지난달 교회에 새롭게 등록한 성도님이 나를 꼭 만나고 싶어 한다는 이야기였다.

솔직히 내심 응하고 싶지 않았다. 청년부를 담당하고 있던 나는 하루에도 몇 차례씩 청년들의 상담과 심방 일정이 있었고, 게다가 매일 저녁에는 대학원 수업으로 너무나 바쁜 스케줄을 소화하고 있었다. 무엇보다 장년 성도는 교구 담당 목사님도 계시고, 최근에 등록한 분이라면 새 가족 담당 목사님도 계시는데, 굳이 내가 만나야 할 이유가 없어 보였다.

그러나 김 권사님은 무조건 내가 만나야 한다며 이미 약속을 잡았다고 말했다. 생각보다 막무가내였다. 한편으로는 이럴 수밖에 없는 무슨 사연이 있겠지 라는 생각에 김 권사님을 따라 교회 카페로 자리를 옮겼다. 그 성도님은 이미 1시간 전부터 나를 카페에서 기다리고 있었다.

　한 중년 여성이 권사님과 나를 확인하고는 자리에서 조용히 일어났다. 가볍게 고개를 숙이며 다시 자리에 앉은 이후로 내내 고개를 들지 않았다. 권사님은 잠시 나를 소개하고는 자신의 임무를 완성했다는 듯 곧바로 자리에서 일어났다. 마치 이 사람을 부탁한다는 듯 나를 향해 입술을 굳게 다무시더니 카페 입구를 향해 총총 사라졌다.
　난감했다. 서로가 서로를 전혀 모르는 상태에서 우리는 카페에서 흐르는 피아노 음악에 맞춰 숨을 고르고 있었다.
　"전도사님은 청년들을 담당한다고 들었습니다."
　"네."
　"이렇게 불쑥 찾아와서 실례인줄 알지만, 제 아들 문제로……."
　그 분은 말을 끝까지 잇지 못하고 급히 손수건으로 입을 가렸다.
　"아들이 어디 아픈가요?"
　"잘 모르겠어요."
　"지금은 어디에 있나요?"
　"집에 있어요."
　그런데 잘 모르겠다는 말이 이해가 되지 않았다. 곧이어 듣게 된 그 분의 말 한마디로 내 가슴은 순간 먹먹해졌다.

"아들 얼굴을 못 본지 6개월이 되었습니다."

성도님의 아들은 전역 후 집에 있었다. 안타까운 일이지만 성도님의 부부 사이는 원만하지 않았고, 아들이 군 생활을 하던 중에 그만 남편이 지병으로 세상을 떠났다고 한다. 당시 별거 중이었기 때문에 사망 소식을 곧바로 알지 못했고, 군에 있는 아들에게는 미처 알리지도 못한 채 급하게 장례를 치렀다. 그 사실을 모르고 말년 휴가를 나온 아들은 아빠를 화장했다는 소식에 큰 충격을 받았다. 그리고 전역한 후에 엄마와 둘이서 살게 되었는데, 엄마의 실수 하나로 이 아들은 그만 정신적 공항상태에 빠지게 되었다.

엄마의 실수는 생각보다 별 것 아니었다. 아들을 위해 아침상을 차려 놓고 외출을 했는데, 반찬 중에 김이 있었던 모양이다. 비닐봉지 안에 책받침 크기의 김이 10장씩 들어 있는 것을 봉지째 가위질을 해서 반찬 그릇에 담아 놓았는데, 김 봉지 안에 있던 습기제거제인 실리카겔이 같이 썰리면서 알갱이가 김과 함께 붙어서 식탁에 올라있었던 것이다. 그 것을 발견한 아들은 '엄마가 이제는 나까지 죽이려고 하는구나!' 라고 생각했다.

엄마가 아빠를 죽였다는 생각에서 헤어나지 못했던 아들은 결국 엄마가 자신까지도 음식으로 죽이려고 한다는 공포심을 갖게 되었다. 그 후 그는 자신의 방문을 걸어 잠가 버렸다.

며칠이 지나도 아들은 나오지 않았다. 하는 수 없이 일가친척의 도움을 받아 강제적으로 끌어내기도 했다. 구청 직원까지 동원한 적도 있었다. 그러나 오히려 더 포악해져가는 아들의 상태를 보면서 더 이상 어떤 것도 할 수 없게 되었다.

같은 집에 아들과 함께 살고는 있지만, 지난 6개월 동안 아들의 얼굴을 한 번도 볼 수 없었다. 이른 아침마다 엄마는 딱히 집밖에 나갈 일도 없었지만, 아들을 위해서 하루 세 끼 식사를 준비해 두고 항상 밖으로 나가 있었다. 그러나 아들은 엄마가 차려놓은 음식에 손을 대지 않았다. 그래서 과일과 빵과 라면 종류의 먹거리를 올려두었다. 다행히 그것은 먹었다고 한다. 아들 방의 창문은 신문지로 가려져 있고, 방문 앞에는 큰 글씨로 딱 한 줄 적어 붙여놓았다.

〈들어오면 다 죽는다!〉

아들이 받은 정신적인 충격만큼이나 엄마로서 겪어왔던 성도님의 고통과 피폐함이 느껴졌다. 그 모든 걸 하소연하기엔 턱 없이 부족한 한 시간이 지나갔다. 이제는 눈물마저 다 말라 있었다. 목소리는 짙은 낙엽처럼 퍼석퍼석하고 건조했다. 과연 나 같은 사람이 성도님의 지푸라기라도 되어 드릴 수 있는지 의문스러웠다. 아무리 생각해도 내가 할 수 있는 일은 없었다. 어쭙잖은 조언이나 권면도 해드릴 수가 없었다. 지금까지 그분 아들과 같은 나이의 청년들은 적지 않게 만나왔지만 이렇게 정신적으로 문제가 심각한 청년은 솔직히 만나본 적이 없었다. 무엇보다 나는 아직 그 청년을 직접 본 것도 아니었다. 아무런 유대 관계도 없는 상태였다.

이런 상황에서 내가 할 수 있는 것은 함께 기도해주는 것밖에 없었다. 당장 성도님의 얼굴에 작은 미소라도 띄워드릴 만한 그 어떤 해결책도 나에게 없다는 사실이 참 답답했다. 문득 김 권사님이 원망스러웠다. 어쩌자고 이 성도님을 나에게 모시고 왔는지, 그리고 왜 이 성도님에게 나 같은 사람을 굳이 소개해 주셨는지 알다가도 모를 일이었다.

소망의 마지막 끈이 되신 하나님

"이야기 좀 했어요?"

김 권사님이 카페 문을 열고 성큼성큼 우리 테이블로 다가 오셨다.

"준이 엄마, 걱정 말아요. 전도사님이 집에 같이 가서 기도하면 됩니다."

순간 내 눈은 찢어질 정도로 크게 떠졌다. 아니 입이 더 크게 벌어졌다. 이게 무슨 말인가. 내가 예수님도 아니고. 가서 기도하면 된다니. 내 마음도 모르고 권사님은 시원스레 웃고만 있었다. 준이 엄마라고 하는 성도님의 등을 연신 쓸어내리던 권사님의 표정은 마치 당장에라도 아들이 방문을 열고나올 것 같은 확신에 찬 얼굴이었다. 그러면서 나름 이 자신감에는 근거가 있다는 듯 나에게 한 마디를 덧붙였다.

"전도사님, 혹시 압니까? 준이가 도훈이처럼 될지?"

그건 또 무슨 소리인지. 여기에서 왜 도훈이 이름이 나오는지 이해할 수 없었다. 권사님은 지난 몇 개월간 나와 도훈이가 새벽예배 때마다 만나는 것을 보았던 모양이다.

도훈이는 교회 근처에 살고 있는 20대 청년이었다. 건강한 신체에 언제나 서글서글한 얼굴로 사람을 유쾌하게 해주는 이미지였다. 그러나 도훈이의 가정형편은 생각보다 유쾌하지는 못했다. 내가 도훈이를 처음 만났을 때, 여든이 훨씬 넘은 할머니와 수년간 지병을 앓고 있던 아버지와 살고 있었다. 엄마는 도훈이가 초등학교 저학년 때 안타깝게도 집을 나가셨다고 했다.

　도훈이는 평소 유쾌하게 웃고는 다녔지만, 가끔 도훈이의 등을 볼 때마다 그렇게 외롭고 안쓰러울 수가 없었다. 어릴 적부터 부모의 사랑은 고사하고, 할머니의 잦은 욕설을 들으며 자라온 도훈이는 누군가의 진심어린 애정과 기대를 받아본 적이 없었다. 대학을 졸업하고도 무엇을 해야 할지, 또 무엇을 하고 싶은지조차 모르고 있었다. 마치 바다 위에 표류하는 작은 배와 같았다.

　하나님은 그 아이를 레슨하길 원하셨다. 나에게 그런 감동을 주셨다. 부모님은 도훈이를 잠시 떠날 수도 있고 심지어 버릴 수도 있었지만, 하나님은 언제나 도훈이 곁에 계시는 진짜 부모님이란 사실을 경험하게 해주고 싶었다. 그 마음을 주신 날부터 도훈이를 향한 나의 레슨이 시작되었다.

　매일 새벽 4시 30분에 교회에 와서 새벽예배를 드리게 했다. 목사님의 설교가 끝나고 기도 시간이 되면, 나는 어김없이 도훈이 자리를 찾아가서 그의 등에 손을 얹고 축복기도를 심었다. 그리고 기도가 끝나면 우리는 자리를 옮겨서 매일 성경 한절씩 외우는 훈련을 했다. 한국어는 물론이고 영어까지 완벽하게 외우게 했다. 마무리 기도는 도훈이가 하게 했다.

말씀엔진이 도훈이 가슴 곳곳에 돌아가기 시작하면서, 서서히 기도의 힘이 달라졌다. 말씀으로 기도하게 되면서 도훈이는 점점 더 자신감을 가지게 되었다. 그리고 누군가로부터 응원을 받고 사랑을 받고 기대감을 품게 하는 존재가 되었다는 자부심을 키워나갔다. 우리는 그렇게 100일 이상 새벽훈련에 성실히 임했다. 결국 도훈이는 청년부 리더를 훌륭히 감당하게 되었고, 스포츠 사업에 눈을 뜨게 되면서 자신의 길도 찾게 되었다.

김 권사님은 도훈이를 포함한 우리 청년들의 삶에 하나님께서 구체적으로 개입하고 계심을 확연하게 보고 있었다. 그래서 준이 엄마에게 나 같은 사람이 준이에게 도움이 될지도 모른다고 소개를 하셨다고 한다. 이번에도 사람 한 명 살려보자고 내 손을 덥석 잡으셨다. 김 권사님의 믿음을 나는 따라갈 수가 없었다.

그날 이후로 나는 밥맛을 잃었다. 답이 없는 시험 문제를 앞에 두고 밥이 술렁술렁 넘어갈 리가 만무했다. 이 문제를 풀지 않으면 낙제 정도가 아니라 재교육을 받아야 할 것 같은 불안감마저 들었다. 절에도 가봤고, 성당에도 가봤다는 준이 엄마가 마지막으로 찾은 곳이 우리 교회였다. 김 권사님의 말을 믿고 나에게 손을 내밀었는데, 우리 하나님마저 준이 엄마의 애통함을 풀어주지 못한다면 그 심정은 또 얼마나 절망스러울까. 힘없이 교회 문을 나서게 될 준이 엄마를 생각하니 내 속은 더 바싹바싹 타들어갔다.

말씀 종이를 오려 식탁에 두다

언젠가 칼럼에서 이런 글을 읽은 적이 있다. 미국의 어떤 운전자가 자기 차량의 뒤쪽 유리에다가 이런 문구를 적어 두었다고 한다. 「Jesus is the only answer.」예수님만이 유일한 답이다! 그랬더니 그 문구를 보고 지나가던 행인이 이 글 아래다가 이렇게 질문을 적어 놓았다고 한다. 답이 예수라면, 질문은 무엇인가?

나는 한참을 생각했다. '어떠한 질문에도 답은 오직 예수'라는 결론이었다. 나 같이 평생 예수님을 전할 사람이라면 더더욱 이 쉬운 결론에 물음표를 달 이유가 없었다. 그 생각을 하던 순간이었다. 준이 엄마로 인해 온통 물음표로 가득 찼던 내 머릿속에 하나의 느낌표가 찍혔다. 어차피 내 지식과 내 노력으로 될 일이 아니라는 것은 처음부터 알고 있었다. 모든 문제의 답은 딱 하나고, 그 답을 알게 하시는 분은 성령님이셨다.

그때부터 나는 성경 곳곳을 훑어보기 시작했다. 사람의 깊은 곳까지 통찰해 보시고, 사람의 죽은 영혼을 살려 내시는 분은 오직 예수님의 영이신 성령님이시다. 무엇보다 말씀이 곧 하나님이시라는 그 사실을 꽉 붙들고서, 나는 성경에서 성령님에 관한 내용만을 찾기 시작했다. 준이라는 청년이 성령님을 통하여 하나님의 살아계심을 알고, 지금도 자신의 곁에서 함께 계신다는 사실만 깨닫게 된다면, 반드시 자신이 걸어 잠근 방문을 스스로 열고나올 것이라는 믿음이 생겼다.

나는 이튿날 김 권사님과 준이 엄마를 다시 만났다. 그리고 A4용지에 성령님에 관한 말씀만 쭉 기록해 놓은 종이를 내밀었다. 다는 아니었지만 내가 선별해서 뽑은 말씀은 거의 30절이 넘었다.

"오늘부터 말씀 한절씩만 오려서 준이가 밥을 먹는 식탁 위에 올려놓으세요."

내 주문은 결코 어렵지 않았다. 준이 엄마는 찬밥더운밥을 가릴 처지가 아니었다. 부적이라도 사방에 붙일 기세였다.

그리고 2주가 지났다. 교회 식당에서 준이 엄마를 만났다. 준이 엄마는 아무 반응이 없었다. 별로 효과를 못 본 모양이었다. 처음에는 말씀하나씩 오려서 식탁에 올려놓았는데, 아들이 봤는지 못 봤는지 그냥 그자리에 놓여있었다는 것이다.

또 한 주가 지나갔다. 나는 거의 1주일에 한 번씩 전화를 해서 준이 엄마의 안부를 확인했다. 그날은 처음으로 달라진 반응을 설명해 주었다. 식탁 위에 있던 말씀 종이가 구겨져서 바닥에 버려져 있었다는 것이다. 나는 기대감이 생겼다. 일단 말씀을 확인했고, 말씀 종이를 만져서 버렸다는 것이다. 그 자체만으로도 감사했다. 준이의 눈에 말씀이 읽혀졌다는 증거였다.

그리고 또 며칠이 더 지났다. 이번에는 식탁 위에 있던 말씀 종이가 바닥에도 없고, 쓰레기통에도 없고, 아무데도 보이지 않더라는 것이다. 혹시나 방으로 들고 갔을지 모른다는 생각에 우리는 마음이 더 간절해졌다.

어느새 성령님에 관한 말씀 종이가 다 떨어졌다. 이번에는 '하나님의 사랑'이라는 주제의 말씀만 뽑아서 다시 A4 용지를 준이 엄마에게 건네주었다. 그날 이후로는 식탁 위에 올려놓은 말씀이 조용히 사라지기 시작했다.

그렇게 한 달 반이 흘러갔다.

8개월 만에 활짝 열린 방문

주차장을 지나가고 있는데 누군가 나를 큰 소리로 불렀다. 준이 엄마였다. 일요일도 아닌데 준이 엄마가 교회에 들러서 기도를 하셨던 모양이다.

"전도사님, 어젯밤에 집에 들어갔더니, 화장실에서 준이가 수염을 깎았나 봐요! 면도기를 사용한 흔적이 보였어요."

7개월만의 변화였다. 마치 엘리야의 사환이 갈멜산 꼭대기에서 손 만한 작은 구름을 보았던 것처럼, 조만간 억수 같은 소낙비라도 내릴 것 같은 설렘과 긴장감이 내 가슴을 파고들었다. 그것은 그저 망상이 아니었다. 정말 그날이 왔기 때문이다. 준이는 결국 자기가 걸어 잠근 방문을 스스로 열고 약 8개월 만에 방밖으로 나왔다.

나는 준이의 모습을 보지는 못했다. 다음 사역지로 옮긴 뒤에 이 기쁜 소식을 전해 들었기 때문이다. 너무나 아쉬웠다. 그러나 그렇게 인도하신 하나님께 진심으로 감사했다. 왜냐하면 지금까지 내가 겪었던 일 중에 준이만큼이나 불가능하다고 느꼈던 문제는 없었기 때문에, 그 일이

해결되는 것을 내가 보았더라면 그 후유증이 너무 컸을 것 같다는 생각이 들었다. 나는 자만했을 것이고, 준이 엄마는 나를 인간적으로 더 많이 의지하게 될 것이 뻔했다. 준이와의 만남은 내가 하나님의 영광을 도둑질할 수 있는 충분한 빌미가 될 수도 있었던 것이다. 그것만큼 두려운 일은 아마 없을 것이다.

이후 준이는 학교에 복학하고, 엄마를 따라 교회도 나오게 되었다고 한다.

초등학생인 아들을 두고 집을 나간 엄마가 있다. 우리가 모르고 이해할 수 없는 그 엄마만의 사정이 있을 수도 있다. 그러나 하나님은 천지가 뒤바뀌어도 우리를 자녀 삼으신 그 순간부터 우리를 멀리하거나 버리시는 일이 결코 없다.

친엄마를 오해하고 심지어 살인자라고 미워하며 관계를 끊어버린 아들이 있다. 그 아들을 두고 엄마는 어쩔 줄 몰라 하며 6개월을 방문 밖에서 함께 고통 받았다. 그러나 우리 하나님은 그 아픔을 대신 다 짊어지시고 우리를 구원시키시기 위해 스스로 십자가에 못 박히셨다. 하나님은 우리의 아픔을 나 몰라라 하시는 분이 아니며, 그것을 완전히 치유하실 수 있는 분이다.

준이는 지금도 살아계신 하나님과 함께 부자 관계를 잘 맺고 있고, 늘 곁에 계시는 하나님 아버지 안에서 오늘 겪는 어려움과 문제들의 답을 찾으며 살고 있을 것이다. 그 든든한 사랑이 그로 하여금 매일을 살아가는 충분한 힘이 될 줄 믿는다.

07.
수련회에서 만난 독수리 5형제

하나님 앞과 살아있는 자와 죽은 자를 심판하실 그리스도 예수 앞에서
그가 나타나실 것과 그의 나라를 두고 엄히 명하노니
너는 말씀을 전파하라 때를 얻든지 못 얻든지 항상 힘쓰라
범사에 오래 참음과 가르침으로 경책하며 경계하며 권하라
(디모데후서 4장 1,2절)

인혁이의 오토바이 사고

어느 가정을 심방하고 있던 중에 다급한 전화가 걸려왔다. 인혁이가 교통사고를 당했다는 것이다. 입원을 위해 보호자가 필요했던 모양인데, 인혁이가 내 전화번호를 알려 주었다는 설명이었다.

나는 당시 청소년부와 함께 장년 교구를 담당하고 있었다. 그날처럼 낮 시간에, 내가 담당하던 중학생의 사고로 연락을 받기는 처음이었다. 학교에 있어야 할 그 시간에, 어쩌다가 그렇게 큰 사고를 당했을까? 너무나 걱정스러운 마음에 인혁이가 입원해 있다는 정형외과 병원으로 급히 달려갔다.

한쪽 다리가 거의 으스러질 정도로 심각한 사고였다며, 인혁이는 통깁스를 하고 있었다. 그런데 혼자가 아니었다. 당연히 누워 있어야 할 인혁이는 휠체어에 앉아 있었고, 의외로 또래 친구들이 대여섯 명이나 와서 인혁이 침대 위로 옹기종기 올라앉아 게임을 하고 있었다. 6인실 병실은 흡사 비행청소년 수용소 같은 분위기였다. 나와 함께 심방을 하다가 달려온 권사님들은 인혁이가 우리 교회에서 기저귀를 차고 다니던 시절부터 봐오셨던 분들이었다. 부모님 사이가 그리 좋지 않았기 때문에 인혁이는 자주 권사님들 손에 맡겨져 자랐다고 했다. 손자 같은 마음에 인혁이를 걱정하며 권사님들이 여러 가지 질문을 하셨지만, 인혁이는 뭔가 앞뒤가 맞지 않는 대답으로 얼버무리며 자꾸 내 눈치를 살피고 있었다.

　아무리 생각해도 단순 자전거 사고는 아닌 것 같았다. 부상이 심각한 것도 그랬지만 병원 침대를 장악하고 있던 인혁이 친구들의 면면을 봤을 때, 내가 모르는 인혁이의 일상이 고스란히 드러나고 있었다. 인혁이만 따로 병실 복도로 데리고 나와서 권사님들과 함께 기도를 해주고, 권사님들은 먼저 귀가하시도록 보내드렸다.

　"인혁아, 정말 자전거 타다가 그랬어?"

　"아니요."

　둘이 남았을 때 내가 묻자, 인혁이는 순순히 대답했다.

　"그럼 어쩌다가 이렇게 됐어?"

　"친구랑 오토바이 탔어요."

"아까는 자전거 타다가 그랬다고 했잖아?"

"에이, 전도사님, 생각해 보세요. 권사님들이 저를 뭐라 생각하겠어요? 오토바이는 양아치 새끼가 타는 걸로 아신단 말이에요. 내 이미지가 있지!"

어처구니가 없었다. 스스로 양아치 새끼라는 것을 시인하는 것 같았다.

솔직히 나는 그때까지만 해도 전혀 몰랐다. 일요일마다 나이에 맞지 않는 검정색 양복바지에다가 다림질로 빳빳하게 다린 흰 셔츠로 한껏 단정하게 꾸미고 나타나는 인혁이는 예의 바른 중학교 2학년 학생이었다. 머리스타일 역시 적절한 양의 왁스를 사용해 2대 8 가르마를 유지하였고, 항상 깍듯한 인사로 호감을 주는 친구였다. 그런데 오늘에서야 내 앞에서 자신의 실체와 본심을 노골적으로 드러낸 것이다. 나는 일단 부모님께 알리고 병원을 나왔다.

그리고 다음 날, 예상한대로 인혁이는 병원에서 쫓겨났다. 인혁이 친구들이 자주 출입하며 병실 안에서 과도한 소음을 내는 바람에 다른 환자들의 민원이 심했다는 것이다. 그렇게 세 군데의 병원을 돌면서 인혁이는 겨우 수술을 받을 수 있었다.

수련회에서 만난 독수리 5형제

겨울 수련회를 준비하고 있던 시기에 인혁이는 다시 교회에 출석하게 되었다. 다른 곳도 아니고 다리를 다쳤으니 오토바이는커녕 자기 발로도 자유롭게 다니지 못했다. 그 동안 꽤 많이 답답했는지 인혁이는 전혀 예고도 없이 수련회 장소에 나타났다. 그것도 자기 친구들 4명을 데리고서!

처음 보는 친구들이었다. 인혁이는 그 전날까지 본인조차 수련회에 참석하겠다고 등록하지 않았던 상태였다. 당일 아침까지도 전혀 연락이 없었다. 그런데 교회에서 차로 한 시간 거리의 산기슭에 위치한 수련회 장소까지 어떻게 알고 찾아온 것일까? 알고 보니 가까운 지하철역에 내려서, 총무 집사님께 전화해 자신들을 태우러 와달라고 부탁했다는 것이다.

인혁이와 친구들은 나를 먼저 찾아와서 정중하게 인사를 하더니, 두 가지 부탁을 해왔다. 부탁이라기보다는 통보였다. 하나는 회비가 없다는 것이고, 또 하나는 이곳에서 친구들과 며칠 쉬고 가겠다는 것이었다. 어이가 없었지만 그렇다고 내칠 수는 없었다. 내심 사고만 치지 말라는 기도가 절로 나왔다.

나는 그 자리에서 그들의 무리를 '독수리 5형제'라고 이름을 지어 주었다.

"좋아. 그럼 지금부터 너희가 우리 수련회의 지킴이 역할을 해줘. 잘 부탁한다."

독수리들은 의외로 내 말을 진지하게 받아들였다. 그러더니 한 명의 친구가 질문을 해왔다.

"저희가 무엇을 하면 되겠습니까?"

"일단 여기는 산 속이니까 허락 없이 산 속에 들어가거나 하면 안 돼. 뱀이 나올 수도 있고, 길을 잃을 수도 있으니까. 혹시 누가 수련회 장소를 일탈하거든 반드시 너희가 막아야 해."

"네! 알겠습니다!"

독수리 5형제는 동시에 우렁찬 대답으로 화답했다. 생각보다 믿음직스러웠다.

인혁이는 어릴 때부터 교회의 문화가 익숙했다. 하지만 인혁이 친구들은 달랐다. 더군다나 수련회라는 경험은 태어나서 처음이라고 했다. 일단 기존의 친구들과 섞어서 조 편성을 했다. 생각보다는 잘 적응하는 눈치였다.

낮 시간에는 주로 레크리에이션과 조별 미션으로 활동성이 강한 공동체 놀이로 진행되었다. 인혁이 친구들은 특히 조별 점수현황판에 온통 신경을 곤두세우고 있었다. 무슨 게임을 해도 목소리가 가장 컸다. 아쉬운 1점으로 자기 조가 밀리게 되면 온몸으로 포효를 하며 머리를 방바닥에 박기도 했다. 먼발치에서 봐도 얼굴이 천도복숭아처럼 벌겋게 익어있는 아이들은 모두 인혁이 친구들이었다.

저녁 식사를 마치고 저녁 예배를 준비하고 있던 그때였다. 독수리 5형제가 보이지 않았다. 한두 명이 아니라 다섯 명이 모두 보이지 않았다. 심상치 않은 기운이 돌았다. 저녁 집회가 찬양으로 이미 시작되었는데, 그로부터 한 시간을 기다려도 오지 않았다. 말씀을 전하는 시간이 되었다. 그때까지도 보이지 않았다. 마음이 조급해졌다. 겨울이라 이미 5시부터 어둑어둑해졌는데, 아이들은 나타나지 않았다.

결국 기도회 시간까지 아이들은 돌아오지 않았다. 저녁 10시가 넘어서 예배가 마쳤다. 다른 아이들에게는 알릴 수가 없었다. 나는 몇몇 교사들과 함께 조용히 수련회 장소를 둘러싼 가까운 산기슭부터 손전등을 켜고 독수리를 찾기 시작했다. 갑자기 총무 집사님이 발걸음을 멈추더니 손전등을 끄라는 신호를 보냈다. 그리 멀지 않은 곳에서 반딧불 같은 작은 불빛들이 움직이고 있었다. 점점 가까이 다가서는데 갑자기 반딧불이 세 개로 줄어들더니 순간 캄캄해졌다. 불빛 자체가 보이지 않았다. 그리고 몇 초 지나지 않아, 독수리 5형제의 모습이 나타났다.

수련회 이틀째 아침이 밝았다. 조별끼리 모여 한 손에 한 장의 말씀 카드를 들고 밥을 먹기 위한 미션을 수행하고 있었다. 성경 한 구절을 외워야 밥을 먹을 수 있었다. 인혁이 친구들은 처음부터 안 먹겠다고 했다. 도저히 외울 자신이 없다는 핑계였다. 그 중 한 명이 다가와 물었다.

"전도사님, 저희에게는 다른 미션을 주시면 안 되겠습니까?"

"밥은 먹고 싶어?"

"네!"

동시에 우렁찬 대답이 돌아왔다.

"지금부터 너희가 어제 저녁에 산 속에서 피웠던 담배꽁초를 다 주워오면 밥 먹게 해줄게."

그러면서 500ml짜리 빈 페트병을 건네주었다. 독수리 5형제는 두 손으로 날갯짓을 하면서 쏜살같이 밖으로 뛰어 나갔다.

그 후 20분이 채 지나지 않아 독수리가 돌아왔다. 페트병은 보이지 않앞다. 그러나 자꾸 곁눈질로 다른 사람들을 의식하는 눈치였다. 마치 007영화 속의 첩보원 흉내라도 내는 듯, 한 친구가 두꺼운 외투의 지퍼를 스윽 하고 내렸다. 그러더니 자기 가슴 안쪽에 있는 물건을 확인하라고 내 눈을 지그시 바라보았다. 담배꽁초로 주둥이까지 가득 채운 페트병이 보였다. 우리 모르게 어제 낮 시간부터 시간마다 산에 들어가서 피워댔던 모양이다. 생각보다 골초들이었다.

독수리들은 몹시 흐뭇한 표정으로 나를 보고 있었다.

"잘 했어. 가서 밥 먹어!"

내 말이 끝나기도 전에 그들은 100미터 단거리 선수처럼 튀어 나갔다.

교회를 방문한 11명의 새 친구들

수련회는 2박 3일간 은혜롭게 잘 진행되었다. 그러나 한 가지 아쉬웠던 점은 있었다. 독수리 5형제가 끝까지 하나님을 만나지 못했다는 것이다. 마지막 남은 저녁 집회 시간에도 보이지 않았다. 녀석들은 우리의 레이더망을 교묘하게 잘도 빠져 나갔다.

그렇게 수련회가 끝나고 일요일 예배 시간이 되었다. 신기하게도 인혁이를 따라 그 친구 4명이 또 찾아왔다. 그래도 새 가족으로 왔으니 부장선생님께서 각 사람에게 문화 상품권을 한 장씩 나눠 주셨다. 인혁이는 친구를 전도해 왔다는 이유로 한 장을 더 받았다. 그때였다.

"친구를 데려오면 문화상품권 더 주나요?"

질문을 받았던 교사가 아무 생각 없이 대답했다.

"그렇지."

그 다음 주였다. 독수리 5형제를 따라서 새롭게 6명의 친구들이 따라왔다. 갑자기 기존에 다니던 친구들과 독수리 파들의 자리가 마치 홍해가 갈라지듯 반으로 나뉘었다. 기존에 다니던 30여명의 친구들은 예배실 입구 쪽으로 밀려나 앉았고, 독수리 파 11명은 강대상 앞쪽으로 당당하게 밀치고 들어와 앉았다. 보기 드문 광경이었다. 그들에게 문화상품권의 매력은 하나님보다 더 강력했다.

그런데 이 친구들이 교회의 문화를 한번쯤은 다 접해봤다는 생각이 들었다. 내가 설교를 하고 있는 내내 말끝마다 "아멘!"이라는 추임새를 놓았는데, 생각보다 타이밍을 잘 맞추는 센스를 발휘했다. 예배가 마치고 새 가족을 소개하는 시간에는, 한 친구가 전혀 낯설지 않은 표정으로 한 손을 번쩍 들어 보이더니, "할렐루야!"라고 어느 교회 목사님 흉내까지 내기도 했다. 결코 중2라고는 볼 수 없는 너스레를 떨었다.

예배당 입구 쪽에서 부장 선생님이 문화 상품권을 챙겨서 나오려는 찰나였다. 나는 잠시만 기다려 달라는 신호를 보냈다. 그리고 독수리 5형제와 오늘 새롭게 따라 온 6명의 친구들에게 제안을 한 가지 했다. 오늘 저녁에 어차피 집에 안 가고 밖에서 놀 것 같으면, 날씨도 추운데 교회에 오라고. 그러면 내가 더 좋은 선물을 주겠다고 했다. 하나같이 환영하는 눈치였다.

우리는 저녁 9시에 교회 지하에 있는 소 예배실에서 만나기로 했다. 인혁이는 교회가 자기 놀이터였기 때문에 모르는 공간이 없었다. 겟세

마네 지하 예배실은 120명이 족히 들어갈 수 있는 공간이었고, 매일 새벽예배가 드려지는 곳이었다.

나는 수련회를 생각하면 독수리 5형제가 왔다가 그냥 돌아간 것이 내내 아쉬웠다. 한번이라도 그 아이들에게 하나님이 누구신지, 그리고 지금도 하나님은 살아계시고, 너희들 곁에 함께 계심을 꼭 알려 주고 싶었다. 오늘 만난 11명의 중학생 아이들은 벌써부터 담배냄새로 찌들어 있었다. 그리고 결손가정에서 자라며 늘 거짓말로 쉽게 돈을 얻으려는 습관이 몸에 배어 있었다. 교회마다 돌아다니면서 새 가족 선물, 4주 출석해서 받는 등반 선물, 그리고 행사 선물을 귀신같이 챙겨가는 아이들이었다.

저들을 보면서 최소한 오늘 만나게 된 11명의 친구들만큼은 자신의 존재가 얼마나 소중한 존재인가를 말씀을 통하여 알려주어야 했다. 그렇게 하지 않는다면 나는 이것 이상 큰 죄는 없을 것 같다는 위기감마저 들었다. 그 마음으로 저녁 9시까지 계속해서 기도하며 기다렸다.

약속한 시간에서 10분이 지나고, 30분이 더 지났다. 아이들은 나타나지 않았다. 저녁 10시가 다 되었을 무렵, 드디어 인혁이가 지하 계단을 타고 내려왔다. 아직 화장실에 몇 명 더 있다고 했다. 그렇게 한 명씩 오늘 낮에 보았던 아이들 11명이 다 모였다.

분위기는 낮 시간과 사뭇 달랐다. 나부터가 달라져 있었기 때문이다. 나는 아이들에게 축구 선수처럼 옆으로 나란히 한 줄로 서라고 했다. 그리고 엄격한 음성으로 한 마디 던졌다.

"따라하겠습니다. 품위!"

어수선한 분위기가 차분하게 가라앉았다. 아이들은 이유도 모르고 이구동성으로 따라했다.

"품위."

11명의 목소리가 지하 예배실을 가득 채웠다.

"너희가 양아치 새끼가 아니라면, 인간적으로 남자답게 시간 약속을 지키는 것은 품위라고 생각한다! 맞습니까?"

"네."

좀 전보다 더 큰 목소리로, 긍정의 대답이 울려 퍼졌다.

"교회는 사랑의 공동체이고, 사랑은 립 서비스가 아니라고 생각합니다. 마음도 없이 설탕물만 먹이는 곳이 교회가 아니라는 말입니다. 그래서 전도사님은 오늘 여러분을 진심으로 사랑할 것을 각오했는데, 그 방법은 잘못에 대한 벌을 주는 것입니다. 인정합니까?"

벌이라는 말에 아이들은 서로의 얼굴을 바라보며 당황해했다. 나는 벽 뒤에 숨겨 둔 대나무 막대기를 들고 다시 아이들 앞에 섰다.

"이 시간 여러분이 인간답지 못하고 남자답지 못하게 약속을 지키지 않은 대가로 한 대씩 맞겠습니다. 이의 있는 사람?"

신기하게 한 사람도 말이 없었다. 어쩌면 여자 전도사가 때려봤자 라는 심사였는지도 모른다.

"한 번 더 따라 하겠습니다. 품위!"

"품위."

"다시 따라 합니다. 나는."

"나는."

"양아치 새끼가 아니다!"

"양아치 새끼가 아니다!"

한 사람씩 벽을 짚고 엉덩이를 내밀라고 했다. 나는 지금까지 누군가를 때려본 적이 없었다. 있는 힘을 다해 뭔가를 쳐본 적도 없었다. 아마도 배드민턴 라켓 정도 잡아 본 기억이 다였다. 그러나 그 순간에 나는 두 손으로 대나무 막대기를 골프채 잡듯이 잡고 있는 힘껏 휘둘렀다. 첫 번째로 맞은 인혁이는 그 자리에서 주저앉았다. 엉덩이 밑으로 허벅지를 강타한 매 한 대가 똑바로 서 있을 수 없을 만큼 아팠던 것이다. 갑자기 뒤에 있던 친구들이 서로 자리를 바꾸기 시작했다. 그래도 마지막 순번에 맞는 것이 힘이 덜할 것 같다는 계산들을 하는 것 같았다. 나는 한 대씩 온힘을 다해 때렸다. 아이들은 피부에 와 닿는 통증과 함께 입을 틀어막으며 옆으로 비켜섰다. 그리고 자기 순서를 기다리고 있는 친구들을 보면서 얼굴을 찌푸렸다.

잠시 후 11명의 아이들은 한 손으로 허벅지를 비벼대며 고개를 숙이고 서 있었다. 자칫 한 명이라도 욕설을 퍼붓고 일탈을 했다면, 순식간에 다들 도망가거나 최악의 경우에는 나를 향한 집단폭행이 일어날지도 모를 상황이었다. 그러나 어느 누구도 내게 눈을 흘기거나 욕을 하거나 자리를 이탈할 조짐이 보이지 않았다. 분명히 이 가운데 하나님께서 운행하고 계신다는 확신이 들었다.

세상에서 가장 귀한 선물

11명의 아이들을 데리고 다시 소 예배실 안에 있는 회의실로 들어갔다. 20명 정도 들어갈 수 있는 회의실에는 장의자가 2개 있었고 큰 테이블이 중앙에 있었다. 나는 한쪽 구석에 서서 아이들을 한 눈에 다 볼 수 있도록 자리에 앉게 했다. 그리고 그때부터 오늘 우리가 만나야 했던 중요한 이유를 설명했다.

"아까 예배 때 약속했던 가장 좋은 선물을 지금부터 주겠습니다."

내가 주겠다는 선물은 아이들의 기대와는 다른 것이었다. 그것은 바로 그들이 지금까지 알 수 없었던 하나님에 관한 이야기였기 때문이다. 하나님은 살아계시고, 지금 우리 곁에 계신다는 사실을 성경을 통해 하나씩 말해주었다. 그리고 나의 삶에 찾아오신 이야기를 통해 복음을 전하기 시작했다. 그리고 이야기가 결론으로 향해 갈 때였다.

"여러분 중에 이 시간 진심으로 마음의 문을 열고, 나도 하나님의 아들 예수님을 영접하고 싶다는 생각이 드는 친구들만 손을 들어 보세요!"

나는 정중하게 한 사람 한 사람 눈을 확인해가며 아이들의 반응을 기다렸다. 시간은 벌써 11시를 넘어가고 있었다. 인혁이는 고개를 숙인 채 계속 아까 맞은 허벅지를 비비고 있었다. 다른 친구들도 그리 밝은 표정은 아니었다. 내 마음은 계속 타들어갔다. 혹시 이대로 아무 반응도 없이, 지난 주 수련회 때처럼 아이들이 그냥 다 나가버리는 건 아닐까? 그러면 나는 다시 이 아이들을 만날 자신이 없었다. 무엇보다 귀한 아이들을 함부로 매질한 폭력 전도사로 낙인이 찍힐 게 분명했다.

나는 눈을 감고 숨을 골랐다. 실제보다 길게 느껴지는 시간을 보내며, 하나님께 간절히 기도했다.

그 순간이었다. 인혁이 옆에 앉아 있던 홍준이가 손을 들었다. 홍준이는 독수리 5형제 중 한명이었다. 수련회 때 담배꽁초를 페트병에 담아 와서 내 눈을 지그시 바라보던, 그래서 나에게 칭찬을 받았던 친구였다. 홍준이가 손을 드는 순간 바로 옆에 있던 친구까지 이어서 손을 들었다. 그렇게 한 명 한 명 손을 들더니, 한 명만 빼고 10명이 다 손을 들고 있었다.

나머지 손을 들지 않은 한 명은 바로 인혁이었다. 너무나 의외였다.

"인혁이는 손 안 들어?"

그 아이는 내 눈을 피하며 대답했다.

"저는 아직 잘 모르겠어요."

"그래? 솔직해서 마음에 든다!"

나는 여기서 멈춰야 했다. 인혁이는 지금까지 아빠에게 수도 없이 맞으며 컸다. 일요일 아침마다 야단을 맞아왔다. 그 이유는 무조건 교회에 가라는 것이었다. 인혁이는 교회에서만 모범생일 수밖에 없었다. 그런 인혁이의 마음을 진작부터 알고 늘 마음 아팠던 나는 인혁이의 솔직한 고백이 차라리 마음에 들었다.

나는 아이들에게 손을 내리라고 했다. 그리고 먼저 인혁이를 축복하는 기도를 했다. 마음을 위로하는 기도가 쏟아졌다. 인혁이도 울고, 나도 울고 말았다. 인혁이는 끝까지 하나님을 영접할 수 없다고 했다. 하나님을 아버지라 부를 자신이 없다는 이유였다. 지금 아빠를 생각하면

도저히 하나님을 아빠라고 부를 수 없다는 것이었다. 충분히 이해할 수 있었다. 그래서 더 안타까웠다. 다른 아이들도 인혁이의 마음을 이해하는 것 같았다.

이번에는 손을 든 10명의 아이들을 위해 축복기도를 이어갔다. 그 시간, 아이들은 자신의 마음을 열고 예수님을 각자의 구원자로 받아들였다. 예수님을 자신의 주인으로 영접하겠다는 고백을 했고, 이제부터 하나님의 아들로서 새롭고 품위 있게 살겠다는 다짐을 하고 있었다.

그 특별한 밤, 나는 하나님의 소중한 아들 11명과 함께 있었다. 나를 포함한 12명이 마음으로 올려드린 그 기도를 하나님께서 받으셨다. 예수님의 열두 제자들과 같은 수라서 더 의미가 있는 것처럼 느껴졌다. 인혁이는 아직 마음의 문을 활짝 열지는 못했지만, 자신의 친구들이 오늘 자기를 따라 교회에 와준 것에 고맙다는 말을 했다. 제법 품위 있는 발언이었다.

인혁이와 독수리 5형제 그리고 6명의 친구들이 말씀을 받을 때가 과연 그때였는지 혹은 언제인지 나는 모른다. 그때도 몰랐다. 하지만 나는 문화상품권만 주고 보낼 수 있었던 그 아이들에게 하나님의 말씀을 전했고, 나의 임무를 해낼 수 있도록 성령님께서 그날 우리의 시간을 어루만지고 계셨음은 충분히 느낄 수 있었다.

물론 나도 안다. 그 한 번의 고백으로 아이들의 삶이 몰라보게 달라지지는 않을 거라는 사실을. 그러나 나는 진심으로 기대한다. 이 아이들이 그날 밤의 일을 자신들의 인생에서 겪은 아주 멋진 선물로 오래도록 추억할 것이라고! 그렇게 인도해주실 하나님을 믿기 때문이다.

08.
상처를 새롭게 해석하다

아무것도 염려하지 말고 다만 모든 일에 기도와 간구로
너희 구할 것을 감사함으로 하나님께 아뢰라
그리하면 모든 지각에 뛰어나신 하나님의 평강이
그리스도 예수 안에서 너희 마음과 생각을 지키시리라
(빌립보서 4장 6,7절)

목사고시 면접에서 생긴 일

신학대학원을 졸업한 학생들은 대부분 목사고시를 치게 된다. 서울에서 1년에 한번 칠 수 있는 이 시험을 위해 각 지방에서 모여드는 응시자 수가 해마다 약 천 명 정도 되는 것 같다. 나 같이 지방에서 올라가는 사람들은 하루 전날 시험장소 근처에 숙소를 잡거나, 좀 무리를 해서 시험 당일에 새벽차를 타고 올라간다.

당일 이른 아침부터 총 5과목을 치게 되는데, 늦은 오후에는 마지막으로 면접이 있다. 수능만큼이나 긴장되고 기나긴 시간을 보내야만 하는 것이다. 해마다 조금씩 응시자가 늘어나는 이유는 대학 수능처럼 재수

생이 많아서라고 들었다. 초시였던 나는 마지막 면접 시간이 가장 궁금했다. 필기시험이야 공부한대로 문제에 답을 달면 되는 것이지만, 면접은 언제나 변수가 있기 마련이니까. 표정에서부터 버벅거리거나 제대로 대답을 못하면 그처럼 아쉽고 부끄러운 일도 없을 것 같았다.

놀랍게도 내가 필기시험을 쳤던 그 교실이 바로 면접 장소가 되었다. 시험이 끝나자마자 교실에 있던 모든 책걸상을 뒤쪽으로 밀어달라는 안내에 따라, 순식간에 교탁 앞에는 운동장처럼 넓은 공간이 만들어졌다. 그리고 칠판 앞에 책상 네 개를 붙여서 면접관이 앉았다. 교실 뒤쪽으로는 약 40명가량 되는 응시자들이 대부분 서있거나 책상에 걸터앉아서 자신의 순서를 기다리고 있었다.

나 역시 벽에 기대어서 앞쪽에서 면접을 보고 있는 사람의 뒷모습을 물끄러미 바라보고 있었다. 면접을 담당하신 두 분의 목사님은 두꺼운 서류철을 한 장씩 넘겨가며 질문을 이어갔다. 응시자가 뭐라고 대답하는지 잘 들리지는 않았지만, 두 손과 두 다리를 꼭 모은 채로 긴장한 모습이 역력했다. 그렇게 몇 분의 시간이 흐르고 드디어 내 이름이 불렸다. 생각보다 내 차례가 빨리 왔다고 느꼈다. 아직도 내 등을 바라보고 있는 응시자들이 족히 35명은 넘어 보였다. 대부분 짙은 양복으로 정장 차림을 한 남자 전도사들이었다.

"이미로 씨, 성경 얼마나 읽었어요?"

첫 질문부터 대답이 궁색했다.

"많이는 못 읽었고요. 로마서를 좋아해서 로마서만 약 300번 읽은 것 같습니다."

"그럼 못써! 성경을 편식하다니, 앞으로 성경을 두루두루 많이 읽으세요."

고개가 절로 숙여졌다. 일단 마이너스 1점을 각오한 순간이었다.

"그런데 이미로 씨는 장애를 가지고 있네요?"

"네, 소아마비입니다."

나에게 질문을 하셨던 목사님은 안경을 벗고 나를 빤히 쳐다보셨다. 설마 신학대학교에서도 관상을 보는 것인지 순간 당황했다. 신체적 조건이 면접과 상관은 없어 보였지만, 일단 그 분은 굳이 콕 집어 나의 대답을 확인했다. 다음 순간 놀라운 일이 벌어졌다.

"자리에서 일어나 보세요."

갑자기 하신 말씀에 나도 모르게 엉거주춤 일어났다. 아마도 뒤에 서 있던 응시자들은 내 면접이 끝났다고 생각했을 것이다. 그러나 면접관 목사님은 아직도 나에게 남아있는 질문이 있으신 듯 보였다.

"이미로 씨, 의자 하나를 중앙으로 가져 오세요."

그렇게 말씀하시고는, 본인도 자리에서 일어나 내 앞으로 다가 오셨다.

"의자에 편하게 앉으세요."

나는 교탁 앞에 놓인 의자에 앉았다. 뒤에 서있던 많은 전도사들과 정면으로 마주보고 앉았기 때문에, 이 상황을 서로가 어떻게 이해해야 할지 난감한 처지였다. 그뿐 아니었다. 목사님은 내 앞에 서 계시다가 갑자기 한쪽 무릎을 바닥에 꿇고 앉으셨다.

"소아마비가 어느 쪽 다리입니까?"

나는 두 손을 왼쪽 다리 위에 올렸다. 목사님은 내 허락도 없이 자신의 두 손으로 내 왼쪽 다리를 잡더니, 내게 신발을 벗고 다리를 쭉 펴보라고 했다. 나는 그대로 따라 했다. 태어나서 이처럼 황당한 면접은 처음이었다. 일단 거부할 수 없는 그 엄숙한 분위기를 거스를 생각도, 용기도 나지 않았다.

"지금부터 내가 기도할 겁니다. 앞으로 계속 장애를 가지고 살고 싶지는 않죠? 하나님이 살아계시는데 왜 기도하면 안 낫겠어요? 일단 기도해보는 겁니다."

말이 끝나자마자 목사님은 내 왼쪽 다리를 흔들면서 기도하기 시작했다.

"나사렛 예수의 이름으로 명하노니, 왼쪽 다리는 자라날 지어다! 자라날 지어다! 자라날 지어다!"

그렇게 힘을 주어 계속해서 소리를 지르셨다. 이번에는 오른쪽 다리와 왼쪽 다리의 길이를 비교해 보시고는 아직 멀었다는 느낌이 들었는지 목소리에 더 힘을 주셨다.

"다리는 자라나라! 자라나라! 자라나라!"

나는 그 순간 눈을 감아버렸다. 뒤에 서있는 응시자들은 나를 포함해서 대부분 각 교회의 햇병아리 전도사들이었다. 그러나 이 면접관 목사님은 머리가 희끗희끗한 어느 교회의 담임 목사님이었다. 최소한 목회를 30년 이상 하신 베테랑 목사님이신 것이다. 그런데 지금 자신을 바라보는 햇병아리 전도사들 앞에서 엄청난 모험을 하고 계셨다.

나는 문득 사도행전 3장에 나오는 앉은뱅이 아저씨가 생각났다. 베드로와 요한이 성전에 들어가려는데, 성전 문 앞에서 구걸하던 앉은뱅이에게 지금과 똑같은 주문을 걸었던 것이다.

"나사렛 예수 그리스도의 이름으로 일어나 걸으라."

그런데 만약에 그 앉은뱅이가 못 일어났다면, 정말 아무런 변화가 없었다면, 베드로와 요한은 얼마나 쪽팔렸을까? 그리고 얼마나 예수 그리스도의 이름이 무능력하다고 멸시 당했을까? 그런데 다행히도 그 앉은뱅이는 베드로와 요한이 잡아주는 손을 잡고 40여년 만에 자기 다리로 일어서게 되었다. 일어서기만 한 것이 아니었다. 자기 다리로 걸었고 뛰어 다녔다. 초자연적인 기적이 펼쳐진 것이다.

나는 눈을 감고 간절히 기도했다.

"하나님, 부디 이 목사님을 쪽팔리게 만들지 마세요. 지금 저기 뒤에서 수많은 눈들이 지켜보고 있지 않습니까? 저도 사실 쪽팔리거든요. 이왕이면 나도 좋고 목사님도 좋고 하나님은 더 좋으실 테니, 부디 이번만큼은 한번만 도와주시면 안 될까요?"

근본 없는 기도였다. 결국 내 기도는 완전 불발탄으로 끝나버렸다. 목사님은 이마에 맺힌 땀을 한 손으로 닦아 내시며 힘겹게 자리에서 일어나셨다. 그리고 나만 들을 수 있는 목소리로 한 말씀을 해주셨다.

"이렇게 기도하세요. 될 때까지."

나는 어안이 벙벙했다. 나의 면접은 그렇게 끝났다. 다음으로 대기하고 있던 응시자의 이름이 불리는 그 순간까지 나는 자리에서 일어나지 못했다. 몇 초가 지났는지 모르나 내게는 꽤 시간이 천천히 흐르는 느낌이었다. 나는 가방을 어디에 두었는지도 기억이 나지 않았다. 면접을 보고 있던 응시자가 내 가방을 챙겨주었다. 나는 무의식적으로 면접관을 향해 인사를 하고는, 넋이 나간 사람처럼 앞문을 향해 걸어서 나왔다.

무섭고 아팠던 기억을 소환하다

오후 6시가 넘었다. 5월 초순의 태양은 어느새 뉘엿뉘엿 지고 있었다. 부산으로 내려오는 KTX 열차 안은 듬성듬성 자리가 비어있었다. 내 옆자리는 대전역을 지날 때까지 아무도 앉지 않았다. 나는 가방을 테이블 위에 올려 두고 차창을 향해 엎드렸다. 빠르게 지나가는 유리창 밖의 풍경들을 바라보면서 세월이 이처럼 빠르게 지나간다는 생각에 잠겼다. 잠시 후 내 앞으로 지나가는 것은 더 이상 풍경이 아니었다. 잊고 지내왔던 과거의 회상들이 마치 병풍처럼 펼쳐지기 시작했다.

무척 쌀쌀한 어느 겨울이었다. 저녁을 먹고 언니와 동생은 아빠와 함께 TV를 보고 있었다. 엄마가 나에게 잠시 어디 나갔다 오자면서 급하게 옷을 갈아입으라고 했다. 집 앞에는 같은 동네에 살고 있던 박 선생님이 차를 대기하고 있었다. 박 선생님은 우리 학교 선생님이었고, 엄마와 같은 학년을 맡은 교사였다. 그리고 인근 교회 권사님이었다.

초등학교 5학년이었던 나는 그날 선생님과 엄마를 따라 어느 산 속으로 들어갔다. 도착한 곳은 나무 푯말에 기도원이라고 적혀 있는 곳이었다. 교회 예배당처럼 생긴 그곳에는 제법 많은 사람들이 박수를 치며 찬양을 부르고 있었다. 한참 후에 강단 위로 어떤 중년의 신사가 나타났다. 아래위로 흰옷은 입고 있었는데, 목사님같이 보였다.

마이크에서 울리는 목사님의 목소리는 천둥같이 쩌렁쩌렁했다. 족히 한 시간을 말씀하시던 그분은 갑자기 양복 상의를 벗더니 그 자리에 모여 있던 모든 사람들에게 자리에서 일어나라고 했다. 이어서 놀라운 일이 벌어졌다. 곳곳에서 사람들이 뒤로 쓰러지기 시작했다. 무슨 쇼 같기도 하고, 장난 같기도 했다. 강단에서 목사님이 한 손을 위로 올릴 때마다 한 사람씩 뒤로 벌러덩 누워버리는 것이었다. 나는 너무나 신기하고 재미있었다. 그래서 눈을 감고 넘어질 준비를 하고 있는 사람들의 등 뒤에 서서 받침대를 할 요량으로 대기하고 있었다. 그 순간 선생님이 뒤로 넘어졌고, 돌아보니 엄마도 누워있었다. 너무나 이해할 수 없는 광경이었다.

한참 후에 누워있던 사람들이 자리에서 일어나기 시작했다. 그리고는 목사님 앞으로 모여 앉더니 한 사람씩 목사님께 기도를 받기 시작했다. 이때다 싶었는지, 엄마는 내 손을 잡고 목사님 가까이로 더 밀착해서 앉았다. 드디어 내 순서가 되었다.

"우리 딸입니다. 다리가 소아마비예요. 목사님 기도 받으러 부산에서 왔습니다."

엄마가 왜 나를 이곳까지 데려 왔는지 그때서야 알게 되었다.

"너 이름이 뭐지?"

목사님은 그렇게 물어 보시더니, 내게 눈을 감고 누우라고 하셨다. 그런 다음 겪게 된 일로 말미암아 나는 죽어도 그날을 잊을 수가 없게 되었다. 나는 정말 죽는 줄 알았다. 평소 기도는 눈을 감고 두 손을 모으고 조용히 때로는 소리를 조금 내서 하는 것으로만 알았다. 그러나 내 초등학생 인생에 쌓아온 모든 상식을 완전히 무너뜨린 안찰 기도라는 것을 그날 처음 알게 되었다. 한 마디로, 맞아가며 기도를 받는 것이었다.

기도원 원장이라는 남자 목사님은 큰 손바닥으로 내 얼굴을 뺀 전신을 사정없이 때리며 기도하기 시작했다. 나는 아프다고 몸부림을 쳤지만, 엄마와 선생님은 내 두 팔과 두 다리를 꽉 붙잡고 놔주지를 않았다. 나를 둘러싼 수많은 성도들이 큰 소리로 기도하고 있었고, 목사님은 내 상체와 하체를 골고루 때려가며 기도를 하고 있었다.

이 상황을 아무리 이해하려 해도 어린 나로서는 불가능했다. 그래도 엄마와 선생님은 지성인들이었다. 후학을 가르치는 교사였다. 그런데 이런 미친 소굴을 자발적으로 찾아 와서 그것도 어린 딸을 처음 보는 낯선 목사라는 사람에게 구타당하게 하는 저의가 너무나 궁금했다. 나는 반항할 수 있는 나이도 아니었고 힘도 없었다.

그날 밤 나는 집으로 돌아오는 내내 펑펑 울고 또 울었다. 그리고 한동안 엄마와 말을 하지 않았다. 그리고 학교에서는 그 선생님을 피해 다녔다.

그 후로 수년이 지났다. 어느 날, 뉴스에서 모 기도원 원장에게 안찰 기도를 받던 여중생이 맞아서 죽었다는 뉴스를 보게 되었다. 정말로 피가 거꾸로 도는 기분이었다. 대학생이 되고 성인이 되었음에도 불구하고 나에게는 그날의 공포가 트라우마로 깊이 내재해 있었던 것이다.

물론 딸을 향한 엄마의 간절함마저 전혀 모르는 바는 아니었다. 내가 태어나서 첫돌을 맞이하기도 전에, 소아마비라는 돌림병에 걸려 한쪽 다리의 성장이 더디게 되었다. 그 사실을 뒤늦게 알게 된 부모님은 내 다리 치료를 위해 사방팔방으로 안 다녀본 병원이 없었다고 한다. 결코 부모님 탓이 아님에도 불구하고 유독 엄마는 내가 성인이 된 지금까지도 스스로 죄인이라는 생각을 버리지 못하고 계신다. 그 점에서는 나도 참 죄송하고 안타까운 마음이 아닐 수 없다.

　그러나 내 마음 깊은 곳에 자리 잡은 이해할 수 없는 원망과 아픔과 부끄러움은 씻어낼 방법이 없었다. 전도사가 되어서 수많은 사람들을 만나고, 그들의 아픔에 동참하면서, 때로는 적극적으로 용기와 힘을 불어넣어주는 역할을 해오고는 있었지만, 내 안의 깊은 상처의 쓴 뿌리까지는 깨끗하게 뽑아내지 못한 채로 살아왔던 것 같다. 단지 무뎌지고 익숙해져 있었을 뿐이다. 잊고 싶고, 숨기고 싶은 내 작은 치부라고 여기면서.

　그런데 신학대학교에서 면접을 보는 그 자리에서, 나는 전혀 예기치 않은 기도를 또 받게 된 것이다. 그렇게 피하고 싶었던 그 자리에 예고도 없이 불려나가게 된 꼴이 되었다. 어릴 적 그때만큼 무섭거나 아프지는 않았다. 나는 그저 눈을 감고 기도가 끝날 때까지 기다리면 되는 것이었다.

　그때나 지금이나 내 다리의 형편을 놓고 스스로 기도하고 싶은 의지나 간절함이 없었기 때문인지, 면접 시간에 나에게는 아무런 일도 일어나지 않았다. 달라진 것은 하나도 없었다. 여전히 왼쪽 다리는 오른쪽

다리보다 조금 얇고 조금 짧았다.

내 눈물의 정확한 의미

차창 밖의 짙은 어둠은 더 이상 아무 풍경도 보여주지 않았다. 덕분에 열차의 속도감도 전혀 느끼지 못했다. 나는 길게 한숨을 쉬며 상체를 들어올렸다. 이제는 어린애도 아닌데, 그런 일쯤이야 그렇게 큰 의미를 부여할 만한 일이 아닌데도 불구하고, 눈물이 왈칵 쏟아졌다. 이유를 알 수 없었다. 분명한 것은, 기분이 나쁜 상태가 아니라는 것이었다. 유치하게 억울하거나 부끄러워서 우는 것도 아니었다. 그런데 눈물이 쉬지 않고 계속 흘러 내렸다. 다행히도 옆 좌석은 대구역에 도착할 때까지도 비어 있었다.

나는 눈을 감고, 나를 그대로 내버려두었다. 내 속에 있는 또 다른 내가 그럴 만해서 울고 있다는 생각마저 들었다. 그런데 문득 내 속에서 누군가 말을 걸어오는 것 같았다.

"미로야 지금도 그래?"

마치 어릴 적 그때처럼 지금도 면접관 목사님이 이해가 안 되고 그냥 밉고 그러냐는 의미로 들려왔다. 나는 곰곰이 생각했다. 분명히 그렇지 않았다. 사실은 그 순간 내 안에서는 정말로 새로운 기운이 돌고 있었다. 그것은 너무나 의외의 감정이었다. 바로 '감사'였다! 다른 말로 표현

할 길이 없었다. 나는 그 면접관 목사님께 한없이 고마운 마음을 표현하고 싶었다. 그게 내 눈물의 정확한 의미였다.

생각할수록 면접관 목사님의 그 도전적인 기도는, 정확한 진단 후에 처방된 명약 같은 느낌이었다. 내 오래된 두려움과 수치스러운 기억을 오히려 새롭게 해석하게 해주는 묘약 말이다.

어떻게 보면 목사님에게 있어서 나는 수없이 반복되는 별 의미 없는 만남의 대상이었다. 말하자면 얼마든지 그냥 무시할 수도 있고, 나와의 면접을 단순한 면접으로 끝낼 수도 있었다. 무엇보다 목회의 영역에서 그 목사님은 대선배였다. 그런데 그분은 아무것도 하지 않아도 존경받고 권위를 인정받으실 수 있는 자리에서 내려와 내 앞에 무릎을 꿇으셨다. 기도 후 아무런 변화도 일어나지 않았을 때 나와 후배들 앞에서 망가질 자존심이나 실망 따위는 그분의 안중에 없었다. 진실로 목사님은 땀을 뻘뻘 흘리며 간절히 기도하셨다. 오직 한 영혼을 향한 진심 어린 사랑의 수고를 아끼지 않으셨던 것이다.

어쩌면 그 기도는 큰 용기였고, 더 큰 믿음이었다. 결코 객기가 아니었다. 차갑고 딱딱할 뿐 아니라 먼지도 쌓인 그 바닥에 닿아있던 목사님의 무릎이 떠올랐다. 믿음으로 간절히 기도해 주셨던 그 연로하신 목사님의 음성이 귀에 쟁쟁했다. 참으로 고맙고 황송할 따름이었다. 내가 뭐라고……

그런 생각을 하는 동안 내 가슴 깊은 곳에서 또 하나의 감정이 넘실거리며 밀려오기 시작했다. 바로 '기쁨'이었다. 놀라우리만큼 커다란 기쁨이 내 영 깊은 곳에서 출렁이기 시작했다. 감사함으로 시작된 눈물이 이 제는 기쁨의 눈물이 되어 흐르고 또 흘러 내렸다. 어느덧 KTX 열차는 두려움과 수치와 아픔의 기억으로부터 쏜살같이 감사와 기쁨과 소망의 종착지로 달리고 있었다.

믿음은 해석하는 힘이다

하나님은 대구역을 지날 때까지 내 옆자리를 비워두셨다. 나는 그 자리에 그분이 앉아계셨다고 믿는다. 잊고 있었고 지우고 싶었던 나의 두려움과 아픔을 주님은 부드럽게 만져주고 싶으셨던 것 같다. 그리고 믿음이라는 것을 새롭게 가르쳐 주셨다. 주님이 가르쳐주신 믿음은 내 약한 다리가 완치되는 것만을 의미하지 않았다. 어쩌면 그 목사님에게도 동일한 레슨을 하셨는지도 모른다.

믿음은 '해석하는 힘'이었다. 같은 상황에서 어떻게 다르게 해석하고, 다르게 받아들이는가. 이것은 우리 믿는 자들의 인생에서 너무나 중요한 문제다. '해석하는 힘'은 주님의 마음을 우리 마음에 이식시켜서, 우리를 향하신 그분의 뜻인 "항상 기뻐하라"는 말씀을 삶으로 살아내게 해준다.

면접관 목사님은 내 다리를 잡고 기도하셨지만, 그 기도의 중보자이신 예수님은 내 마음을 잡고 기도하셨다. 그리고 내 상처 난 마음에 하나님의 평강으로 채우기 시작하셨다. 더 나아가 내 모든 형편을 바라보는 해석의 힘, 즉 믿음을 그 일을 통해 새롭게 부으셨다. 나는 더 이상 예전의 내가 아니었다. 내 왼쪽 다리는 여전히 불편하고 약하지만, 그 다리를 바라보는 내 마음은 예전보다 훨씬 건강하고 굳건해졌다.

내 모든 능력보다 뛰어나고 위대하신 하나님이 매순간 내 연약한 다리를 부축하신다. 막막하고 두려워 보이는 인생의 벽 앞에서도 기도하는 내 마음에 은혜와 기쁨을 부으신다. 이것이 지금도 살아계신 하나님을 향한 나의 신앙고백이며, 앞으로 살아갈 날들에 대한 쉼 없는 간증이 될 것이다.